論創ミステリ叢書

18

黒岩涙香探偵小説選 I

論創社

黒岩涙香探偵小説選Ⅰ

目次

凡例

一、「仮名づかい」は、「現代仮名遣い」（昭和六一年七月一日内閣告示第一号）にあらためた。

一、漢字の表記については、原則として「常用漢字表」に従って底本の表記をあらため、表外漢字は、底本の表記を尊重した。

一、難読漢字については、現代仮名遣いでルビを付した。

一、あきらかな誤植は訂正した。なお、「広告」については、初出が確認できたため、本文と照合した。

一、今日の人権意識に照らして不当・不適切と思われる語句や表現がみられる箇所もあるが、時代的背景と作品の価値に鑑み、修正・削除はおこなわなかった。

一、作品標題は、底本の仮名づかいを尊重した。漢字については、常用漢字表にある漢字は同表に従って字体をあらためたが、それ以外の漢字は底本の字体のままとした。

黒岩涙香探偵小説選 I

新案の小説

無　惨

凡例

この一篇、文には艶も無く味も無し、趣向には波も無く風も無し。小説は美術なりとやら言わるる方々は一目視て唾して捨てらるべし。自ら小説と言うは嗚呼《おこ》がまし。小説には非ず、記事なり。記事も事実を写したる記事にはあらで、心に浮かぶ想像を書き表したるまでの記事なり。ただ小説叢《そう》はいまだ名を為《な》さざる初陣《ういじん》の文をも捨てずと聞きたれば、それを力に強いて掲載を乞いたるのみ。

余は或る小説家に添刪《てんさく》を依頼したれど、その人苦笑いして個は小説家の添刪すべきものに非ず。宜しく論理学者にでも校正を頼むべしとて突き返されたり。さすれば小説家の目には小説とは見えぬものと見えたり。さればとてこれを論理家に見するも論理書とは見てくれまじ。論理書と言わば言え、小説と思わば思え、ただ見る人の評に任《にん》するのみ。余は論理も知らず小説も知らざる男、その手になりしこの篇にして小説家には論理書と見え論理家には小説と思わるる、望外の幸いなり。

文章についても別に断り置くほどの箇条なし。ただ余が、今の力と与えられたる時間にて能《あた》うだけ骨を折りたるなり。今の力とは何ほどなるや、与えられたる時間とは何ほどなりしや。本文を一読せば両者ともに甚だ乏しかりしを知り得《う》べけん。

挿絵は加えず。別にむずかしき思曰《おもわく》ありてにあらず。初めは加うるつもりなりしも、書き終わりて見れば存外絵を入れるほどの花々《はなばな》しき所なきがためなり。この上にただ一言、我ながらサテ冗長なるに驚きたり。

明治二十二年八月下旬

東京に於いて　涙　香　小　史　記

上篇（疑団）

世に無惨なる話は数々あれど本年七月五日の朝、築地字海軍原《つきじあざなかいぐんばら》の傍らなる川中に投げ込みありし死骸ほど無惨なる有り様は稀なり。書くさえも身の毛逆立《よだ》つ。翌六日府下の各新聞紙、皆左のごとく記したり。

◎無惨の死骸　昨朝六時頃、築地三丁目の川中にて発見したる年の頃三十四五歳と見受けらるる男の死骸は何者の所為《しわざ》にや。総身に数多《あまた》の創傷《きりきず》、数多の擦剝《すりむき》、数多の打傷《うちきず》あり。背《せな》などは乱暴に殴打せしものと見え一面に膨揚《はれあ》がり、その間に切傷《きりきず》ありて傷口開き、中より血に染みし肉の見ゆるさえあるに、頭部《あたま》には一ケ所太き錐《きり》にて突きたるかと思わるる深さ二寸余の穴あり。その上槌《つち》の類にて強く殴打したりと見え、頭は二つに割《さ》け、脳骨砕けて脳味噌散乱したる有り様、実に目も当てられぬほどなり。医師の診断によれば、いずれも午前二三時頃に受けし傷なりと。同人の着物は紺茶竪縞《たてじま》の単物《ひとえもの》にて職業も更に見込み付かず、且つ所持品等は一点もなし。その筋の鑑定によれば、殺害したる者が露見を防がんがために殊更奪い隠したるものならん。故に何所《いずこ》の者が何のために斯く浅ましき死を遂げしや、また殺害したる者はいずれの者か更に知

る由《よし》なければ、目下厳重に探偵中なり。（以上は某の新聞の記事をそのままに転載したるものなり）

なおこの無惨なる人殺しに付きその筋の調べたるところを聞くに、死骸は川中より上げたれど流れ来《きた》りしものには非ず。別に溺れ漂いたりと認むる箇条は無く、殊に水の来らざる岸の根に捨てて有りたり。なお周辺《あたり》に血の痕《あと》の無きを見れば、ほかにて殺せしものを舁《かつ》ぎ来りて投げ込みしものなるべし。またこの所より一町ばかり離れし或る家の塀に血の付きたる痕あれど、これも殺したる所には非ず。多分は血に塗《まみ》れたる死骸を舁ぎ来る途中、事故ありてしばしその塀に立て掛けしものなるべし。

殺せしは何者か殺されしは何者か、更に手掛かり無しとは言え、七月の炎天、腐敗《くさ》り易き盛りと言い、殊に我が国には仏国巴里《パリ》府ルー・モルグに在るごとき死骸陳列所の設けも無きゆえ、何時《いつ》までもこのままに捨て置くべきに非ず。最寄り区役所は取り敢えず溺死漂着人と見做《みな》して仮に埋葬し、新聞紙へ左のごとく広告したり。

溺死人、男年齢三十歳より四十歳の間、当二十二年七月五日区内築地三丁目十五番地先川中へ漂着。仮埋葬済み。〇人相・顔面長《かおおもなが》き方。口細き方。眉黒き方。目耳尋常。左の頬に黒痣《あざ》一ツあり。頭《かしら》散髪。身長《みのたけ》五尺三寸位。中肉。〇傷所数知れず、その内大傷は眉間に一ケ所。背《せなか》に截割《たちわり》たるごとき切傷二ケ所、且つ肩より腰の辺りへ掛け総体に打ちのめされしごとく膨上《はれあ》がれり。左の手に三ケ所、首に一ケ所、頭の真ん中に大傷。其処此処《そここ》に擦傷《かすりきず》等、数多《あまた》あり。咽に攫《つか》み潰せしごとき傷。〇衣類・大名縞単物、二タ子《ふ》唐桟《とうざん》羽織、但し紐付き。紺博多帯、肉シャツ、下帯、白足袋、駒下駄。〇持ち物更に無し。〇心当たりの者は申し出ずべし。

明治二十二年七月六日　　最寄り区役所

（右某新聞より転載）

人殺しは折々あれど斯くも無惨な、斯くも不思議な、斯くも手掛かりなき人殺しはその類少なし。されぱその日一日は到る所この人殺しの噂ならぬは無かりしも、都会は噂の種の製造所なり。翌日は他のことの噂に口を奪われ、全く忘れたるごとし。独り忘れぬは最寄り警察の刑事巡査なり。死骸の露見せし朝のなお暗き頃より、心をこの事にのみ委ね、身をこの事にのみ使えり。心を委ね身を使えど、更に手掛かりの無きぞ悲しき。

刑事巡査、下世話に謂う探偵、世にこれほど忌まわしき職務は無く、またこれほど立派なる職務は無し。忌まわしきところを言えば、我が身の鬼々しき心を隠し、友達顔を作りて人に交わり、信切顔《しんせつ》をしてその人の秘密を聞き出だし、それをすぐさま官に売り付けて世を渡る。外面如菩薩《にょぼさつ》内心如夜叉《にょやしゃ》とは、女に非ず探偵なり。切り取り強盗、人殺し、牢破りなど言える悪人多からずば、その職繁昌《はんじょう》せず、悪人を探すために善人をまでも疑い、見ぬ振りをして偸《ぬす》み視《み》、聞かぬ様をして偸み聴く、人を見れば盗坊《どろぼう》と思えてう恐ろしき誡《いまし》めを職業の虎の巻とし、果ては疑うに止まらで、人を見れば盗坊で有れかし罪人で有れかしと祈るにも至るあり。この人もし謀反人《むほんにん》ならば、吾捕らえて我が手柄にせんものを。この男もし罪人ならば、我密告して酒の代《しろ》に有り付かんものを。頭に蠟燭《ろうそく》は戴かねど、見る人毎《ごと》を呪うとは恐ろしくも忌まわしき職業なり。立派というところを言えば、斯くまで人に憎まるるを厭《いと》わず、悪人を看破りてその種を尽くし、以て世の人の安きを計る、いわゆる身を殺して仁を為す者、これほど立派なる者あらんや。

五日の朝八時頃のこと、最寄り警察署の刑事巡査詰め所に二人の探偵打ち語らえり。一人は年四十頃、デップリと太りて顔には絶えず笑みを含めり。この笑み見る人に由りて評《うわさ》を異にし愛嬌ある顔と褒めるも有り、人を茶かした顔と貶《そし》るも有り、公平の判断は上向けば愛嬌顔、下へ向いては茶かし顔なるべし。名前は谷間田《たにまだ》と人に呼ばる。紺飛白《こんがすり》の単物に博多の角帯《かくおび》、数寄屋《すきや》の羽織は脱ぎて鴨居の帽子掛けに釣るしあり。無論、官吏とは見えねど商人とも受け取り難し。今一人は年二十五六、小作りにして如才《じょさい》なき顔付きなり。白き棒縞の単物、金巾《かなきん》のへコ帯。どう見ても一個の書生なれど、ここに詰め居る所を見れば、この頃谷間田の下役に拝命せし者なるべし。この男、テーブル越しに谷間田の顔を見上げて、

「実に不思議だ、どういう訳で誰に殺されたか、少しも手掛かりが無い」

谷間田は例の茶かし顔にて、

「ナニ手掛かりはあるけれど、君の目には入らぬのだ。何しろ東京の内でどこにか一人

足らぬ人ができたのだから、分からぬというはずはない。早い譬《たと》えが戸籍帳を借りて来て一人一人調べて回れば、どこにか一人不足しているのが殺された男と、ま、こういうようなものサ。大鞆《おおとも》君、君はこれが初めての事件だから充分働いてみるべしだ。こういうむずかしい事件を引き受けねば昇等《しょうとう》はできないぜ」

大鞆「そりゃ分かッている。盤根錯節《ばんこんさくせつ》を切らんければ、以て利器を知る無しだからむずかしいはちっとも厭《いと》ヤせんサ。けどが、何か手掛かりが無いことにゃー、まア君の見たところでどのようなことを手掛かりとしたまうか」

谷「どのようなことと、何から何まで皆手掛かりではないか。第一顔の面長いのも一ツの手掛かり、左の頬に痣《あざ》のあるのもまた手掛かり、背中の傷もやっぱり手掛かり。まず傷があるからには鋭い刃物で切ったには違いない、さすれば差し当たり刃物を所持している者に目を付けると、まア言うような具合でその目の付け所は当人の才不才と言うもの。君は日頃から仏国《フランス》の探偵がどうだの、英国《イギリス》の理学はこうだのと洋書を独りで読んだような理屈を並べるから、これも得意の論理学とか言うもので割り出してみるが好い。アハハハ、何とそうではないか」

大鞆は心中に己《おのれ》見ろと言うごとき笑みを隠してわざと頭を掻き、

「それはそうだけどが、書物で読むのと実際とは少し違うからナア。小説などにある曲《くせ》者《もの》は足痕が残ッているとか、凶器を遺《わす》れて置くとか、必ず三ツ四ツは手掛かりを存《のこ》してあるけどが、こればかりはそうでない。天きり殺された奴の名前からして世間に知っている人が無い。それだから君、どこから手を付けるという取ッ付きだけは知らせてくれねば、僕だッて困るじゃないか」

谷「その取ッ付きというのが銘々の腹にあることで、君のよく言う機密とやらだ。互いに深く隠して、サアとなるまでは仮令《たとい》長官にも知らさぬほどだけれど、君はまず私が周旋でこの署へも入れてやった者ではあるし、殊にこれが軍《いくさ》で言えば初陣《ういじん》のことだから、人に言われぬ機密を分けてやる。そこの入口を閉めて来たまえ」

大「それヤ実に有り難い、畢生の鴻恩《こうおん》だ」

谷間田は卓子《テーブル》の上の団扇《うちわ》を取り、徐々《しずしず》と煽《あお》ぎながら少し声を低くして、「君まずこの人殺しを何と思う。慾徳尽くの追剥《おいはぎ》と思うか、但しはまた——」

大「左様サ、持ち物の一ツも無いところを見れば追剥かとも思われるし、死に様の無惨なところを見れば、何かの遺恨だろうかとも思うし。とにかく仏国の探偵秘伝に、分かり難き犯罪の底には必ず女ありと言ッて有るから女に関係した事柄かとも思う」

谷「サ、そう先ッ潜りをするから困る。静かに聞きたまえな。持ち物の無いのは誰が見ても曲者が手掛かりを無くするために隠したことだから、追剥の証拠にはならぬが、第一傷に目を留めたまえ。傷は背に刀で切ったかと思えば、頭には槌《つち》で砕いた傷もある。既に脳天などは槌だけ丸く肉が凹《めり》込んでいる。そうかと思えば、また所々には抓《か》き投《なぐ》ったような痕もある」

大「なるほど——」

谷「まだ不思議なのは、頭にへばり付いている血を洗い落として見たところ、頭の凹込んで砕けた所に太い錐でも叩き込んだような穴もあるゼ――君は気が付くまいけれど」
大「ナニ気が付いているよ。二寸も深く突き込んだ傷と思う」
谷「そんなら君、アレを何で付けたように」
大「それはまだ思考中《かんがえちゅう》だ」
谷「ソレ分かるまい、分からぬならば黙ッて聞くべしだ。私はアレをこの頃流行《はや》るアノ太い鉄の頭挿《かんざし》を突き込んだものと鑑定するがどうだ」
大鞆は思わずも笑わんとして辛《やっ》と食い留め、
「女がかえ」
谷「頭挿だからどうせ女サ、女が自分でしなくても曲者が、そばに落ちているとかどうとかする女の頭挿を取って突いたのだ。いずれにしても殺すそばには女びれが居たは、これで分かる」
大「でも頭挿の脚は二ツだから穴が二ツ開《あ》くはずだろう」
谷「馬鹿を言いたまえ。二寸も突き込もうというには非常の力を入れて握るから、二ツの脚が一ツになるのサ」
大「一ツになっても穴は横に扁《ひら》たく開くはずだ。アノ穴は少しも扁たくない、満丸《まんまる》だよ。シテ見れば頭挿でないほかの物だ」
谷間田はまた茶かすごとく笑いて、

「そう気が付くはなかなか感心。これだけは実のところちょっと君の智恵を試してみたのだ」

大鞆は心の底にて「ナニ生意気な、人を試すなどとその手に乗るものか」と嘲り畢《おわ》ッて、

「そんならほんとうのところ、アレは何の傷だ」

谷「それはまだ僕にも少し見込みが付かぬが、まア静かに聞くべし。とにかくこう種々様々の傷の有るところを見れば、好いかえ、よく聞きたまえ。一人で殺したものではない、大勢で寄ってたかッて殺したものだ」

大「なるほど――」

谷「シテ見ればまず曲者は幾人《いくたり》も有るのだが、しかし寄ってたかッて殺すにはどうしても往来ではできぬことだ」

大「そりゃどういう訳で」

谷「どういう訳ッて君、聞きたまえよ」

大「また聞きたまえか」

谷「イヤ、まア聞きたまえ。往来なら逃げ廻るからそれを追っ掛けるうちには、人殺し人殺しと必ず声を立てる。そのうちには近所で目を醒ますとか巡査が聞き付けるとかするに極まっている」

大「それでは野原か」

谷「サア、野原という考えも起こる。しかし差し当たり野原と言えば日比谷か海軍原だ。

日比谷から死骸をアノ河岸《かし》まで担いで来るはずはなし、また海軍原でもない。と言うものは海軍原へはやたらに這入《はい》られもせず、また隅から隅まで探しても殺したような跡はなし。それに一町ばかり離れた或る家の塀に血の付いているところを見ても、海軍原で殺して築地三丁目の河岸に捨てるに一町もほかへ舁《かつ》いで行くはずもなし」

大「それでは家の内で殺したのか」

谷「まあ聞きたまえと言うのに。そうサ、家の内とも、家の内で殺したのだ」

大「家のうちでもやっぱり騒がしいから、近所で目を醒ますだろう」

谷「ソオレ、そう思うだろう。素徒《しろうと》はとかくそういうところへ目を付けるから仕方が無い。なるほど家のうちでも大勢で人一人殺すには騒ぎ回るに違いない。したがッてまた隣近所で目を醒ますに違いない。そこだテ、隣近所で目を醒ましても、アアまた例の喧嘩かと別に気にも留めずにいるような所がどこにかあるだろう」

大「それではしばしば大喧嘩のある家かね」

谷「そうサ、しばしば大勢の人も集まり、またしばしば大喧嘩もあるという家がある。そのような家で殺されたから隣近所の人も目を醒ましたけれど平気でいたのだ。別に咎めもせずに捨て置いて、また眠ッてしまッたのだ」

大「しかしそのような大勢集まッて喧嘩を再々する家がどこにある」

谷「これほどいッてもまだ分からぬから素徒はそれで困る。まあ少し考えてみたまえな」

大「考えても僕には分からんよ」
谷「刑事巡査とも言われる者が、これくらいのことがわからんでは仕方が無いよ。賭場《どば》だアね」
大「エ、ドバ、ドバなら知っている、仏英の間の海峡」
谷「困るなア、冗談じゃないぜ。賭場とは賭博場《ばくちば》だアね」
大「なるほど賭場は博奕場《ばくちば》か。それなら博奕場の喧嘩だね」
谷「そうサ、博奕場の喧嘩で殺されたのよ。博奕場だから誰も財布のほかは何も持って行かぬが、サア喧嘩と言えばすぐに自分の前に在る金を懐中《ふところ》へ掻《か》ッ込んで立ち、その上で相手になるのが博奕など打つ奴の常だ。そこにはなかなか抜け目は無いワ。アノ死骸の当人もやはりそれだぜ。詳しいところまでは分からぬけれど、何でもそばに喧嘩があったので手早く側中の有り金を引っ浚《さら》ッて立とうとすると居合わせた者どもが銘々にその一人に飛び掛かり、初めの喧嘩はさて置いて己《おれ》の金をどうしやがると言うような具合に手《て》ン手《で》ンに奪い返すところから一人と大勢との入り乱れとなり、踏まれるやら打たれるやら、いつの間にか死んでしまッたンだ、それだから持ち物や懐中物は一個も無いのだ。エ、どうだ恐れ入ったか」
大鞆はしばし黙考《かんが》えて、
「なるほど旨く考えたよ。けどがこれはまだ帰納法で言う『ハイポセシス』だ、仮定説だ。事実とは言われぬテ。これからまだ『ヴェリフィケーション』（証拠試験）をしてみんことにや」

谷「サ、それが生意気だと言うのだ。自分で分からぬ癖に人の言うことに批《ひ》を打ちたがる」

大「けどが君、君が根拠とするのはただ様々の傷があるというだけのことで、傷からして大勢ということを考え、大勢からして博奕場ということを考えただけじゃないか。つまり証拠というのは様々の傷だけだ。ほかに何も無い。第一この開明世界に果たしてそのような博奕場があるはずもなし――」

谷「イヤ、あるから言うのだ。築地へいッて見ろ、支那人が七八《チイパア》もやるし博奕宿もするし。宿ッてもナニ支那人が身分ではやらぬ、皆日本の博徒《ばくちうち》に宿を借して自分は知らぬ顔で場銭を取るのだ、場銭を。だからもうスッカリ日本の賽転《さいころ》で狐だの長半《ちようはん》などをやっておるワ」

大「けどが、博奕打ちにしては衣服《みなり》が変だよ。博多の帯に羽織などは――」

谷「ナアニ支那人の博奕宿へ入り込む連中には黒い高帽を冠《かぶ》ッた人もあるし、様々だ。それにまたアノ死骸を詳しく見るに、手の皮、足の皮などの柔らかな所は荒仕事をしたことのある人間でもなし、かと言って生真面目《きまじめ》の町人でもない。どうしても博奕など打つような惰《なま》け者だ」

大鞆は真実感心せしか、あるいは浮き立たせてなおその奥を聞かんとの巧計《たくみ》なるか、急に打ち開けし言葉の調子となり、

「イヤどうも感心した。どうにも手掛かりの無いのをこれまで見破るとは、なるほど築地には支那人が日本の法権の及ばぬを奇貨として、そのような失敬なことをして居るか。ナア、実に卓眼には恐れ入った」

谷間田は笑壺《えつぼ》に入り、

「フム恐れ入ったか、そう折れて出ればまだ聞かせてやることがある、実はナ」と言いながらまたも声を低くし「現場に立ち会った予審判事をはじめ刑部に至るまで丸ッきり手掛かりが無いように思っているけれど、まだ目が利かぬと言うものだ。己は一ツ非常な証拠物を見出だして人知れず取って置いた」

大「エ、何か証拠品が落ちていたのか。それは実に驚いたナ」

谷「ナニこう抜け目なく立ち回らねば駄目だよ。それも君達の目で見ては何の証拠にもならぬが、苦労人の活きた目で見ればそれが非常な証拠になる」

大「エ、その品は何だ、見せたまえ。エ、君賽転《さいころ》の類でもあるか」

谷「馬鹿を言うな、賽転などなら誰が見ても証拠品と思うワな、己の目付けたのはまだズット小さい物だ、細い物だ」

大鞆はますます詰め寄り、

「エ、何だ、どれほど細い物だ」

谷「聞かせるのじゃないけれど、君だから打ち明けるが、実は髪の毛だ。それもただ一本、アノ握ッた手に付いていたから誰も知らぬ。先に己がコッソリ取ッて置いた」

大鞆は心のうちにて私《ひそ》かに笑みを催し「ナニその髪の毛なら手前より己様《おれさま》の方が先に見付けたのだ。実は四本握っていたのをソッと三本だけ取って置いた。それを知らずに残りの一本を取って好い気になっていやがる。老耄《おいぼれ》め、しかし己の方はもしも証拠隠匿の罪に落ちてはならぬと一本残して置いたのに、彼奴《きやつ》その一本を取れば後に残りが無いから、取りも直さず犯罪の証拠を隠したに当たる。それを知らないでヘン、なにを自慢しやがるんだ」と笑う心を推し隠して、

「へへエ、君の目の付けどころは実に違う。ナルほど僕も髪の毛を一本握ッているのをば見たけれど、それが証拠になろうとは思わず、実に後悔だ。君より先へ取って置けば好かったのに」

谷「ナアニ、君などが取ッたって仕方がないワね。もし君ならば一本の髪の毛をどうして証拠にする。天きり証拠にする術《すべ》さえ知らぬ癖に」

大「知らなくても先へ取れば後で君に問うのサ。どうすれば証拠になるだろうと。エー君、どうか聞かせてくれたまえ、極内《ごくない》で、エ一本の髪の毛がどうして証拠になる」

下から煽げば浮々《うかうか》と谷間田は誇り裂けるほどに顔を拡げて、

「まア見たまえ、この髪の毛を」と言いながら首に掛けたる黒皮の懐中蟇口《ふところがまぐち》より長さ一尺強もあるただ一本の髪の毛を取り出だし、窓の硝子《ガラス》に透かし見て「コレこれだ、まず考えべし。この通り幾曲がりも揺っているのは縮れッ毛だぜ。長さが一尺ばかりだから男でもチョン髷《まげ》に結っている髪の毛はこれだけの長《たけ》はあるが、今時のことだから男は縮れ毛な

ら剪《か》ってしまう。剪らないのは幾らか髪の毛自慢の心がある奴だ。男で縮れっ毛のチョン髷というのは無い」

大「そうそう縮れッ毛は殊に散髪に持って来いだから、縮れッ毛なら必ず剪ってしまう。ほんとうに君の目は凄いね」

谷「そうすればこれは女の毛だ、この人殺しのそばには縮れッ毛の女がいたのだ」

大「なるほど」

谷「いたドコロではない。女も幾分か手を下したのだ」

大「なる――」

谷「手を下さなければ髪の毛を握《つか》まれるはずがない。これは必ず男が死に物狂いになり、手に当たる頭を夢中で握んだものだ。それで実は先ほどもアノ錐のような傷をもしや頭挿で突いたのではないかと思い、ちょっと君の心を試してみたのだ。素徒の目でさえ無論簪《かんざし》の傷でないと分かるくらいだから、その考えは廃したがとにかく、縮れッ毛の女がそばにいて、その髪を握まれたことは君にも分かるだろう」

大「アア分かるよ」

谷「そこでまた己が思い出すことがある。もうズッと以前だが博奕徒《ばくちうち》を探偵することがあって、己が自分で博奕徒に見せ掛け二月ほど築地の博奕宿《ばくちやど》に入り込んだことがある。その頃ちょうど築地カイワイに支那人の張っている宿が二ケ所あった。その一ケ所に恐ろしいアバズレの、そうサ宿場女郎のあがりでもあろうよ、でも顔はちょっと好い二十四五でもあろうか、あるいは三十くらいでもあろうかという女がいた。今思えばそれがちょうどこの通りの縮れッ毛だ」
大「それは奇妙だナ」
谷「サア博奕宿と言い縮れッ毛の女と言い、この二ツ揃ッた所はほかに無い。そう思うと心の所為《せい》か、アノ死に顔もどうだかその頃見たことのあるような気がするテ。だからして何はともあれ己はまずその女を捕らえようと思うのだ。名前は何とか言ったッけ、これも手帳を見れば分かる。そうそうお紺と言ッた。お紺お紺、余り類の無い名前だから思い出した。お紺お紺、もっとも今まだその女がいるかいないか、それも分からぬけれど、旨くいてくれさえすればこっちのものだ。女のことだから連れて来て少し威《おど》し付ければペラペラと皆白状する。どうだ剛《えら》いものだろう」
大「実に恐れ入ったナア、けどがその宿はどこに在るのだ。築地のどこいらに、それさえ教えてくれれば僕が行って蹈《ふ》ん縛って来る。エどこだ、すぐに僕を遣ってくれたまえ」
谷間田は俄にまた茶かし顔に復《かえ》り、
「馬鹿を言え、これまで煎じ詰めた手柄を君に取られて堪るものか」
大「でも君は、僕のために教えてやると言ッたではないか。それで僕を遣ってくれないならば、教えてくれたではない、ただ自慢を僕に聞かせただけのことだ」
谷「それほど己の手柄を奪いたきゃ遣ってやろうよ」
大「ナニ手柄を奪うなどとそのような野心は無い。僕はただ――」

谷「イヤサ遣っても遣ろうが、第一君はどうして行く」

大「どうしてッてほかに仕方は無いのサ、君にその町名番地を聞けば後は出た上で巡査にでも郵便配達にでも聞くから訳は無い。その家へ行ってこの家にお紺という者はいないかと問うのサ」

谷間田は声を放ッて打ち笑い、

「それだから仕方が無い。夜前《やぜん》人殺しという大罪を犯したもの、多分はどこかへ逃げただろう。よしやいるにしてもいるとは言わぬよ。ことによれば余温《ほとぼり》の冷めるまで当分博奕も止めるかもしれぬ。どうしてそのような未熟なことでいけるものか、差し当たりその家へは行かずにほかの所で探偵するのが探偵のいろはだよ。ほかの所でいよいよ突き留めた上は、こっちのものだ。先が逃げようとも隠れようともそンなことは平気だ。隠れたら公然と御用で以て蹈み込むこともできる。支那人なら一旦隠れた日にゃ日本の刑事巡査が何ともすることはできぬけれど、お紺は日本の女だから」

大「しかし君、ほかで聞くとはどこで聞くのだ」

谷「それを知らないようでこの事件の探偵ができるものか。それはもう君の常に謂う臨機応変だから、己のようにどこを推せばどんな音《ね》が出るということをチャーンと知った者でなくてはいけない。こればかりは教えたいにも教えようがないから誠に困るテ」

斯く言う折りしも先ほど閉め置きたる入口の戸を開き、

「谷間田、どうした、ほぼ見当が付いたかえ」とて入り来るはこの事件を監督する荻沢警部なり。

谷間田は悪事でも見付けられしがごとくたちまち椅子より飛び退きて、

「ヘイヘイ、およそ見当は付きました。これからすぐに探りをはじめまして、ナニ二三日のうちには必ず下手人を捕らえます」と長官を見上げたる谷間田の笑顔、なるほどこの時は愛嬌顔なりき——上向けばいつでも。

谷間田はすぐ帽子を取り羽織を着て、さもさも拙者は時間を無駄には捨てぬという見栄《みえ》で、長官より先に出《い》で去りたり。後に長官荻沢は彼《か》の取り残されし大鞆に向かい、

「どうだ貴公も何か見込みを付けたか。今朝死骸を検めて頭の血を洗ったり手の握り具合に目を留めたりする注意はなかなか素徒とは見えんだッたが」

大鞆は頭に手を置き、

「イヤどうも実地に当たると、思ッたように行きませんワ。どうしても谷間田は経験がつんでいるだけ違います。今その意見の大略《あらまし》を聞いてほとほと感心しました」

荻「そりゃなア、どうしても永年この道で苦労しているからちょっと感心させるようなことを言うテ。けれどもそれに感心してはいけん、他人の言うことに感心してはツイ雷同ということになって自分の意見をよう立てん。間違っても好いから自分は自分だけの見込みを付け、見込み通り探偵するサ。ほかのことと違い、探偵ほど間違いの多い者はないから、どうかすると老練な谷間田のような者の見込みに存外間違いがあって、貴公のような初心の意見が当たることもある。貴公は貴公だけにやってみたまえ」

大「ヘイ、私もこれからやってみます」

荻「やるべしやるべし」

と励ますごとき言葉を残して荻沢は立ち去れり。大鞆は独り手を組んで「旨い、長官は長官だけに、ちょいと励ましてくれたぞ。けどが貴公のような初心とは少し癪に障るナ。初心でも谷間田のような無学にはまだ負けんぞ。ナニ感心するものか。しかし長官さえあれほどに賞《ほ》めるくらいだから、谷間田は上手は上手だ。自惚《うぬぼ》れるも無理は無い。けどが己は己だけの見込みがあるワ、見込みがあるによって実は彼奴の意見の底を探りたいと、下から出て煽起《おだて》れば図《ず》に乗ってペラペラとしゃべりやがる、ヘン人。彼奴が経験経験と経験で以て探偵すれば、こっちは理学的と論理的で探偵するワ。探偵が道楽で退校された己様だ。無学の老耄《おいぼれ》に負けて堪るものか。彼奴め頭の傷を説明することができんで頭挿で突いたなどと苦しがりやがるぞ。こっちは一目見た時からチャアンと見抜いてある。所持品の無い訳も分かっているは。彼奴が博奕場と目を付けたのも旨いことは旨いけどがナニ、博奕場の喧嘩に女がいるものか。なるほどソリャ数年前《ぜん》に縮れッ毛の女がいたかも知れぬ、けどが女が人殺しの直接のエジェンシー（働き人《て》）ということはない。と言って己もこれだけは少し明解し兼ねるけれど、ナニ失望するには及ばぬ。まず彼奴の帰るまで宿へ帰ってアノ髪の毛を理学的に試験するのだ。夕方になってまたここへ来りゃ彼奴必ず帰っているから、そこでまた少し煽起《おだて》てやれば、そうだ僕は汗水になって築地を聞き合わせたけどが博奕宿のある所さえ分からなんだ、とこう言えば彼奴必ずまた図に乗って、手柄顔に自分の探偵したこともすっかりしゃべってしまうテ。無学な奴は煽起《おだて》が利くから有り難いナア、好い年をしている癖に」

独言《ひとりごち》つつ大鞆はこの署を立ち去りしが、定めし宿所にや帰りけん。さてもこの日の将《まさ》に暮れんとする頃、彼《か》の谷間田は手拭いにて太き首の汗を拭きながら帰り来り、すぐに以前の詰め所に入り、

「オヤ大鞆は、フム彼奴何か思い付いてどこかへ行ったと見えるな」

言いつつまず手帳紙入れなど握み出して卓子に置き、その上へ羽織を脱ぎそのまた上へ帽子を伏せ、両肌脱ぎて突々《づかづか》と薪水室《まかないへや》に歩み入りつ、手桶の水を手拭いに受け絞り切ッて胸の当たりを拭きながら、斜めに小使を見て例の茶かし顔、

「お前アノ大鞆が何時《いつ》出て行ったか知らないか」

小「何《あん》でもお前様《めやさま》が出さしッてから半時も経ったんべい、独りブツクリブツクリ言いながら出て行ッたアだ」

谷「フームどこへ行ったか、目当ても無い癖に」

小「何だかお前様のことを言ッたアだぜ、私《わし》が廊下を掃いていると控え所の内で谷間田は好い年イして煽起エ利くッて。彼奴浮々《うかうか》とすっかりしゃべってしまったと言《こ》きやがッて、エお前様、煽起が利きますか」

谷間田は眼を円《まる》くし、

「エ彼奴が己のことを煽起が利くッて、失敬な奴だ。よしよしこれから見ろ、何も教え

てやらぬから好いワ、生意気な」と打呟《つぶや》きつつ早々拭き終わりまたも詰め所に帰りて、帽子は鴨居に掛け、羽織は着、手帳紙入れは懐中《かいちゅう》に入れ、また「フ失敬な――フ小癪な――フ生意気な」と続けながら長官荻沢警部の控え所に行きたり。長官に向かい谷間田は（無論愛嬌顔で）先ほど大鞆に語りしごとく傷の様々なる所より博奕場のことを告げ、やがて縮れたる髪筋を出して差し当たりお紺と言える素性《すじよう》不明の者こそ手掛かりなれと説き終わりて、更にまた手帳を出し、

「こう見込みを付けたから打付《ぶつ》けにまず築地の吉《きち》のところへ行きました。吉に探らせてみるとお紺は昨年の春あたり築地を越してどこへか行き、今でもどうかすると築地へ来るという噂もあるが、たぶん浅草辺だろうとも言い、また牛込だとも言うのです。実に雲を握《つか》むような話さ、でもまず差し当たり牛込と浅草とを目差してまず牛込へ行き、それぞれ探りを入れて置いてすぐまた車で浅草へ引っ返しました。どうも汗水垢《あせみずく》になって働きましたぜ。車代ばかり一円五十銭から使いました。それこれの費用がザッと三円サ。でもまア、ヤッとのことに浅草で見当が付きました。（警部は腹のうちで、フム牛込だけはお負けだナ、手当てを余計せしめようと思ッて）実はこうなんです、お紺の年頃から人相《にんそう》を私の覚えているだけのことを言って自分でも聞き、また兼ねて頼み付けの者にも捜《さぐ》らせたところ、何だか馬道の氷屋に髪の毛の縮れた雇女がいたと言う者があるんです。今度はすぐ自分で馳《か》け付けました。馳け付けて馬道の氷屋を片ッぱしから尋ねましたところが居ない、また帰ってよく聞くと――」

荻「そう長たらしくては困る、ズッと端折《はしょ》って端折って。全体お紺が居たか居ぬか、それを先に言わんけりゃ」

谷「居ました、居ましたけれど昨夜三十四五の男が呼びに来てそれに連れられ、すぐ帰るとて出たッ切り、今以て帰らず今朝から探しているけれど行衛《ゆくえ》も知れぬと申します。エ、怪しいじゃありませんか。てっきりそうですぜ、三十四五の男と言うのがアノ死骸ですぜ。それも詳しくは覚えぬと言いますけれど、何だか顔が面長くて別にこれと言う癖も無く、ちょっと見覚えのできにくい恰好だッたと申します。左の頰に黒痣《あざ》はと聞きましたら、それは確かに覚えぬが何でも大名縞の単物の上へ羽織を着ていたということです。コレはもう氷屋の主人《あるじ》も雇人も言うことですから確かです」

荻「しかし浅草の者が築地まで——」

谷「それも訳がありますよ。お紺は氷屋などの渡り者です。これまでも折々築地に母とかのあるような話をしたこともあり、また店の急がしい最中に店を空けたこともありますそうで」

荻「それではもうどうしてもお紺を召し捕らねば」

谷「そうですとも、そうだから帰ったのです。何でもまだこの府下に隠れていると思いますから、貴方《あなた》に願ッて各警察へそれぞれ人相なども回し、そのほかの手配りもして戴きたいので。私はこれよりすぐにまたその浅草の氷屋でどういう通伝《つて》を以てお紺を雇い入れたか、誰が受け人だかそれを探し、またいよいよ築地にいる母とか何とかいう者があるならそれも探し、また、先の博奕宿がまだあるか無いか、もしあるなら昨夜どのような者が集まッたか、その所へお紺が来たか来ないか、とそれからそれへ段々と探し詰めれば、ナニお紺がどこに隠れていようとすぐに突き留めます。お紺さえ手に入れば殺した者は誰、殺された者は誰、その訳はこれこれとすぐに分かッてしまいます」

何の手掛かりも無きことをわずか一日に足らぬ間に、早斯くまでも調べ上げしはさすが老功《ろうこう》の探偵と言うべし。荻沢への説明終わりてまたも警察署を出でて行く、その門前にて、

「イヨ谷間田君、手掛かりがあったら聞かせてくれ」

と呼び留めたるは彼《か》の大鞆なり。大鞆は先刻宿に帰りてより、いわゆる理学的論理的に如何なることを調べしや知らねど、今また谷間田に煽起《おだて》を利かせて、彼が探り得たるところを探り得んとここに来りしものなるべし。されど谷間田は小使より聞き得し事ありて、再び大鞆に胸中の秘密を語らじと思えるものなれば、ちょっと大鞆の顔を見向き「今に見ろ」と言いしまま、後は口のうちにて「フ失敬な――フ小癪な――フ生意気な」と呟きながら彼《か》の石の橋をも蹈み抜く決心かと思わるるばかりに足蹈み鳴らして渡り去れり。

大鞆はその後ろ姿を眺めて「ハテナ、彼奴ナニを立腹したか、今に見ろと言うアノ口振りではお紺とやらの居所でも突き留めたかな。ナニ構うものか、お紺が罪人で無いことは分かッている。彼奴それと知らずに、フ今に後悔することも知らずに――それにしても理学論理学の力は剛《えら》いものだ。タッた三本の髪の毛を宿所の二階で試験してこれだけの手掛かりができたから、実に考えれば我ながら恐ろしいナア。恐らくこの広い世界でほぼ実《まこと》の

罪人を知ったのは己一人だろう。これまで分かッたから後は明日の昼までには分かる。面白い面白い、すっかり罪人の姓名と番地が分かるまではまず荻沢警部にも黙ッていて、少しも私には見当が付きませんと言うような顔をして、さんざん谷間田に誇らせて置いて、そうだ明日の正午十二時にはサア罪人は何町何番地の何の誰ですと明了《めいりよう》に言い切ッてやる。愉快愉快、しかし待てよ、ただ一通りの犯罪と思ッては少し違う。罪人がどうも意外な所に在るから、いよいよその名前を打ち明ける日にゃ社会を騒がせるテ、与論を動かすテ。条約改正のように諸方でこれがために、演説を開くようになれば差し当たり己が弁士、まず大井憲太郎君という顔だナー。故郷へ錦、愉快愉快」大鞆は独り頬笑み、警察署へは入らずしてそのまままたも我が宿へブラブラと帰り去れり。

アア大鞆は如何なる試験をなし、如何なることを発明せしや。わずか三本の髪の毛、如何なる理学的ぞ、如何なる論理的ぞ。谷間田の疑えるお紺は果たして全くの無関係なるや、疑団また疑団、明日の午後《ひるすぎ》にはこの疑団如何に氷解するや。

中編（忖度《そんたく》）

翌六日の正午、大鞆《おおとも》は三筋の髪の毛を恭《うやうや》しく紙に包み水引を掛けぬばかりにして警察署に出頭し、まず荻沢警部の控え所に入れり。折柄警部は次の室《ま》にて食事中なりしかば、その終わりて出で来《きた》るを待ち突如《だしぬけ》に、

「実の罪人《まこと》が何町何番地の何の誰ということまで」

荻沢は半拭《ハンケチ》にて髭の汚れを拭き取りながら椅子に憑《よ》り、

「ただ大変とばかりでは分からぬが手掛かりでもあったのか」

大「エ手掛かり、手掛かりは最初のことです。もうすっかり分かりました。実《まこと》の罪人が

——何町何番地の何の誰ということまで」

荻沢は怪しみて、

「どうして分かった」

大「理学的論理的で分かりました。しかも非常な罪人です。実に大事件です」

荻沢はほとんど大鞆が俄に発狂せしかとまでに怪しみながら、

「非常な罪人とは誰だ。名前が分かっているなら、まずその名前を聞こう」

大「もとより名前を言いますが、それより前に私の発見した手続きを申します。けどが長官、私が説明してしまうまではこの室へ誰も入れぬことにして下さい。小使その他は申すに及ばず、仮令谷間田《たといたにまだ》が帰って来るとも、決して無断では入れぬことに」

荻「よしよし谷間田はお紺の隠伏《かくれ》ている所が分かったゆえ、午後二時までには拘引して来るとて今方出て行ったから安心して話すがよい」

荻沢はもとより心から大鞆の言葉を信ずるに非ず。今は恰《あたか》もほかに用も無し、且つは全く初陣《ういじん》なる大鞆の技量を試さんとも思うにより、旁々《かたがた》その言うままに従えるなり。

大「では長官少し暑いけどが、ここらを締めますよ。昨日も油断して独言《ひとりごと》を吐《いっ》ていたと

ころ、後で見れば小使が廊下を掃除しながら聞いていました。壁に耳の譬《たと》えだから、声の洩れぬようにして置かねば安心ができません」と言いつつ、四辺《あたり》の硝子《ガラス》戸を鎖《とざ》して荻沢の前に居直り、紙包みより彼《か》の三筋の髪の毛を取り出だしつ細語《ささや》くほどの低き声にて「長官この髪《け》を御覧なさい。これはアノ死人が右の手に握っていたのですよ」

荻「オヤ貴公もそれを持っているか、谷間田より私が先へ見付けたのです。谷間田も昨日一本の髪《け》を持っていたが」

大「イエいけません、谷間田よりも先へ回って三本だけソッと抜いて置きました。実は四本握っていたのを、私が先へ回って三本だけソッと抜いて置きました。ハイ谷間田はそれに気が付きません。

初めからただ一本しか無いものと思っています」

荻沢は心のうちにて「個奴《こやつ》馬鹿のようでもなかなか抜け目が無いワエ」と少し驚きながら、

「それからどうした」

大「谷間田はこれを縮れ毛と思ってお紺に目を付けました。それが間違いです。もし谷間田の疑いが当たれば、それは偶中《まぐれあた》りです。論理に叶った中《あた》り方ではありません。私は一生懸命になって種々の書籍を取り出だし、ヤッと髪の毛の性質だけ調べ上げました」

荻「無駄事はなるべく省いて簡単に述ぶるが好いぜ」

大「ハイ無駄事は申しません。まず肝腎な縮れ毛の訳から言いましょう。髪の毛の縮れるにはそれだけの原因が無くてはならぬ。何が原因か、全体髪の毛はまず大方円いとした物で、それが根《もと》から梢《すえ》まで一様に円いなら決して縮れません。どうかすると中程に摘かみ挫《ひし》いだように薄ッぴらたい所がある、その扁《ひら》たい所が縮れるのです。ですから生まれ付きの縮れ毛には必ずどこかに扁たい所がある。もしそれが無ければほんとうの縮れ毛では無い。ところで私がこの毛を疎末な顕微鏡に掛けて熟《よ》っく視《み》ましたところ、根から梢までまんべんなく円《まる》い、薄ッぴらたい所は一ツも無い。さすればこれはほんとうの縮れ毛でありません、分かりましたか。それだのにちょうど縮れ毛のように揺れ揺れしているのはどういう訳だ、これは結んでいるうち付いた癖です。譬《たと》えば真っ直ぐな髪の毛でもチョン髷《まげ》に結べばその髷の所だけは解いた後でも揺れていましょう。それと同じことで、この髪《け》も縮れ毛では無い、結んでいたために斯様《かよう》に癖が付いたのです。ですからお紺の毛ではありません。分かりましたか」

荻沢は少し道理《もっとも》なる議論と思い、

「なるほどわかった、天然《うまれつき》の縮れ毛でないからお紺の毛ではないと言うのだナ」

大「サアそれが分かれば追々《おいおい》言いましょう。わずか三本の髪の毛ですけれど、こういう具合に段々と詮議して行くと色々の証拠が上がって来ます。貴方《あなた》まア御自身の髪の毛を一本お抜きなさい。奇妙な証拠を見せますから。この証拠ばかりは自分に試験してみねば誰も誠と思いません。まア欺《だま》されたと思って一本お抜きなさい。抜いて私の言う通りにすれば、きっと実の罪人が分かります」

荻沢警部は馬鹿馬鹿しく思えど物は試験《ためし》と自ら我が頭より長さ三四寸の髪の毛を一本抜き取り、

「これをどうするのだ」
大「その髪の根を右向け、梢を左向けて、人差し指と親指の二ツで中程をお摘《つま》みなさい」
荻「こうか」
大「そうですそうです、次にまたもう一本同じくらいの毛をお抜きなさい、イエナニ何本も抜くには及びません。ただ二本で試験のできることですから、わずかにもう一本です。そうそう、今度はその毛を前の毛とは反対《あべこべ》に根を左向け、梢を右向けて、今の毛と重ね、そうそうその通り、後前《あとさき》互い違いに二本の毛を重ね一緒に二本の指で摘んで、イヤ違います、人差し指を下にしてその親指を上にして、そう摘《つま》むのです。それでその人差し指を前へ突き出したり後ろへ引いたり、そうそうつまり二本一緒の毛へ捻《より》を掛けたり戻したりするのです。ソレ奇妙でしょう、二本の毛が次第に右と左へズリ抜けるでしょう、ちょうど二尾《ひき》の鰻を打ち違えに握ったように、一ツは右へ抜け、一ツは左へ抜けて、段々とソレ捻《よ》れば捻るほど、ねエ、奇妙でしょう」
荻「なるほど奇妙だ。チャンと重ねて摘《つま》んだのが、次第次第にこの通りもう両方とも一寸ほどズリ抜けた」
大「それは皆根の方へずり抜けるのですよ。根が右に向かっているのは右へ抜け、根が左へ向いているのは左へ抜けて行くのです」
荻「なるほど、そうだ、どう言う訳だろう」

大「これが大変な証拠になるからまず気永くお聞きなさい。斯様にズリ抜けるというものはつまり髪の毛の持ち前です、極々度《ごくごく》の強い顕微鏡で見ますと総て毛の類には細かな鱗があります。鱗が重なり重なッて髪の外面《うわべ》を包んでいます。ちょうど筍の皮のような按排《あんばい》式《しき》に鱗は皆、根から梢へ向いているのです。ですから捻《より》を掛けたり戻したりするうちに鱗と鱗が突っ張り合ってズリ抜けるのです」

荻「なるほど、そうかな」

大「まだ一ツその鱗の早く分かることは髪の毛を摘んで、スーッと素扱《すご》いて御覧なさい。根から梢へ扱《こ》く時には鱗の順ですから、極《ごく》滑らかでサラサラと抜けるけれど、梢より根へ扱く時は鱗が逆ですから何となく指に応えるような具合があって、どうかするとブルブルと轢《きし》るような音がします」

荻「なるほど、そうだ。順に扱けば手応えは少しも無いが逆さに扱けば微かに手応えがある」

大「サアこれで追々に分かります。私はこの三筋の髪の毛をその通りして幾度も試してみましたが、一本は逆毛《さかげ》ですよ。これはもう死骸の握っているところをそのまま取ッて堅く手帳の間へ挿《はさ》み大事にして帰ッたのだから、途中で向きの違うことはありません。この三筋をこう握っていたのです。そのうちでヘイ、この一本が逆毛です。ほかの二本とは反対に向いています」

荻「なるほど」

大「サアどうです、大変な証拠でしょう」

荻「何故《なぜ》――」

大「何故だッて、貴方、人間の頭へは決して鱗の逆に向いた毛の生えるものではありません。どのようなことがあっても生えたままの毛に逆毛はありません。然るにこの三本の内に一本逆毛があるとは何故でしょう。すなわちこの一本は入れ毛です、入れ毛や仮鬘《かもじ》などにはよく逆毛の在るもので、女が仮鬘を洗ッてどうかするとコンガラかすのも、やっぱり逆毛が交じッているからのことです。逆毛と順の毛と鱗が掛かり合うからコンガラかッて解けぬのです。頭の毛ならば順毛ばかりですから、よしんばコンガラかッても終には解けます。それやもう女髪結いに聞いても分かること」

荻「それが何の証拠になる」

大「サアこの三本のうちに逆毛があって見れば、これは必ず入れ毛です。この罪人は頭へ入れ毛をしている者です」

荻「そんならやッぱり女ではないか、女よりほかに入れ毛などする奴は無いから」

大「そうです、私も初めはそう思いましたけれど、どうも女がこう無惨無惨《むざむざ》と男を殺すとは些《ち》と受け取り憎いから色々考えてみますと、男でも一ツ逆毛のある場合がありますよ。それは何かと言うに鬘《かつら》です。鬘や仮面《めん》にはずいぶん逆毛がたくさん交じッています。それだから私はもしや茶番師が催しの帰りとか、あるいはまた化粧蹈舞《ファンシーボール》に出た人が殺した、では無いかと、一時は斯くも疑ッてみました。しかし大隈伯《おおくまはく》が強硬主義を取ってから化粧踏舞《ファンシーボール》はすっかり無くなるし、それかとて立ち茶番もこの頃はあまり無い、それに逆毛で無い後の二本を熟《よ》く検めて見ると、その根《もと》の所が仮面《めん》や鬘から抜けたもので無く、全く生きた頭から抜けたものです。それは根の付いている所で分かります。殊にまた合点の行かぬのはこの縮れ具合です。既に天然《うまれつき》の縮れ毛では無し、全く結い癖でこう曲がッているのですから、どういう髪を結べばこのような癖が付きましょう。私は宿所へ来る髪結いにも聞きましたが、どうも分からぬと言いました。そうすればもう全然《すっかり》分からん、分からんのをよく考えてみるとありますワエ。この通り髪の毛に癖の付く結い方が、エ貴方どうです、この癖は決してほかではない、支那人です。ハイ確かに支那人の頭の毛です」

荻沢警部はしばし呆れて目を見張りしが、またしばし考えて、

「それでは支那人が殺したと言うのか」

大「ハイ支那人が殺したから非常な事件と言うのです。もとより単に人殺しと言うだけの罪ですけれど、支那人と有って見れば国と国との問題にもなりかねません。ことによっては日本政府から支那政府へ――」

荻「しかしまだ支那人という証拠が充分に立たぬではないか」

大「これでまだ証拠が立たぬと言うは、それや無理です。第一この罪人を男か女かとお考えなさい。アノ傷で見れば死ぬるまでによほど闘ったものですが、女ならアレほど闘ううちに早く男に刃物を奪い取られて反対《あべこべ》に殺されます。また背中の傷は逃げた証拠です。相手が女なら容易のことでは逃げません。それにまた女は――」

荻「イヤ女で無いことは理屈に及ばぬ。箱屋殺しのような例《はなし》もあるけれど、それは不意打ち、アノ傷は決して不意打ちで無く、ずいぶん闘ったものだからそれはもう男には違いない」

大「サア既に男とすれば誰が一尺余りの髪《け》を延ばしていますか。代言人《だいげんにん》のうちにはあるとか言いますけれど、それは論外、またずいぶんチョン髷もありますが、この髪の癖を御覧なさい。揺れている癖を。代言人や壮士のような散らし髪では無論、この癖は付かず、チョン髷でも同じこと、ただこの癖の付くのは支那人に限ります。支那人の頭は御存じでしょう。三ツに分けて紐に組みます。解いても癖直しをせぬうちはこの通りの曲《くせ》がありま す。根《もと》から梢《すえ》まで規則正しくクネッているところを御覧なさい。それにまた支那人のほかには男で入れ毛をする者は決してありません。支那人は入れ毛をするのみならず、それで足らねば糸を入れます。この入れ毛と言い、この縮れ具合と言い、これが支那人で無ければ私は辞職します。エ、支那人と思いませんか」

荻沢は一応その道理あるに感じ、なお彼《か》の髪の毛を検めるに、如何にも大鞆の言う通りなり。

「なるほど、一理屈あるテ」

大「サア一理屈あるとおっしゃるからは貴方ももう半信半疑というところまで漕ぎつけました。貴方が半信半疑と来ればこっちのものです。私もこれだけ発明した時はまだ半信半疑であったのです。ところが後から段々と確かな証拠が立って来るから、ついにどうしても支那人だと思い詰め、今ではその住居その姓名まで知っています。その上殺した原因からその時の様子までほぼ分かっています。それも宿所の二階から一足も外へ踏み出さずに探り究めたのです」

荻「それではまず名前から言うがよい」

大「イエ名前を先言ってしまっては貴方が終わりまで聞かぬからいけません。まずお聞きなさい。今度は傷のことから申します。第一はアノ背中に在る刃物の傷ですが、これは怪しむに足りません。たいてい人殺しは刃物が多いからまず当たり前のことを見逃して、さて不思議なのは脳天の傷です。医者は槌《つち》で叩いたと言いますし、谷間田はその前に頭挿《かんざし》ででも突いただろうかと怪しんでいますが、両方とも間違いです。何より前《さき》に丸く凹《めり》込んでいる所に眼を留めねばなりません。槌で叩いたなら、頭が砕けるにもしろ、必ず膨揚《はれあ》がります。決して何日《いつ》までも凹込んでいるというはずはない。それだのにアノ傷が実際凹込んでいるのはどういう訳でしょう。これはほかでも無い、アレだけの丸い物が頭へ当たって、当たッたままで四五分間もその所を圧《お》し付けていたのです。そのうちに命は無くなるし血は出てしまい、膨上《はれあ》がるだけの精がなくなった。サア精のなくなった後でその丸い物を取ったから凹込み切りになったのです。それならその丸い物は何か、どうしてそう長い間頭を圧し付けていたのか。これがちょっと合点の行きにくい箇条。しかしナニ考えれば分かる訳も無いことです。その説明はまず論理学の帰納法に従って仮定説から先に言わねば分からぬ。この闘いは支那人の家の高い二階ですぜ。一方が逃げるところを背後《うしろ》から二刀三刀追い打ちに浴びせ掛けたが、静かに座っているのと違いなにぶんにも旨《よ》く切れぬ。それだから背中に縦の傷が幾個《いくつ》もある。一方は逃げ一方は追ううちに梯子段の所まで追い詰めた。こうなると死物狂《しにものぐる》い、窮鼠《きゅうそ》かえって猫を食《は》むの譬えで、振り向いて頭の髪を取ろうとした。ところが悲しいことには支那人の頭は前の方を剃っているから旨《うま》く届かぬ。わずかに指先で四五本握《つか》んだが、そのうちに早支那人の長い爪で咽笛をグッと握《つか》まれ、且つ眉間を一ッ切り砕かれ、ウンと言って仰向けに背《うしろ》へ倒れる。はずみに四五本の毛は指に掛かったままで抜け、スラスラと尻尾のような紐が障るそのとたん入れ毛だけは根が無いから訳もなく抜けて手に掛かる。倒れた下は梯子段ゆえドシンドシンと頭から背《せな》から腰の辺りを強く叩きながら、頭が先になって転げ落ちる。落ちた下にちょうど丸い物があったからその上へズシンと頭を突く。身体の重サと落ちて来る勢いでメリメリと凹込む。上から血眼《ちまなこ》で降りて来て抱き起こすまでには幾らかの手間がある。そのうちに血が尽きて、膨上がるだけの勢いが消えたのです。背中から腰へ掛け紫色に叩かれた痕《あと》や擦り剝いた傷のあるのは、梯子段のせい、頭の凹込みは丸い物の仕業、決して殺した支那人が自分の手でこう無惨なことをしたのではありません。どうです、これでもまだ分かりませんか」

荻「フムなかなか感心だ、当たる当たらんはさて置いて、初心の貴公がこう詳しく意見を立てるはとにかく感心する。けれどその丸い物というのは何だえ」

大「色々と考えましたがほかの品ではありません。童子《こども》の旋《まわ》す独楽《こま》であります。独楽だから鉄の心棒が斜めに上へ向かっていました。その証拠は錐《きり》を叩き込んだような深い穴が凹込みの真ん中にあります」
荻「しかし頭がその心棒の穴から砕けるはずだのに」
大「イヤ彼の頭は独楽のために砕けたのでは無く、その実、下まで落ち着かぬ前に梯子の段で砕けたのです。独楽はただアノ凹込みを拵えただけのことです」
荻「フム、なるほどそうかなア」
大「全くそうです。既に独楽があったとして見れば、この支那人には七八歳以上十二三以下の児《こ》があります」
荻「なるほど、そうだ」
大「この証拠はこれだけでまず留めて置きまして、再び髪の毛のことへ帰ります。私は初め天然の縮れ毛で無いことを知った時、なお念のため湯気で伸ばしてみようと思い、この一本を鉄瓶の口へ当て、出る湯気にかざしました。すると意外千万な発明をしたのです。実は罪人の名前まで分かったと言うも、全くその発明の鴻恩です。その発明さえ無けりゃどうして貴方、名前まで分かりますものか」
荻沢も今は熱心に聞くこととなり、少し迫込《せきこ》みて、
「ど、どういう発明だ」
大「こうです、鉄瓶の口へ当てるとこの毛から黒い汁が出ました。ハテなと思いよくよく見ると、どうでしょう、貴方、この毛は実は白髪《しらが》ですぜ。白髪をこのように染めたのですぜ。染めてから一週間も経つと見え、その間に五厘ばかり延びて、コレ根《もと》の方は延びた

だけまた白髪になっています」
荻「なるほど、白髪だ。熟《よ》く見れば白髪を染めたものだ。シテ見ると老人だナ」
大「ハイ、私も初めは老人と見込みを付けましたが、なお考え直してみると第一老人は身体も衰え、したがっては一切の情慾が弱くなり、その代わり勘弁というものが強くなっておりますから人を殺すほどの立腹は致しませず、よしや立腹したところで力が足らぬから若い者を室《へや》中追い回ることはできません」
荻「それもそうだな」
大「そうですから、これはさほどの老人ではありません。ずいぶん四十に足らぬ中に白髪ばかりになる人はありますよ。これもその類です。年が若くなければアノ吝嗇《しわんぼう》な支那人ですもの、どうして白髪を染めますものか。年に似合わず白髪があってよくよく見ッともないから止むを得ず染めたのです」
荻「これは感服だ。実に感服」
大「サアこれから後は直《じき》に分かりましょう。支那人のうちで、独楽を弄ぶくらいの子供があって、年に似合わず白髪があって、それでその白髪を染めている、このような支那人は決して二人とはありません」
荻「そうともそうとも、だが君は兼ねてその支那人を知っていたのだな」
大「イエ知りません。全く髪の毛で推理したのです」
荻「でも髪の毛で名前の分かるはずが無い」

大「ハイ髪の毛ばかりではありません。名前はまたほかに計略を回らせたのです」

荻「どのような計略を」

大「イヤそれが話の種ですから、それを申し上げる前にまず貴方に聞いて置くことがあります。今まで私の説明したところに何か不審はありませんか。もしあればそれを残らず説明した上でなければ、その計略とその名前は申されません」

荻「そうかな、今までのところには別に不審も無いが。イヤ待て、己《おれ》はこの人殺しの原因が分からぬテ。谷間田の言う通り喧嘩から起こったことか、それともまた――」

大「イヤ、喧嘩ではありません。全く遺恨です。遺恨に相違ありません。谷間田はアノ、傷のたくさんあると言う一点に目が暗《くれ》て第一に大勢で殺したと考えたからそれが間違いの初めです。なるほど、大勢で付けた傷とすれば喧嘩と言うよりほかに説明のしようがありません。しかしこれは決して大勢では無く今も言う通り当人が、逃げ回ったのと梯子段から落ちたために様々の傷が付いたのです。やっぱり一人と一人の闘いです。一ツも大勢を対手《あいて》という証拠はありません」

荻「しかし遺恨という証拠は」

大「その証拠がなかなか入り組んだ議論です。気永くお聞きを願います。もっともこればかりは私にも充分には分かりません。ただ遺恨というだけが分かったので、そのほかの詳しいところはとうてい本人に聞くほかは仕方がありません。まずその遺恨というだけの道理を申しましょう」とて掌裏《てのひら》にて汗を拭いたり。

大鞆は一汗拭いて言葉を続け、

「第一に目を付けべきところは、殺された男が一ツも所持品を持っていない一条です。貴方を初め大概の人が、これは殺した奴が露見を防ぐために奪い隠してしまったのだと申しますが決してそうではありません。もしそれほど抜け目なく気の付く曲者《くせもの》なら自分の髪の毛を握られていることにも必ず気が付くはずです。然るに髪の毛に気が付かずそのまま握らせてあったのは、ただもう死骸さえ捨てれば好いとドギマギして死骸を担ぎ出したのです」

荻「フムそうだ、所持品を隠すくらいならなるほど髪の毛も取り捨てるはずだ。シテ見ると初めから持ち物は持っていなかったのかナ」

大「イエそうでもありません。持っていたのです。極々下等の衣服《みなり》でもありませんから、財布か紙入れの類は是非持っていたのです」

荻「しかしそれは君の想像だろう」

大「どうして想像ではありません。演繹法の推理です。よしまた紙入れを持たぬにしても煙草入れは是非持っていました。彼は非常な煙草好きですから」

荻「それがどうして分かる」

大「それは誰にも分かることです。私は死骸の口を引き開けて歯の裏を見ましたが煙脂《やに》で真っ黒に染まっています。どうしてもよほどの煙草好きです。煙草入れを持っていないはずはありません。これが書生上がりとか何とか言うならずいぶんお先煙草ということもありますけれど、彼はそうでありません。安物ながら博多の帯でもしめていれば、是非もう腰の回りに煙草入れがあるものです」

荻「それならその煙草入れや財布などがどうして無くなッた」

大「それが遺恨だから無くなったのです。遺恨とせねばほかに説明の仕様がありません。遺恨もただの遺恨では無い。自分の身に恨まれるような悪いことがあって常に先の奴を恐れていたのです。何でも私の考えでは彼、よほどゆっくりして紙入れも取り出し、煙草入れもそばに置き、打ち寛《くつろ》いで誰かと話でもしていたのです。その所へ不意に恐ろしい奴が遣って来たものだから、取る物も取り合えず逃げ出したのです。それだから持ち物は何も無いのです」

荻「しかし、それだけではどうも充分の道理とも思われんが」

大「何故充分と思われません。第一背の傷が逃げた証拠です。自分の身に悪い覚えが無くて何故逃げます。必ず逃げるだけの悪いことがあるからです。既に悪いことがあれば恨まれるのは当たり前です。自分でさえ悪いと思って逃げ出すほどの事柄を先方が恨まぬはずはありません」

荻「それはそうだ。さすれば貴公の鑑定ではまず奸夫《まおとこ》と見たのだナ。奸夫が奸婦と密《しの》び逢って話でもしている所へほんとうの所天《おっと》の不意に帰って来たとかいうような訳柄で」

大「そうです、全くそうです。私も初めから奸夫に違いないと目を付けておりましたが、誠の罪人が分かってから初めて奸夫では無かったのかナと疑いを起こすことになりました」

荻「それはどういう訳で」

大「別に深い訳とてもありませんが、実《まこと》の罪人は妻が無いのです。それは後で分かりました」

荻「しかし独楽を回すくらいの子があれば妻があるはずだが」

大「イエ、それでも妻は無いのです。あるいは昔あったけれど死んだのか離縁したのか、殊にまたその子と言うのも貰い子だと申します」

荻「貰い子か、それなら妻の無いのも無理ではないが、しかし――もしまた羅紗緬《ラシャメン》でもありはせんか」

大「私もそう思ってそこも探りましたが、とにかく自分の宅《うち》には羅紗緬類似の女は一人もいません」

荻「イヤサ、家にいなくともほかへ囲ってあれば同じことではないか」

大「イエ、ほかへ囲ってあれば決してこの通りの犯罪はできません。何故と言うにまず外妾《かこいもの》ならばその密夫とどこで逢います」

荻「どことも極まらぬけれど、そうサ、まず待合その他の曖昧な家かあるいはその囲われている自分の家だナ」

大「サ、それだから囲い者でないと言うのです。第一、待合とか曖昧の家とか言う所だとこれほどの人殺しがあって御覧なさい。当人達は隠すつもりでもその家の者が黙っていません。警察へ馳け付けるとか隣近所を起こすとか、さもなくば後で警察へ訴えるとか何とかそのようなことを致します。ですから他人の家で在ったことなら、このような大罪が今まで手掛かりの出ぬはずはありません」

荻「もしその囲われている家へ奸夫を引き込んでいたとすればどうだ」

大「そうすれば論理に叶いません。まず自分の囲われている家へ引き込むくらいなら、必ず初めから用心して戸締りを充分に付けて置きます。殊にこの犯罪は医者の見立てで、夜の二時から三時の間と分かっていますから戸締りをしてあったことは重々確かです。ただに戸締りばかりではない、外妾の腹では不意に旦那が戸を叩けばどこから逃がすということまでも前以て見込みを付けてあるのです。それくらいの見込みの付く女でなければ、決して我が囲われている所へ男を引き込むなど左様な大胆なことはできません。サア既にこうまで手配りが付いていれば旦那が外から戸を叩く、ハイ今開けますと返事して手燭を点《つ》けるとか燐寸《マッチ》を捜すとかに紛らせて男を逃がします。逃がした上でなければ決して旦那を入れません」

荻「それはそうだ、ハテナ外妾でなし、それかと言って羅紗緬も妻も無いとして見れば君の言う奸夫では無いじゃないか」

大「ハイ、それだから奸夫とは言いません。ただ奸夫のような種類の遺恨で、すなわち殺された奴が自分の悪いことを知り、かねがね恐れているというだけしか分からぬと申しました」

荻「でも奸夫よりほかにちょっとそのような遺恨はあるまい」

大「ハイほかにはちょいと思い付きません。しかしむずかしい犯罪には必ず一のミステリイ（不可思議）と言うものがあります。ミステリイはとうてい罪人を捕らえて白状させた上でなければ、どのような探偵にも分かりません。これが分かれば探偵ではない、神様です。この事件ではここがすなわちミステリイです。斯様に奸夫騒ぎでなくてはならぬ道理が分かっていながら、その本人に妻が無い。これが不思議の不思議たるところです。決して当人のほかにはこの不思議を解く者はありません」

荻「そうまで分かればそれでよい、もうその本人の名前と貴公の謂う、計略を聞こう」

大「しかしこれだけでほかに疑いはありませんか」

荻「フム無い、ただ今謂ッたミステリイとかの一点よりほかに疑わしいところは無い」

大「それなら申しますがこういう次第です」とまたも額の汗を拭きたり。

さて大鞆は言い出ずるよう、

「私は全く昨日のうちにこれだけの推理をして、罪人は必ず年に似合わぬ白髪があってそれを旨く染めている支那人だと見て取りました。それによりまず谷間田に逢い彼がどういう発明をしたか、それを聞いた上で自分の意見も陳《のべ》てみようとこの署を指して宿所を出ましたところ、宿所の前で兼ねて筆墨《ひっぼく》初め種々の小間物を売りに来る支那人に逢ったのです。何より先に個奴に問うが一番だと思いましたから、明朝たくさんに筆を買うから己の宿へ来てくれと言い付けて置きました。それよりこの署へ来たところ、ちょうど谷間田が出て行くところで私は呼び留めたれど、彼何か立腹の体《てい》で返事もせず去ってしまいました。それゆえ止むを得ず私はまた宿所へ引っ返しましたが、今朝になって案のごとくその支那人が参りました。それを相手に種々の話をしながら実は己の親類に年の若いのに白髪のあって困ッている者があるが、お前は白髪染粉《しらがぞめこ》の類を売りはせぬかと問いますと、そのような物は売らぬと言います。それならもしその製法でも知ってはいぬかと問いましたら、自分は知らぬが自分の親友で居留地三号の二番館にいる同国人が今年まだ四十四五だのに白髪だらけで、いつも自分で染粉《そめこ》を調合し湯に行く度に頭へ塗るがなかなかよく染まるから金をくれればその製法を聞いて来てやろうと言います。さてはこれこそと思い、お前居留地三号の二番館と言えば昨日も己は三号の辺を通ったが、何でも子供が独楽を回していた彼《あ》の家が二番だろうと言いましたところ、アア子供が独楽を回していたならそれに違いはありません。その子供はすなわち今言った白髪のある人の貰い子だと言いました。それより色々と問いますと、第一その白髪頭の名前は陳施寧《ちんしねい》と言い、長く長崎にいて明治二十年の春、東京へ上り今では重に横浜と東京の間を行き通いしていると言います。それにその気象は支那人に似合わぬ立腹《はらだち》易くて折々人と喧嘩をしたこともあると言いました。サアこれがすなわち罪人です。三号の二番館にいる支那人陳施寧が全く遺恨のために殺したのです」

荻沢はしばし黙然として考えしが、

「なるほど、貴公の言うことは重々もっとも、髪の毛の試験から推して見ればどうしても支那人でなくてはならず、また同じ支那人が決して二人まであろうとは思われぬ。しかし、はたして陳施寧として見ればまず清国領事に掛け合いも付けねばならず、とにかく日本人が支那人に殺されたことであるゆえ、実に容易ならぬ事件である」

大「私もそれを心配するのです。新聞屋にでもこれが知れたら一ツの与論を起こしますよ。何しろ陳施寧と言うは憎い奴だ。しかし谷間田はそうとは知らず、まだお紺とかを探しているだろうナ」

かく言う折りしも入口の戸を遽《あわただ》しく引き開けて入り来るは彼の谷間田なり。

荻「今陳施寧という声が聞こえたが、どうしてこの罪人が分かッたか――」

谷「ヤヤ、谷間田、貴公も陳施寧と見込みを付けたか」

荻「見込みどころでは無い。もうお紺を捕らえて参りました。お紺の証言で陳施寧が罪人ということから、殺された本人の身分、殺された原因、残らず分かりました」

谷「それは実に感心だ。谷間田も剛《えら》いが、大鞆も剛い者だ」

荻「エ、大鞆が何故剛い――」

（下篇）氷解

全く谷間田《たにまだ》の言いしごとく、お紺の言い立てにもこの事件の大疑団は氷解したり。今お紺が荻沢警部の尋問に答えたることのあらましをここに記《しる》さん。

妾《わらわ》（お紺）は長崎の生まれにて十七歳の時遊廓に身を沈め多く西洋人支那人などを客とせしが、間もなく或る人に買い取られ上海《シャンハイ》に送られたり。上海にて同じ勤めをするうちに深く妾を愛しはじめしは陳施寧《ちんしねい》と呼ぶ支那人なり。施寧はかなりの雑貨商にして、兼ねてより長崎にも支店を開き、弟の陳金起《ちんきんき》と言える者をその支店に出張させ、日本の雑貨買い入れなどのことを任せ置きたるに、弟金起はとかく放埒《ほうらつ》にして悪しき行い多く、殊に支店の金円を遣い込みて施寧の許へとては一銭も送らざる故、施寧は自ら長崎に渡らんとの心を起こし、それにしてはお紺こそ長崎の者なれば引き連れ行きて都合よきこそ多からんと、ついに妾を購《あがな》いて長崎に連れ来《きた》れり。施寧は生まれ付き甚だ醜き男にして頭には年に似合わぬ白髪《しらが》多く、妾は彼を好まざれど、ただ故郷に帰る嬉しさにてその言葉に従いしなり。やがて連れられて長崎に来り見れば、その弟の金起と言えるは初め妾が長崎の廓《くるわ》にて勤めせしころ馴染みを重ねし支那人にて施寧には似ぬ好男子なれば、妾は何時《いつ》しか施寧の目を掠《かす》めてまたも金起と割り無き仲となれり。されど施寧はそのことを知らず、ますます妾を愛し、ただ一人なる妾の母まで引き取りて妾とともに住まわしめたり。母は早くも妾が金起と密会することを知りたれど別に咎むる様子も無く、殊に金起は兄施寧より心広くしてしばしば母に物など贈ることありければ、母は反《かえ》ってよきことに思い、妾と金起のために首尾を作ることもあるほどなりき。そのうちに妾はいずれかの種を宿し男の子を儲けしが、もとより施寧の子と言いなし陳寧児《ちんねいじ》と名づけて育てたり。これより一年余も経たる頃、ふとせしことより施寧は妾と金起との間を疑い、いたく怒りて妾を打擲し、且つ金起を殺さんとまでに猛りたれど、妾巧みにその疑いを言い解きたり。斯くても妾は何故《なにゆえ》か金起を思い切る心なく、金起も妾を捨つるに忍びずとて、なお懲りずまに不義の働きをなし居たり。寧児が四歳の時なりき、金起は悪事を働き長崎に居ることできぬ身となりたれば、妾に向かいてともに神戸に逃げ行かんと勧めたり。妾は早くより施寧には愛想尽きひたすら金起を愛したるゆえ、左らば寧児をも連れてともに行かんと言いたるに、そは足手纏《あしでまと》いなりとて聞き入るる様子なければ、詮方なく寧児を残すこととし母にも告げず仕度をなし、翌日二人にて長崎より船に乗りたり。後にて聞けば金起は出足に臨み兄の金を千円近く盗み来りしとのことなり。やがて神戸に上陸し一年余り遊び暮らすうち、金起の懐中《かいちゅう》も残り少なくなりたれば、今のうち東京に往《ゆ》き相応の商売をはじめんとまたも神戸を去り東京に上り来るが、当時築地に支那人の開ける博奕宿《ばくちやど》あり。金起は日頃嗜《たしな》める道とて直ちにその宿に入り込みしも運悪くしてわずかに残れる金子《きんす》さえたちまち失い尽くしたれば、如何《いか》に相談せしか金起は妾をその宿の下女に住み込ませ、己《おのれ》は「七八《チイパア》」の小使に雇われたり。この後一年を経て明治二十年の春となり、妾も金起も築地に住まい難きことできたり。その因由《わけ》は他ならず彼《か》の金起の兄なる陳施寧、商売の都合にて長崎を引き払い東京に来りて築地に店を開きしと或る人より聞きたれば、当分のうち分かれ分かれに住むこととし、妾は口を求めて本郷の或る下等料理屋へ住み込み、金起は横浜の博奕宿へ移りたり。或る日妾は一日の暇を得たれば久し振りに金起の顔を見んと横浜より呼び寄せてともに手を引き此処彼《ここかし》処《こ》見物するうち浅草観音に入りたるに思いも掛けず見世物小屋の辺《ほと》りにて後ろより「お紺お紺」と呼ぶものあり。振り向き見れば妾の母なり。寧児もそのそばにあり。見違えるほど成長したり。「オヤ貴女《あなた》は」

母「お前はまア私にも言わずにいなくなって、それ切り便りが無いからどこへ行ったかと思ったら、まア東京へ、まア、そしてまア金起さんもまア、寧児覚えているだろう。これがいつも言うお前のお母《つか》さんだよ、お父《とつ》さんはお前を貰い子だと言うはずだ。これがお前のほんとうのお父さん。私はまア前《さき》へ言わねばならんことを忘れてサ、お紺やまだ知るまいが用心せねばいけないよ。東京へ来たよ、親指が、私もアノまま世話になっていてこの通り東京まで連れられて来たがの、今でもお前に大残りに残っているよ、未練がサ。親指は、お前がいなくなッた時、どのように怒ッただろう。私まで叩き出すッて。チイチイパアパア言ったがね、腹立った時やア少しも分からんね、言うことが。でも後で私を世話して置けば早晩《いつか》お前が逢いたくなッて帰ッて来るだろうッて、惚《のろ》いことは箍《わ》を掛けてるね、日本人に。そして今はどこに、アそう本郷に奉公、アそう可愛相に、金起さんも一緒かえ、アそう、金起さんは横浜に、アそう、別々で逢うこともできない、アそう可愛相に、アそう親指の来たことを聞いて、アそう可愛相に、用心のため分かれてか、アそう、今日久しぶりに逢ッて、アそう可愛相に。それではお前こうおしな、今夜はね、家へ来てお宿《とま》りな、金起さんと二人で。ナニ浮雲《あぶな》いものか、昨日横浜へ行って明後日《あさって》でなければ帰らんよ。イエほんとうに、恐いことがあるものか。イエお泊まりな、お泊まりよ。もし何だアね、帰ッて来れば三人で裏口から馳け出さアね。ナニ、寧児だッて大丈夫だよ、しゃべりやしないよ。ほんとうのお父さんとお母さんが泊まるのだものしゃべりやするものか、ねエ、寧児。この子の名前は日本人のようで呼び易くッて好いことね。隣館《おとなり》の子はやッぱり合《あい》の子で珍竹林《ちんちくりん》と言うのだよ。可笑《おか》しいじゃないかねエ。だから私が一層のこと寧次郎とするが好いと言うんだよ。来てお泊まりな。裏から三人で逃げ出さアね。イエ正直なところは私ももう彼処《あすこ》にいるのは厭で厭でならないの。お前達と一緒に逃げればよかッた、アア時々そう思うよ。今でも連れて逃げてくれればよいと、口には言わぬけれどほんとうだよ。来てお泊まりな、エ、お前今夜も明《あす》の晩も大丈夫、イエ月のうちに二三度は家を開《あ》けるよ、横浜へ行ってサ、その留守はどんなに静かでいいだろう。これからね、そんな時には逃《のが》さず手紙を遣るから来てお泊まりよ。二階が広々として、エお出でなね、お出でよ、お出でなね、お出でよう」

母は独りでしゃべり立て、放す気色も見えざる故、妾も金起もツイその気になり、この夜は大胆にも築地陳施寧の家に行き、広々と二階に寐《い》ね、次の夜もまた泊まり翌々日の朝になり寧児には堅く口留めして帰りたり。この後も施寧の留守となると分かるたびに必ず母より前日に妾の許《もと》へ知らせ来る故、妾は横浜より金起を迎え泊まり掛けに行きたり。もし母と寧児さえ無くば、妾斯かる危うき所へ足踏みもするはずなけれど、妾のごとき薄情の女にも母は懐かしく、児《こ》は愛らしし、一ツは母の懐かしさに引かされ、一ツは児の愛らしさに引かされしなり。さればその留守前日より分からずして金起を呼び迎える暇《いとま》なき時は妾ただ一人行きたることもあり。明治二十年の秋頃よりして今年の春までに行きて泊まりしこと、およそ十五度もあるほどなり。今年夏の初め妾はあまりしばしば奉公先を空《あ》ける故、暇を出されて馬道の氷屋へ住み込みしが、七月四日の朝母より「親指は今日午後五時の汽車で横浜へ行き、明後日まで確かに帰らぬからきッとお出で待っている」との手紙来れり。妾はしばらく金起に逢わぬこととて恋しさに堪えざれば早速横浜へ端書《はがき》を出だしたるに、午後四時頃金起来りければ、すぐに家を出て少し時刻早きゆえ、或る処にて夕飯を喫《た》べ酒など飲みて時を送り、ようやく築地に着きたるは夜も早十時頃なり。直ちに施寧の家に入り、母と少しばかり話せし末、例のごとく金起とともに二階に上り、一眠りして妾は二時頃一度目を覚ましたり。見れば金起も目を覚まし居て「お紺、今夜は何となく気味の悪いことが在る。己《おれ》はもう帰る」と言いながら早寝衣《ねまき》を脱ぎて衣物《きもの》に更《あらた》め羽織など着て枕頭《まくらもと》に居直るゆえ、妾は不審に思い「何がそのように気味が悪いのです、帰るとて今時分どこへ帰ります」

金「どこでもよい、この家には寐ていられぬ」

妾「何故《なぜ》ですえ」

金「先ほどから目を醒ましているのに賊でも這入《はい》っているのか押入の中で変な音がする。ドレそっちの床の間に在るその煙草入れと紙入れを取ッて寄越せ」

妾「なに貴方《あなた》賊など這入りますものか。念のために見て上げましょう」と言いながら妾は起きて後ろなる押入《おしいれ》の戸を開けしに個は如何に、中には一人眠れる人あり。妾は驚きて「アレー」と言いながらその戸を閉め切れば、眠れる人はこの音に目を覚ませしか戸を跳ね開きて暴れ出でたり。よく見ればこれ金起の兄なる陳施寧なり。今より考え想いみるに施寧はその子寧児よりこの頃妾が金起とともにその留守を見て泊まりに来ることを聞き出だし、半ばは疑い半ばは信じ、今宵はその実否を試さんとて二日泊まりにて横浜へ行くと言いなし、家を出でたる体《てい》に見せ掛け、明るきうちよりこの押入に隠れ居たるも十時頃まで妾と金起が来らざりし故、待ち草臥《くたび》れて眠りたるなり。殊に西洋戸前ある押入の中に堅く閉じ籠もりしことなればその戸を開くまで物音充分聞こえずして、目を覚まさずに居たるものなり。それはさて置き妾は施寧が躍り出ずるを見て転がるごとくに二階を降りしが、金起はさすがに男だけ、徒《いたずら》に逃げたりとて後にて証拠となるべき懐中物などを遺《のこ》しては何の甲斐もなしと思いしか、床《とこ》の間の方に飛び行かんとするに、そのうち早後ろより背《せな》の辺りを切り付けられたり。妾これまではチラと見たれどその後のことは知らず、ただ斯く露見する上は母は手引きせし廉《かど》あれば後にて妾よりもなお酷《ひど》き目に逢うならんと、驚き騒ぎて止まざるゆえ、妾は直ちにその手を取り裏口より一散に逃げ出だせり。夜更けなれども麻布の果てには兼ねて、一緒に奉公せし女安宿の女房となれるを知るにより、通り合わす車に乗りて、その許に便り行きつつ訳は少しも明かさずに一泊を乞いたるが、夜明けて後もこの辺りへは人殺しの評《うわさ》も達せず、妾はただ金起が殺されたるや如何にとその身の上を気遣うのみ。されども別に詮方あらざれば何とかしてこの後の身の振り方を定めんと思案しつつ、またも一夜を泊まりたるに今日午後一時過ぎに谷間田探偵入り来り、種々のことを問われたり。もとより我が身には罪と言うほどの罪ありと思わねば在りのままを打ち明けしに、斯くは母とともに引致《いんち》せられたる次第なり。

以上の物語を聞き了《おわ》りて荻沢警部は少し考え、

「それでは誰が殺されたのか」

紺「誰が殺されたかそれまでは認めませんが、たぶん金起かと思います」

荻「ハテ金起が――しかし金起はどのような身姿《みなり》をしていた」

紺「金起は長崎に居る時から日本人の通りです。一昨夜は紺と茶の大名縞の単物《ひとえもの》に二タ子唐桟《とうざん》の羽織を着て博多の帯をしめていました」

荻「ハテ奇妙だナ、頭は」

紺「頭は貴方のような散髪で」

荻「顔に何か目印があるか」

紺「左の目の下に黒痣《ほくろ》が」

アアこれにて疑団氷解せり。殺せしは支那人陳施寧、殺されしはその弟の陳金起、少しも日本警察の関係に非ず。ただ念のために清国領事まで通知し領事庁にて調べたるに、施寧は俄《にわか》に店を仕舞い、七月六日午後横浜解纜《かいらん》の英国船にて上海に向け出帆したる後の祭りにて有りたれば、大鞆《おおとも》の気遣いしごとく一大与論を引き起こすにも至らずして、お紺まで放免となれり。されど大鞆は谷間田を評して「君の探偵は偶れ中《まぐあた》りだ。今度のことでも偶々《たまたま》お紺の髪の毛が縮れていたから旨くいったようなものの、もしお紺の髪の毛が真っ直ぐだッたら、無罪の人を幾ら捕らえるかも知れぬところだ」と言い、谷間田はまた茶かし顔にて「フ失敬な、フ小癪な、フ生意気な」と呟き居る由《よし》。独り荻沢警部のみはこの少年探偵に後来の望みを属し「貴公はいつも言う東洋のレコックになるべし、なるべし」と厚く奨励すると言う。

涙香集

涙香集序

世の人情を穿ち事理を明らかにするものは小説なり。而して小説にもその種類甚だ多くして一概に述べ尽くし難しといえども、多くは淫奔《いんぽん》の情態を説くか、または悪漢毒婦の顚末を編述《もの》するもの夥多《おびただ》し。余鑑《かんがみ》る所あり、仮令《たとい》淫奔の情態を説くも悪漢毒婦の顚末を編述《のぶる》も到底《つまり》読者の心によって必ずしも勧善懲悪《かんぜんちょうあく》の一助とならざるは得んや。然れども元来《もと》これ小説は小人《しょうじん》の説と言うに過ぎず、故に大人君子《たいじんくんし》として小説を閲《えつ》する人甚だ稀なり。然《さ》れば小説を読む人、作者が蛇足によって著作《つくり》し物語とは看ず、かえってこれを事実として勧善懲悪の心裡《こころ》を失い、物の本によって淫奔懶惰《らいだ》に陥るもの間々《まま》あり。これ余が遺憾に堪えざる所なり。それ小説は井原西鶴《いはらさいかく》に起こりし以来、天明《てんめい》年間東都《とうと》に於いて小説家の屈指とする者、京伝馬琴《きょうでんばきん》の二氏あり。続いて三馬種彦《たねひこ》あり。これらの人々が著作し小説《もの》は敢えて淫奔の情態に過ぐるにあらず。これ大いにその伎量を顕す所なり。就中《なかんずく》種彦が著作し田舎源氏と言う書あれど、これまた大いに鑿所《みるところ》あり。（中略）現時《とうじ》独立して一派を為《な》せし人、饗庭篁村《あえばこうそん》、春のや朧《おぼろ》、山田美州斎、紅葉散人、等の小説家あれど、独り涙香小史氏のごとき人を看ず。涙香氏は小説家にはあらざれども人情を穿ち、世の事柄を筆にまかせて述ぶるもの実に一読して三嘆《たん》に堪えざるものなり。扶桑堂《ふそうどう》主人、今度《このたび》涙香集と名づけし書を印行《いんこう》し、以てこれを世に公《おおやけ》にす。即ち余に序を請う。余固辞すといえども聴かず、以て芸言《げいげん》を識《しる》して序詞に換ゆると爾《しか》言う。

一二三散史

金剛石《ダイヤモンド》の指環《ゆびわ》

第一回

物の祟《たた》りほど恐ろしきは莫《な》し。詰まらぬ品物も祟るときは人の命に罹《かか》るとかや。余が妻の環《は》めたる指環のごときは実に妻の命に祟りし物なり。忘れもせぬ、先年仏国《フランス》にてその国王の冠物《かむりもの》を糶《せり》売りにせんがため、わざわざ博覧会を開きし時、余は妻とともに密月の旅に上りて仏国の都巴里《パリ》に居合わせたれば、もし気に入りし玉もあらば買わんものと妻の手を引き糶売場へ入り行きしに、陳《なら》べある品物はいずれも昔奢《おご》りを極めたる天子皇后の戴きし飾り物なるゆえ悪かろうはずはなく、あまりの綺麗さに眼眩《まなこくら》み、ほとんど肝までも潰るるほどなり。もし大金を腰に着け片ッぱしより買い入れたらんには如何《いか》ほどか楽しかるべき。されど価《あたい》いずれも数万円の上にしてなかなか余ら夫婦の望みに叶わず。もっとも余は婚礼して間もなきこととて妻のためには命も捨てんと思う際なれば、もし妻がアレ欲しやと指ささば産《さん》を傾けても買い与えんと油断なく妻の顔色を伺えど、妻は弁《わきま》え深き女にして猥《みだ》りに非望を企てず、余の嚢中《のうちゅう》の多寡《たか》を括《くく》り、ただ見るばかりにて買いたしとて色にも見せず、やがて陳列場の尽くる所まで見到りし時、余と妻との目に一様に留まりたるはいと古き冠物の前額《ひたい》に当たりて輝ける金剛石にぞある。

妻「アレ御覧なさい、たいそう謂《いわ》れが書いてありますこと」

余「そのことさ、己《おれ》もそう思ッている。兼ねて人の話に聞く、昔英国の大政治家キヤサム侯ピットの祖父が印度《インド》大守《たいしゅ》を勤めた頃買って来て仏国の朝廷へ売り渡したと言うのがこの玉だな。名高いだけあって光が違う。どうだアノ色合いは――」

妻「ねエ、貴方それほど我が英国に由縁《ゆかり》のある金剛石を他国の人に買い取られるは惜しいものじゃありませんか」

妻は必ずしも余に謎を掛けるにはあらねど、斯く言われて謎と解かぬは妻孝行の道に非ず。余は東洋にありと聞くキヨミズの舞台より飛ぶ気になり、早速羅売《せり》所の事務員に掛け合い、その内意を聞きて七万七千円の札を入れしに三日の後その玉は余ら夫婦の手に落ちたり。玉の周囲《ぐるり》に行列する小金剛石都合七個あり一個千円宛《ずつ》にして、真ん中の大玉七万円の割合なり。余はこの小玉の中二個《ふたつ》を取り、早速これを飾り屋に送りて妻と揃いの指環を作り、一様に指に環めて英国に帰りたり。妻の歓び余の嬉しサ、くだくだしく記《しる》さずもがな。読者よ、ここにいと不思議なる次第と言うは、英国に帰りてよりおよそ三月を経し頃より妻の指は段々と腫《は》れはじめり。最初にはその指環を環めたる無名指《くすりゆび》に痛みを覚ゆとのことなりしかば、余はすぐに指環を抜き去るべしと勧めたるに、妻は珍重《ちんちょう》に珍重し片時もこの指環に離れる気なしとて余の言葉に随わず。余は笑いて、

「お前は指環と情死《しんじゅう》する気か」

と尋ねしに、

「ハイこの指環は命の親よりも大切です」

と答えたり。その翌日に到りては痛みますます募りしとて、妻は余のそばに来《きた》り、「昨日はアノように言いましたが、もう我慢ができません。どうぞこれを抜いて下さいな」

とその手を差し出したれば、余は抜き得させんとするにその指既に腫れ上がり指環は深く肉にまで食い入りて、なかなか抜ける様子無し。早速医師を迎えしところ、医師は指環を切るほかなしとて何やらん道具を取り出したれど、深く肉に入りたるものを易々《やすやす》と切り去らるべき。無理に切らんとすれば徒《いたずら》に痛みを増すのみなれば、果ては持て余し薬を以てその痛みを鎮めその腫れを退《ひ》かせるほかなしと局所麻薬とやら言えるものを施したれど、これもまたその甲斐なし。わずかに痛みの止まりしのみにて腫れは少しも薄からず、翌日となり翌々日となれば指ばかりにあらで身体の節々《ふしぶし》皆痛みを覚え立ち上がることさえ叶わず。医師は僂麻質斯《リユウマチス》と診断してそれぞれの療治を加うれど、更にその効《しるし》を見ず、妻孝行の余がことなれば心配も一方《ひとかた》ならず、あれかこれかと思案せしがフト先の日指環と情死《しんじゆう》するつもりかと言いしこと気に掛かり、如何にするも指環を抜かずばこの病癒えまじと思い初《そ》めたれば、これより所々方々《しよしよほうぼう》に問い合わせしところ、或る人の説にゴムの糸を以て指を爪の先より本《もと》へ本へと巻き降ろさば指の血ことごとく去り尽くすゆえ如何ほど堅き指環にても抜けざることなしと言う。よって早速その法を施さんとせしに、指の先をただ一巻巻きたるのみにて妻は痛みに堪えずと言いヒイヒイと泣き叫ぶ。殊に医師さえも指環のために非ずと言うゆえそのことは思い留まりしも、余はなお指環のこと気になりて心更に安からず。且つは余が仏国より王冠を買い来りそのうちの金剛石を取りて夫婦一対《つい》の指環に製せしことは交際社会に隠れなき噂にして、遠く米国の新聞紙にまで書き載せられ、今は誰言うとなく余が妻は指環の祟りを受けたりと伝うるほどなれば余が心を痛むるも無理ならじ。斯くするうちに数日を経て或る夜のこと、余は妻の枕許《まくらもと》に在りて介抱し既に十二時をも過ぎしと思う頃、久し振りにて妻が快げに眠りに就くを見たれば、まず好しと安心しつつ我が居間に帰りて四五日読み溜めたる諸方の手紙に一々返事を送らんと筆を取りて二三通認《したた》めたるに、この時いと遽《あわただ》しく余の室《へや》に入り来る者あり。誰かと見れば余が妹なり。妹は余の顔を見るより早く恐ろしさに得堪えぬごとき声を絞りて、

「兄《あに》さん大変です、姉さんが死にました、亡くなりました」

余「ヤ、ヤ、ヤ、ヤ、妻が死んだと、どうして死んだ、どうして亡くなッた、早くここへ連れて来い」

妹「死んだ人が連れて来られますものか」

余「コレ妹、周章《あわて》るな」と言う余こそ実に周章しなれ。

第二回

我が妻死せりと聞き、余は驚きてその寐間に走り行けり。ただ一目にて余は妹の言葉に間違いなきを知れり。「コレ妻」と叫びながら寄り添うに身体は既に冷たくして石のごと

し。念のためにと脈を取れども死したる者に脈のあろうはずもなし。なおまた念のためにと鏡を取りてその唇に当つれども、鏡の面《おもて》少しも曇らぬは息の全く絶えたる証拠なり。余はしばしがほどその死骸に抱き付きて泣き居たるも斯くては果てじと身を起こして下僕《しもべ》を医者の許《もと》へ走らせしに、ややありて医者は来《きた》り。妻の身体を診察して、

「アアこれはもう全く事切《ことき》れになりました」

と言えり。事切れとは情けなし。わずかに夫婦となりてよりなお幾月をも経ざる妻を名も知れぬ病に死なせるとは、世にこれほど不幸なることやある。されど余は危ぶむところあり。医者が如何《いか》ように言うとても我が妻にはなお命あるやも知れず、世にカタレプシーと言える病ありと聞く。その病に罹《かか》るときは息も止まり脈も絶え全身総て感覚を失い全く死骸と同様になるとは言えど、幾時間の後には生気《しょうき》に返ると言えり。昔よりその病に罹りて全く死人と見誤られ葬られてより幾日をか経たる後に至り棺の底にて生き返りたる者も少なからずとのことなれば、我が妻も今に生き返ることあらんも知れず、先ほどまでは身体に痛みを覚えながらも日頃のごとく話しもし、日頃のごとく物事を弁《わきま》え居たるに、わずか一時間を経ぬうちに冥世《あのよ》の人となり果つるとは実《まこと》らしくも思われず、余は医師に向かいてそのことを語りしも、医者は少しも取り合わず、

「左様サ、物の本などには死んだ者が生き返るなど言うことも書いてはありますが、それは全く医者の粗忽《そそう》でまだ死に切らぬ者を死んだと思い誤って葬るから起こることです。貴方ももし疑わしいと思わば、まず二日なり三日なり葬らずにお置きなさい」

余はこの言葉に随いて三日の間その死骸を寐台《ねだい》の上に置きたるも、生き返る様子なし。今はほとほと落胆してついに葬ることとなせしも、余は最早死骸のそばに居る気力もなし。葬儀一切のことは親類の者に打ち任せ一間《ひとま》に閉じ籠もりたるまま、せめてはこの憂いを紛らさんものと手酌にて酒を呑み鬱《ふさ》ぎ返ってありたるに、この所へまたも余が妹入り来り、

「兄《あに》さん、どうしましょう。姉さんの指環《ゆびわ》が抜けませんが――」

と問う。余はグット怒り、

「怪痴《けち》なことを言うな、抜けぬものを抜くには及ばぬ。そのまま棺に入れてやれ」

と叱りたるに妹はこの剣幕に驚き逃ぐるごとくに立ち去れり。やがて葬式の用意整いこれより棺を送り出すとのことなれば、余は所天《おっと》の役目とて知らぬ顔には済まされず、呑みたる酒も酔いを催す様子なければそのまま黒き服を着け、棺に従いて墓地まで行きたり。墓地は余が家より遠からざる所に在り。余はその葬り終わるまで篤《とく》と見届けたる上、重き足を引き摺《ず》りつつ我が家へ帰りたるが、この日よりして余は全く別の人と生まれ替わりしごとく、物をも言わず食事もせず、ただ鬱々《うつうつ》と悲しみに沈みて更に気力なき身とはなれり。

読者よ妻を失う悲しみは子を失うよりも悲しと聞く。余はいまだ子を持たねば子を失う味を知らねど、何の悲しみか妻を失うに増さんや。余はこの日も翌日も独り一室《ま》にて鬱《ふさ》ぎ暮らせり。やがて夜の十時とも覚しき頃、あまり鬱ぎて我が身ながら世に遠ざかる心地したれば、しばしの気晴らしに室《へや》を出で庭口に立ち出《い》でんとするに、外は一面に月照りて硝子《ガラス》戸越しに洩る影のいと鮮やかなれば初めて生き上がりし想いをなしやおらその戸を開かん

とするに、アア如何に、その時たちまち硝子戸の外に寄り添う人の姿あり。顔は斜めに月影を帯び半面は暗く半面は青し、その物凄さ言うばかりなし。読者この人を誰と思うや、昨日葬りし余が妻なり。あまりの不思議に余は戸を開きて転び出で、

「オオ妻か」

妻「ハイ私です」

と甕《しが》み付く身に手答えあるは幽霊に非ず、真《まこと》の妻なり。昨日確かに地の下に埋めし者が如何にして生き返り、如何にして棺を破り、如何にして土を出で我が家に帰り来りしぞ。余はしばし抱きしめられたるままなりしが、何の拍子かたちまち手の先にヒヤリと覚ゆるものあるにぞ、怪しみてその手を引き月に透かして眺むれば——読者よ、血なり血なり。妻の身体は血塗《ちまみ》れなり。余は驚きながらも度胸を失わず、直ちに内へと連れ入りて長椅子に身を寄らせ、

「この姿は、まアどうしたのだ」

と問うに妻はいと弱き息を吐《つ》きて、

「私もどうしたか知りません。夢ともなく、現《うつつ》ともなく眠ッている間に死んだ者と間違えられたことと見え、フト目を覚ませば棺の中に寐ていました」

余「ヤヤ、それではやはり己《おれ》の言うた通りカタレプシーの病であったか」

妻「何だか知りませんが手の先にチクリと痛みを覚え、それで生気《しょうき》に帰りました」

余「それからどうして棺を出た。土の底に埋まッていたのに——」

妻「ナニ棺は地の外にあって蓋までも開いていました」

余「それは変だ、昨日確かに埋めたのに、ハテな――それではもしや棺の底で吾女《そなた》の動く音を聞き付け、誰かが掘り出してくれたのだろう。それにしてもこの血はどうした」

妻は血の滴《したた》る手を差し延べ、

「これを見て下さいまし」

余はその手を見るにアナ無惨や。無名指《くすりゆび》一本根の所より切り去りて、妻の手はただ四本の指を留むるのみ。今の血は無名指の切り口より流るるものなり。

「どうしてこの指を切った」

妻「悪人が金剛石《ダイヤモンド》のアノ指環に目を付けて、それで私を掘り出したものと見えます。掘り出しても指が腫《は》れてその指環が抜けぬから、指諸共《もろとも》に切り取りました。私が正気に返ッた時はまだ曲者《くせもの》がそばに居ました」

余「シテ曲者はどうしたな」

妻「私が正気に返るを見てキャッと叫んで逃げました」

余「けれどもよくまア正気に返ッてくれた」

妻「ハイ指を切られたその痛みでフト心が付いたのです」

余「ヤアそれではやはり金剛石の指環のために助かッたか」

この後医者の説を聞くにカタレプシーにて絶息したる者、身体の一部を切りて血を出す時は正気に復《かえ》ることありと。さすれば余が妻に高価なる金剛石の指環を環《は》め居たるがために指を切られ、指を切られしがために命を拾いしなり。かく思えば取られし指環も惜しからず、切られし指も惜しからず、その曲者も憎からず、可愛きはただ四本指の余が妻のみ」

妻「貴方《あなた》このことは新聞に出しても、私の名前ばかりは隠して下さいナ」

余「ヨシヨシ」

読者よ、余が妻の名を問うなかれ。妻は今ゴム製の義指《ぎし》を継ぎ、余のほかには誰もその四本指なることを知る者なし。

恐ろしき五分間

第一回

わずかに五分間と言えばいと短きことなれど、余はその恐ろしさを生涯忘れ得ず。ただ五分間も余がためには百年の想いありき。実に余が生涯の恐ろしさを一纏《まと》めに集むるも、ただその五分間の恐ろしさに及ばず。今思いても身の毛逆立《さかだ》つ。

余が住まえる所より倫敦《ロンドン》まで汽車にておよそ三時間余りの路程《みちのり》なり。去る土曜日の午後なりき。倫敦の同業より「至急に来《きた》れ」との電報ありたれば、余は汽車の時間表を見るに、今より乗り込み得《う》べきは午後八時の汽車と午後十時の終汽車なり。終汽車にては夜の一時過ぎならでは倫敦に着く能《あた》わず、斯くては不便のことも多ければ八時の汽車に乗らんものと早々に仕度を整え停車場《ステーション》へと急ぎ行きしに、残念にも少しのことにて乗り後れたり。今は終汽車を待つほかなければ余は口のうちにて「エエ忌ま忌ましいことをした」と呟きながら待合室に入り、そこに備えある今朝の新聞紙を取りて徐々《そろそろ》読みはじむるに、雑報の最も目立ち易き所に「女房殺し」と題したる一項あり。その大意はツレン町十番館に住む安蔵と言えるは曩《さき》に追剝《おいはぎ》の罪を以て懲役十年の刑を受け満期出獄せし男なるが、その後も品行よろしからず悪しき行いのみ多きうち、昨朝《さくちょう》のこと安蔵は酒に酔いて帰り来り、その妻と一言二言争いし末、有り合う十能《じゅうのう》を振り上げて女房の頭を打ち砕きたり。女房はこれにて即死せしを、安蔵は見向きもせず血の付きたる衣類を抜ぎ棄てこれを女房の死骸に被せ、己《おのれ》は着替えを取り出だし、何気なき顔にて出で去らんとしたるも、折りから表を通り合わせし警察官が斯くと見て取り押さえ直ちに警察署へ拘引したれば、今朝《こんちょう》謀殺の廉《かど》を以て取り調べを受くるはずなりとあり。余は大いに感じの鋭き性質なればこの雑報を読みて気持ちを悪くしたれど、その内に時間も経ち終汽車に乗り込まんとする客も追々《おいおい》に集い来たれば、新聞紙を置きてそばにある人と雑談をはじめしにいずれもこの女房殺しの噂をせぬはなし。やがて発車の時刻となりたれば余は立って切符を求め、なお今夕発《はつ》兌《だ》したる新聞紙をも買い取りて定めのごとく汽車の内へ乗り込みしが、見れば合い乗りはただ一人なり。しかも年若き美人にして身分ある令嬢と身受けらるる故、余は無言のままに過ごすも面白からずと一通りの世辞を述ぶるに、美人は余を端《はし》なく思いしか優しき目にて余を横に白眼《にらみ》しのみ、口を噤《と》じて返事もなし。余はますます面白からねば無言のままに差し控えしが、既にして汽車も進行をはじめおよそ一時間余も経たらんと思う頃、次第に眠気を兆し来てほとんど堪え難くなりたれど、女客の前にて鼻息《いぶき》の声を洩らすは無作法の至りなれば、何とかこの眠気を消さんものと先ほど買いたる毎夕新聞を読みはじむるに、これにもまた安蔵のことを記《しる》せり。いとど寂しき終汽車の中にて斯かる雑報を読むは好ましからねど、ほかに面白き記事もなければ詮方なく、眼を通すに標題には「恐るべき悪人」とあり、その本文に女房殺しの廉《かど》を以て昨夜捕らわれたる安蔵は、今朝その筋の調べを受けしが、ほかに紛らわしき所なければ直ちに未決監に入れらるることとなり、警吏数名にて取り囲み且つは厳重に手錠を下ろして監獄まで連れ行くうち、その門前にて警吏が群がる人を追い払わんとする隙を伺い、如何にしてか安蔵は手錠を脱《はず》し吏員の面々を擲《なぐ》り倒して群がる人の中を潜り、いずれともなく逃げ失せたり。その筋にては八方に手を分けて充分に捜索中なれど、その行衛《ゆくえ》更に分からず。殊に彼は女房殺しのほかになお様々の悪事ある由《よし》なれば、その筋にては誰にても安蔵の有り家《か》を報ずる者には百磅《ポンド》百六円、また彼を捕縛する者には二百磅の褒美を与うることとしたり。彼が人相の荒増《あらま》しを記さんに、年は三十七歳、背の長《たけ》五尺九寸、左の頰に赤き切り傷あり、色黒く眼《まなこ》深し、着物は茶縞の背広に黒き筒袴《ズボン》を穿《は》きたり。なお一目して分かり易きは右の手の甲に朱にて弓の矢を繡身《いれずみ》せり。これが何よりの目記《めじるし》なり。余は読み終わりて身震いしつつ私《ひそ》かに合い乗りの美人を見るに、美人はあたかも旅の疲れに堪えぬごとく後ろに凭《もた》れて居眠りせり。余もまたそのごとく背後《うしろ》に寄り眼を閉じて今読みし安蔵のことをかれこれと考え居たるに、考えながらウトウトと微睡《まどろ》みたり。微睡むこと何時間に及びしや知らねどその間の夢に彼《か》の安蔵がこの車に忍び入り、妻を殺せし十能を振り上げて余を打ち殺さんとするを見たり。余は驚きて合い乗りの美人に助けを請えども、美人も恐れ戦き顔まで青くして隅の方に鰭伏《ひれふ》すのみ。余が周章狼狽《あわてふため》くうちに安蔵は余の頭上を眼掛けただ一打ちに彼《か》の十能を振り卸すと見えしが、その機《はず》みに余はようやく目を覚ませり。ホッと息して額の汗を拭きながら件《くだん》の美人は如何《いか》にせしやと見れば、美人は余と同じ夢でも見たるにや、顔に得《え》も言えぬ恐れの色を浮かめ、目を見開きて反り返りながら一方の手に何やらん紙切れを持ち、これ見られよと言うごとく余が方に差し出だせり。その紙切れの面《おもて》には鉛筆にて何事をか認《したた》めある様子なれば、余は気味悪けれど手を出してその紙切れを受け取りたり。この表に記しある文句を読まば、読者も身を縮めて恐るるならん。

第二回

紙切れに字を書きて差し出だせる美人の様子、実に尋常《ただごと》ならず。余は何ですかと問わんとせしが、その顔付きを見ては言葉も出でず、美人はあたかも無言《だまっ》て無言てと余を叱り鎮むるに似たり。非常の時にはただ顔付きを見しばかりにて分かるものなり。よって余は無言のままにその紙切れを受け取り見るに、震える鉛筆にて書きたる文字、

「この腰掛けの下に何者か隠れて居ます。ただ今私の足へ障りました」

とあり。

アア腰掛けの下に隠れているとは何者ぞ。余は彼《か》の女房殺し安蔵の恐ろしき夢を見て、なお心さえ落ち着かぬ折りからなれば、もしや安蔵にはあらぬかとの疑いを起こせしも、そのことを口に出してこの上なお美人を驚かせるは罪深し。殊にまた真実安蔵なりとせば、余が言葉を聞きて我が身の危うきを知り如何《いか》なることをするやも知れず、彼身の丈六尺に近くして力飽くまでも強しと言い、その上に警察の手を逃げ脱《ぬ》けて一か八か逃げ果《おお》せんとする者なれば、窮鼠《きゅうそ》は猫を噛むの喩《たと》え、如何様《いかよう》の乱暴を働くも知れず。ことによりては余《われ》

等《ら》を蹴倒し投げ倒して躍り出《い》ずることもあらん。よもや安蔵ではあるまじと思えど、余は大事にも大事を取り、同じく無言のままにて鉛筆を取り出だし、

「それはたぶん犬か何かでしょう。念のため私が検めましょうか」

美人は再び筆を取る度胸さえ失せしと見え、今度は切れ切れに震える声にて、

「イエ確かに人の手です。検めるは険呑《けんのん》です」

と言いたり。床の下の者、もし安蔵ならんにはこの言葉を聞きて定めし何とか思うならん。そはともかくも「確かに人の手です」とはなお以て心掛かりなり。安蔵が手にはその甲に弓の矢を繍《ほり》付《つ》けありと聞く。今しも美人に障りしとは、もしその恐ろしき手には非ざりしか。いずれとするも余は見究めずに置き難し。もし余一人ならば次の停車場《ステーション》に着するまで恐ろしさを堪《こら》えても済むことなれど、合い乗りの淑女を安心させずば、余の一分相立《ぶんあいた》たず。かかる場合に臨みて婦人を救うは男子の義務とも言うべきものなり。何とかして余は腰掛けの下に潜む怪しき物を見極めん、如何にせば善《よ》からんか、それと悟らせて彼に先《せん》を越されては叶わぬ処なれば、余はここにたちまち一策を案じ、あたかも寐惚《ねぼ》けたる人のごとく口を開きて欠伸《あくび》しつつ、

「アア眠い眠い、ドレ一服煙草でも呑もうか」と言いて煙管《キセル》と煙草を取り出だし「イヤこれはしたり、御婦人の前で――貴女どうか御免なさッて下さい」

と断りながら眼《まなこ》でそれと知らせるに、美人も余の心を悟りしか「サア御随意に」と言うさえも口のうちなり。余は煙草を詰め終わりてまず時計を取り出だし時間を見るに、今は

夜の一時二十分なり。今十分間にて倫敦《ロンドン》の停車場に着すべし。十分間とはわずかのことなれば、これにやや力を得て次に燐寸《マッチ》を取り出だしバッと擦りてその燃ゆるままをわざと取り落とし、その明かりにて美人の腰掛けの下を見るに、余は一目にて総身の血液ことごとく頭に湧き昇《あが》るかと思うほどに驚きたり。読者よ腰掛けの下に正《まさ》しく人あり。その手先ばかり見ゆ。しかもその手先には朱にて弓の矢を繍付けたり。アア美人の腰の下に隠れ居るは命知らずの安蔵なり。余は一生懸命の勇気を集め、

「オヤオヤただ一本しかないマッチを取り落とした」

と言い、身を屈《かが》めて拾いながら、なお篤《とく》と打ち見遣るに今は寸分の疑いもなし。彼腰掛けの下に長くなり、匍匐《はらば》いて身を隠せり。余はまた起き上がりて時計を見るに、今はただ五分間を余すのみ。五分間を無事に過ごさば余も美人も助かるなり。されどこの五分間の恐ろしさ、読者は如何ほどと思いたまうぞ。美人も今は顔の艶全く乾きてほとんど死人かと疑わる。余はこれを慰めんとて、

「貴女《あなた》御心配には及びません。もう五分で停車場へ着きますから」

と言うに、美人は口のうちにて何やらん返事したれど、その声喉の内にて消え、何を言うにや聞き取られず。この時安蔵は腰掛けの下にてまたもその身を動かせしと見え、美人は我が驚きを制し兼ね、

「アレまた足へ障りましたよ」

と夢中になりて立ち上がれり。これに続きて腰掛けの下よりは安蔵が身を動かす音ガサ

ガサと洩れ来《きた》る。読者よ安蔵は逃れぬ場合と見て取りて、余ら両人の間へ現れ出でんと揉《も》掻《がけ》るなり。彼現れ出ずれば如何にして制すべき。余はこれ筆よりほかに重きものを持ちしことなき学者なり。彼は――アア彼は命知らずの凶漢なり。余如何でか彼に手向かうべき、余は斯く思いて思案さえ定まらぬに安蔵は這《は》いながらヌッとその頭を現したり。ここに至りては考える暇もなし。余は電火のごとく飛び掛かり、上より両の手を掛けて握り砕かんばかりに彼が咽喉《のど》を攫《つか》み〆《し》むるに彼はその身体全く腰掛けの下に在り、立つにも立たれず、出るにも出られず、ガタガタと跳ね回れど、余が必死の力を籠めしことなれば、彼如何にとも詮方なし。声を立つるにも息さえ通わず。美人はこの有り様を見てアレヨアレヨと叫ぶのみ。余はなおも両手の指を折るるかと思うばかりに佶《きつ》と押さえ、およそ三分間がほどそのままに圧《お》し付け居るに、さすがの彼も灸所を握られ、ついに気絶したりと見えやや揉掻き止《や》めたるに、この時汽車もまた脚掻《あが》きを止めたり。美人はなお止めどもなく叫び狂う。外よりこの声を聞き付けしか「何事だ」と戸を開く官吏の声も余は耳に入れども返事することを忘れ、ただ、

「女房殺し――安蔵――安蔵」

と口走るのみ。安蔵の名は早電報にて倫敦停車場まで達し居たると見え、吏員は余に手を貸して共々に気絶せる安蔵を引き出だせり。読者よ、この後は言うに及ばず、五分間の恐ろしさはこれにて終われり。されどただ読者に知らすべきこと三あり。（一）余は安蔵を縛《ばく》に就かせたる褒美として彼《か》の新聞紙に在りしごとく、その筋より二百磅《ポンド》の褒美を得た

り。（二）安蔵は間もなく死刑に処せられたり。（三）同車せし美人、今は余が大事の細君なり。

婚姻

第一回

英国《イギリス》の西部ウエルスという所にリンズイナントと呼ぶ湖水《みずうみ》あり。その周囲《まわり》には木あり、山あり、風景絶佳《ぜっか》にして殊には夏を消すに屈強の土地なれば、年の七月より九月までは英国の都倫敦《ロンドン》より来《きた》りて暑を避くるに人多し。これもその一人なるべし。彼《か》の湖水に添いたる細き道を伝い、景色を眺めながら急ぐともなくハホード村の方を指して行く若者あり。年は二十四五ならんか、眉秀《まゆひい》で眼涼《まなこすず》しく身にはいと軽き旅服を着けたるは、問わでも著《し》るき都育ちの若紳士なり。一歩《あし》行きては立ち留まり「エどうだこの景色は。これを欧羅巴《ヨーロッパ》の大陸へ置いたなら、瑞西《スイス》の湖水も及ばぬほどの評を取るのに。このような国に在るから仕方がない、このまま見捨てて歩み去るは惜しい様だ。しかし秋場仙蔵《あきばせんぞう》の家はどこだろう、ただこの湖水に添うて真っ直ぐに行けば好いと聞いて来たが。ナンでもまだ三四哩《り》はあるだろう。徐々《そろそろ》と行ッても二時間か三時間しか掛かるまい。道を聞くにも通る人のないところが妙だテ。夏は人の姿を見るばかりでも華氏《かし》の六七度は暑さを増すから」と言ううちに道の二筋に分かれたる所まで来りければ「イヤ待てよ、このような時には誰か居てくれぬと困る、右へ行こうか左へ行こうか。アア彼所《あすこ》に風流な家が見えるぞ。彼所へ行って聞けば分かる。イヤ門の外の木の影に若い女が涼んで居るワ。鄙《ひな》にも稀なとはアノような美人のことだ。万緑叢中紅《こう》一点か。同じ道を聞くにも美人に聞く方が趣が有るテ」独り呟きて女のそばまで歩み行きつ言葉さえいと丁寧に、

「少しお尋ね申します。この辺りに秋場さんと言う方は――」

女はこれだけ聞きて頭《こうべ》を上げただ一目男の顔を見しのみにて、たちまち紅の色を上《の》ぼし、

「ハイ私どもの一門は皆秋場と申しますが、秋場何と言う名前です」

と問い返すさえ羞《はずか》しげなり。男も女の顔を見惚《みと》るばかりに眺めし末、

「秋場仙蔵氏と申します」

女はまた一段の紅を添え、

「ハイ仙蔵ならこの家です」

男はいと嬉しげに、

「オオこのお家が秋場仙蔵氏のお住所《すまい》ですか。なお二三哩もあることと思っていました。お宅ならばこれをどうぞ」

と一枚の名札を取り出し女に渡すに、女はチラと名札の表を見てそのまま内に入り行きぬ。ややあって前の名札を片手に持ち出《い》で来る年の頃五十余りの老紳士は、これ秋場仙蔵にやあらん。男の方に突《つ》と寄って、

「貴方が年川松雄《としかわまつお》君ですか」

と名札と顔とを見較ぶる。

若紳士「ハイ私が年川です。名前ばかりではお分かりにもなりますまいが、父にしばし

ば貴方のお噂を聞きました――」

老紳士「父に――」

若紳士「ハイ、父年川滝之亟《たきのじょう》に――」

滝之亟と言える名を聞きて老紳士はたちまち眉を開き、

「ヤアお前が滝之亟の息子か。それならそうと早く言ッてくれれば好い。そうサ、滝之亟と分かれたのはもう三十年前のことだ。一緒に大学を卒業して私は一等賞、滝之亟は二等賞をもらッたことであったが、早お前のような子ができたか。その後滝之亟は代言《だいげん》を始めるし、私はこの田舎へ帰ッて父の家を継ぐし、永く便音《たより》もせぬことじゃが――ウム彼奴《きやっ》このような好い子ができたとて私へ見せびらかしに寄越したワエ。さすがは滝之亟の息子だ、アア美男子だ。何か滝之亟から言伝《ことづて》があっただろうな」と老紳士は昔を思う懐かしさに満面ただ笑みを浮かめ止めどもなく言い続く「エ、滝之亟は何と言った。今年はこの土地へ避暑に来るから用意して待っていろとそう言ッただろう、どうだ当たッたか」

若紳士年川松雄は少し憂《ふさ》ぎて、

「イエ、父滝之亟は八年前に亡くなりました」

老紳士秋場仙蔵は驚きて一尺ほど反《そ》り返り、

「ヤ、ヤ、滝之亟は早死んだか。ヤレヤレ惜しいことを」

と涙脆《もろ》き老いの目を湿《うる》ませば、松雄はなお悄然《しょうぜん》として、

「死ぬる時までも貴方の噂を致しました。その言葉が私の耳に残ッていました故、一度

は御尋ね申したいと思いましても今まではその折りを得ませず、今年は幸いに私も大学を卒業し、リンズイナントへ避暑がてら参りましたゆえ、ついでながらお尋ね申しました」

仙「アアよく尋ねてくれた。秋口になるまでは緩々《ゆるゆる》と私の家に逗留するが好い。私は不幸にもこの年まで子という者がなくて我が姪を娘にもらい、子と思うて育てて居る。今お前の名札を取り次いだのがその姪で園子《そのこ》という者だ。姪のほかには妻ばかりで後は皆雇人、誰も気を置く者はない。サア検めて姪にも妻にも引き合わせる。まずまず、サアまず」

と引き摺《ず》らぬばかりに手を取りて引き入れたり。これよりその妻に引き合わせ、また姪の園子にも引き合わすに、都より来し稀人《まろうど》とて下にも置かず待遇《もてな》す中にも、園子は一目見し初めより深くも思い初《そ》めしこととなれば、母とともどもに引き留めて松雄を帰す景色なし。松雄も一同の信切《しんせつ》に背《そむ》きかねてか、その翌日宿屋より少しばかりの荷物を取り寄せ、暑さのやや薄らぐまではこの家に逗留することを定めしが、これよりして園子は松雄のそばを離れず、朝は手を携えて庭に出で、夕は櫓《ろ》を並べて湖水に浮かぶ遊ぶとして、ともにせざるはなく、戯るるとして独りするは稀なり。男女の間には一種微妙なる電気《エレキ》ありと学者は言えり。仙蔵夫婦が仮令《たとい》大事のもらい娘とは言え、かくまでも自由を許し目を離して二人をともに親しませて置くは親たるの道にあらじ。殊に松雄は何者ぞ、ただ一枚の名札を仲人《なこうど》とし、この家に風来《ふうらい》したる通り一片の旅人なり。昔友達の息子とは言え、深く日頃の品行をも極めずして心を許すは等閑《なおざり》とや言わまし。やがて幾日《いくか》をか経たる後、松雄は風清く水涼しき湖水の上《ほとり》にて園子を説き、二人は必ず夫婦ぞといと歓《うれ》しき約束を結びたり。されど園子はただ一人のもらわれ娘、容易にはそのことを義理ある父母に明かし得ずとて、ついに松雄とともに倫敦に掛け落ちし人知れず婚礼し、その上にて父母に詫び入ることにせんとて無分別にも打ち合わせたれば、松雄もただ初恋の嬉しさに心暗み後先も見ず連れて逃ぐることに話を極めたり。これまではただ一通りの事柄にして世に有り触れし話なれど、この後の始末を読まば看る人ただアッと言いて、魂消《たまげ》るのほかなからん。

第二回

年川松雄は秋場園子と掛け落ちのことを約束し、或る夜、宵の内より一輌の馬車を雇い、これを物影に潜ませ置きつ、夜更け人定まりたる時刻を計り二人打ち乗りて駈《は》せ出だせり。夜の明くる頃までにおよそ十余哩《り》行きてウエルスより倫敦《ロンドン》に達すべき某停車場《ステーション》に着したれば、そこより発する一番汽車へ乗り、無事に倫敦に着きたるはなおその日のうちなりき。

倫敦に着きて幾日をも経ぬうちに二人はとある寺に行き式のごとく婚礼せり。園子の歓びは如何《いか》ほどぞ。日頃夢にまで見し倫敦へ今は親しく来りし上、思う男の妻となり何一つ不自由なることもなく日を送る、これに増す仕合わせはなし。園子はただ笑顔のうちに暮らすうち、およそ五週間を経たり。今までは楽しみのため何事も夢中になりし、この頃この頃よりして園子は心に一種の疑いを起こしたり。そはほかならず松雄の身の上なり。彼兼ねて大学を卒業し、父の業を継ぎて代言《だいげん》を開業すと言いしに、まだその様子も見えず、毎日朝の間《ま》に宿を出《い》で夕方に到りて帰り来れど、これと言う職業ありとも思われず、殊には仮に宿屋の一室《ま》を借り一夜泊まりの旅人のごとく泊まりてより他へ引き移る様子も見えねば、妻とともに住むほどの我が家とすべき所あるやなしや、それさえ定かならぬが上に、なお更に怪しと思わるるは松雄に一人も友達なし。婚礼してより五週間、誰一人歓びにも来らねば、この歓びを知らせ遣る先もなし。兼ねて倫敦は交際の都と聞き、仮初《かりそ》めにも紳士と呼ばるる者は、或いは彼許《かしこ》の夜会に招かれ、或いは其所《そこ》の宴席に請《しょう》ぜられ、我が家に腰の落ち付かぬほどなりと聞きしに、松雄に限りて招かれもせず、訪《と》われもせぬは何故《なにゆえ》にや。独り田舎にある頃は倫敦に出て交際社会の群れに入り、貴夫人令嬢と肩を並べて世に評さるることとならば、我が品格も一入《ひとしお》上がることとならんと思いしに、何時《いつ》までも宿屋の一室に籠もり給仕と松雄のほかには人の顔さえ見られぬとは、実にも怪《げ》しき限りなれば園子は或る日松雄に向かい、貴方どうか懇意な方々の家へ私を連れて行き引き合わせて下さいなと請いしに、松雄はほとんど返事に窮《こま》りしごとく顔の色を変えたるが、たちまちまた怒りを催し「余計な知り人など拵《こしら》えるには及ばぬことだ」と叱り懲らしていずれへか立ち去れり。これよりして松雄の行いは日に日に変わり、時によりては夜の更くるまで帰り来らぬことも多ければ、園子は独り心細く、後には堪《こら》え兼ねて故郷なる義理ある父母の許《もと》へ手紙を出し、家出せし我が不孝を詫び、今は婚礼して斯く暮らせることとの荒増《あらまし》を書き送りしに、父仙蔵はいと立腹の返事を送り越せしも母はさすがに女の情とて情けなくは責めもせず、婚礼をせしは目出度けれど、このままにては父への詫びも叶い難ければ、様子見かたがた自ら倫敦に出で行くとの旨を言い来れり。園子はそれを頼りにまた幾日をか送るうち、母は約束のごとく尋ね来り。第一に松雄が職業をも明かさずして毎日外に出ずるを怪しみ、なおも園子の話を聞くにいよいよ気遣わしきことのみ多ければとて、その夜松雄の帰るを待ち充分に問いたれど、松雄はただ笑いに紛らせ、

「ナニ阿母《おっか》さん、私も法学士です。そのように御心配することはありません」

と答えしのみ。何と問いても真面目には返事せず、母もこの時はなるほど心配するには及ばぬことかと自ら思い直せしものの、なお幾日と逗留するに従い、園子が気の付かぬ所に段々と不審の廉《かど》多きを見たれば、園子を呼びて物柔らかに、

「和女《そなた》はまだ年も行かず何の見定めも付けずに婚礼したが、私にはどうも安心のできぬ所があるから、明日はただ一人で外へ出て松雄さんの様子を見届けて来るよ」

と言えり。園子も所天《おっと》の身分如何にと心配のみ募る折りなれば、

「ハイ、どうぞそういうことに願いましょう」

と返事せしに、母はこの翌日松雄に続いて家を出で日の暮れに及びいとも失望の体《てい》にて帰り来しかば、園子は気遣い、

「阿母さんどうでした、何も様子が分かりませんでしたか」と問う。

母「イヤ今夜は何も話すまい。明日私に随《つい》てお出で、スッカリ真事《まこと》の所を見せてやるから」

と斯く言いて独り寐間へと退きたり。後にて園子は母の様子を考え見るに、何か知らね

ど松雄が身に付き驚くべき事柄を見出だせしに相違なく、さもなくば日頃気軽な母なるに力を落として先へ寐るはずなからん。如何なることを見出だせしにやと更に安き心もなく明くる日を待ち居たるに、やがて昨日の刻限となり、松雄は例のごとく宿を出しかば、園子は伯母とともども早々に身仕度しつつ続いてまた宿を出で、なるべく松雄の悟らぬようにと遠く離れてその後を尾《つ》け行きしに、松雄は右に折れ左に曲がり歩み歩みて倫敦中最も下等と聞こえたる或る町へと入りたれば、園子の怪しみは一方《ひとかた》ならず、もし一人ならば馳せ行きて松雄を抱き止めその仔細を問わんとまでに思えども、母に面じてそうもならず、なおも堪《こら》えて見てあるに、松雄はまたいっそうの狭き横町の角に到り人や来るを気遣うごとくキョロキョロと四辺《あたり》を見回したる末、その横町に入り行きたり。この辺りは一面に乞食や廢疾《かたわもの》の住む所にしていずれより来るともなくいと悪しき臭気あり。鼻持ちもならぬばかりなり。されど園子はただ所天を気遣う一念にて母よりも先に立ち今曲がりし横町に到りて見れば、

松雄は立ち並ぶ穢苦《むさぐる》しき家のうちにも最も穢苦しき穴とも小屋とも付かぬごとき家に入れり。この時の園子の不審はほとんど譬《たと》うるに物もなし。やがてこの小屋より出で来る松雄の姿を見、園子はハッと叫んで気絶したり。松雄も面目《めんぼく》なさに絶えずやありけん。そのまま顔をそむけて逃げ去れり。読者よ松雄は如何なる姿なりしや。絵様を見てこれを察せよ。彼は跛足眇目《びっこめっかち》のいとも醜き癈疾者《かたわもの》に扮立《いでたち》て、これより乞食に出でんとするところなりしなり。彼は達者なる身体を備えながら、廉恥《れんち》も知らず稼ぐ心もなき兇徒《しれもの》なれば、癈疾者と化けて世の人の憐れみを乞いわずかにその日を送り居たるなり。かかる者が如何にして紳士に化けしや。後にその筋にて捕縛せし無宿者のうちにこの者あり。乞食ながら或る町を徘《さまよ》ううち計らずも大金を拾い、これにて紳士となるの資本を得たるなりと白状せしとか。されどこの者、真《しん》に園子が父仙蔵の友人なる年川滝之亟の息子なるや、園子が母はその後怪しみて問い合わせたるに滝之亟は数年前《ぜん》には一人も子なかりしと。さすればこの者いずれかにて滝之亟のことを聞き、それを種として仙蔵を欺きしならん。さて気絶せし園子は如何にせしぞ。気絶せしままにて黄泉《あのよ》の人となり了《おわ》りしとぞ。これも親の目を偸《ぬす》みし報い、アア可哀相。

紳士三八

第一回

倫敦《ロンドン》にリリピピ嬢と言う美人あり。容貌の美しきが上に年々五千円の所得あり。この五千円は全くリリピピ嬢一身の所有なれば、これに行く末は嬢の物となる父の財産と母方の伯母の財産とを合わせせば寐て暮らしても一万以上の入金は確かなり。この澆季《ぎょうき》の世にも美人はずいぶん少なからねど、その上に斯かる身代《しんだい》ある令嬢はいと稀なり。さればリリピピというその名はいと可笑《おか》しけれど、誰とてこれを笑うはなく、老いも若きも世に紳士と呼ばるる人々は皆通伝《つて》を求めて嬢の近付きにならんとし、一旦近付きになる者は皆折りを見て嬢を我が妻に説き落とさんとするとかや。さりながら嬢には一人の父あり。リリピピ将軍と呼び做《な》され英国の陸軍にはなかなかの手柄ありたる人にして年は既に六十に近く、その名は嬢の名よりも広く人に知られて、今は陸軍の職を辞し冷水浴奨励協会の会頭に推さるれど、昔万軍を叱咤せし猛《たけ》き癖の抜け遣らず、他人と顔を合わせても二言目には声を荒げ、三言目には杖を振り遠慮もなく打擲し後にて悔ゆることを知らず。リリピピ将軍の名には泣く児《こ》も声を止むるほどなり。この将軍あるがためにリリピピ嬢に思いを寄する幾多の紳士もしばしば嬢の許《もと》に音ずる能《あた》はず、将軍の留守を待つこと大旱《たいかん》の雲霓《うんげい》を待つに似たりとはまた無理もなき次第と言うべし。今宵は嬢の親類なる真鍋夫人の家に夜会の催しあり。嬢も招かれて出席するとのことなれば、ただ嬢に逢わんがためとてその邸に集う人多し。やがて定めの刻限となり嬢はリリピピ将軍に手を引かれて出席せしが、今宵ならば将軍に怒りを受くることもあるまじと我こそ嬢とともに躍らんと先を争うて言い込むに、嬢は幾人にも約束し、夜の三時頃に至るまで十五人の相手と躍りたり。これにてこの夜の義理だけは済みたれば、これより嬢は我が随意に誰と躍るも勝手なり。嬢何人《なんぴと》を撰《えら》むならんと人々それにのみ気を付け居るに、嬢は三人を撰びたり。その一人は松山老人とて今年六十八歳の紳士なり。嬢はこの老人と躍ること二度に及び、次には梅田と言える若紳士を相手とし同じく二度まで躍りたり。この次は竹川とてこの頃名を挙げし画工《えかき》にして、これともまた二度躍れり。松竹梅の三紳士、多くの内より嬢に撰ばれ他人の羨むほどに待遇《もてなさ》れしかば心に歓ぶこと一方《ひとかた》ならず、中にも松山老紳士は我が嬉しさを止《とど》め兼ね、

「アアもう今夜のように具合よく躍れたはちょうど三十五年目じゃ、若い時とは違い身体が骨と皮になり動く度に相手が痛い痛いと顔を顰《しか》めるので気が引けて旨く躍れぬが、今夜はリリピピ嬢の賜《たまもの》だ」

と顔の頽《くず》れるほど笑みを含み幾度も嬢に礼を述べたり。嬢が何故にこの三人を撰びしやはもとより知る由《よし》なけれど、ここにいと奇妙なるは嬢が松山老人と躍りながらの話に、

「明日はね、宵のうちより父リリピピ将軍が冷水浴奨励協会の役員改撰会に出ますから、私がただ一人で留守をするのです。女は斯様に時々留守を言い付かるから詰まりません。殿方ならば毎夜のように家を空けて倶楽部へ入りびたりに立ち入ることもできますけ

れど」と言いたり。老人はこれを聞き心のうちにて「よしよし、明夜《みようや》来てくれの謎だワエ。恐ろしい将軍が留守なら緩々《ゆるゆる》と話ができる」と頷きしが、嬢は次に梅田若紳士と躍りたる時にもまた同じことを話し、その次に竹川画工と躍りし際もやはり同じことを話したり。十人十色同じ話も聞く人によりて取りようを異にするはずなるに、嬢の言葉のみは三人とも同じように聞き取りて、梅田も「よしよし、来てくれの謎だな。将軍が留守なら緩々と話せるワエ」と頷き、竹川も「よしよし、来てくれの謎だな。将軍が留守なら緩々と話せるワエ」と頷きたり。三人一様に頷きたるため、明夜一大椿事《ちんじ》を引き起こすならんとはリリピピ嬢夢にも知らず。ただこれぞと思う話の種なきがままに同じことを話せしまでなれば、夜の明くる頃に至り嬢は躍り艸疲《くたび》れて一同へ分かれを告げ我が家に帰りて臥床《ふしど》に入り、翌日の午後一時頃に至りてようやく起き出でたり。父なるリリピピ将軍は今宵こそ改選の会にして再び会頭に撰ばれん下心なれば、昨夜の艸臥《くたびれ》を物ともせず、朝のうちより一室《ま》に籠もりて、冷水浴と健康との統計表を作り投票のはじまる前に雄弁を揮《ふる》いて演説せんとて、余念もなく勉強せり。これに引き替えリリピピ嬢は起き出でたれど日頃嗜《たしな》めるピヤノの台に寄るさえ懶《ものう》く庭に出て散歩などしついと味気なくその日を暮らせり。やがて夜の七時に至れば将軍はいつもより立派に着飾り、昔得たる諸国の勲章を幾個《いくつ》となく胸に掛け、

「コレ娘や、今夜は少し帰りは遅いが其方《そち》は一時までも寐たことじゃから、そう眠くもないじゃろう。此方が帰るまで本でも読んで起きていろ」

と言い置きて出《い》で行きたり。後にリリピピ嬢は為《な》すこともなく茫然《ぼんやり》と卓子《テーブル》に寄り居たる

に、取り次ぎの女入り来《きた》りて一枚の名札を差し出だせり。見れば竹川画工の名前あるゆえ、さては昨夜我が身とともに躍りたる礼のため、我が機嫌を伺わんとて来りしか。昼間のいと無耶《つれづれ》なりし折りを計りて来りくれなば好かりしをと呟きしも、今とてほかに用事もなければ取り次ぎに向かいて、

「竹川さんならすぐにこれへ通しておくれ」

と言い付けたり。

第二回

嫁をもらうに親と親とが約束を取り極めてその上当人に申し聞け、否応なしに夫婦にするは東洋の風なれど、西洋は自由婚姻の国柄なれば当人同士にて約束し、その後にて親に知らせるを常とす。されば誰某《だれそれ》を我が妻にせんと思えば、自らその女に向かい我が思うことを打ち明けねばならず、打ち明けて口説き落とさねばならず、口説くというはなかなかに言い出しにくきことなれどそれを言い出さねば生涯妻を持つことはできぬ訳ゆえ、言いにくきを堪《こら》えて言い出だす、これが男の役目なり。自由婚姻もずいぶん面倒臭きものと知るべし。さる代わり口説きに用ゆる言葉と言えば昔よりたいてい同じことにて、板木に彫りて捺《お》したるがごとし。百人一様の紋切り形なり。男はまず女に向かいて「今日は一生のお願いがあって参りました。嬢様、私は貴女《あなた》を愛します。貴女を我が物にせねば、この世

に住む甲斐もありません。嬢様、貴女は私を愛しませんか、私の妻になってはくれませんか」と「貴女」「私」「愛」なんど言う言葉にて持ち切るなり。今リリピピ嬢に名札を通ぜし彼《か》の竹川画工もこの紋切り形を並べんとて来《きた》りし者なるべし。されば嬢はそれほどの深き目的ありと知らねば、一通りの挨拶済みて、

「まずお掛けなさい」

と有り合う椅子を差し出すに、竹川はこれより一生の願いを持ち出ださんとするところなれば、若武者が初陣《ういじん》に臨まんとするその前夜のごとくブルブルと身を震わせながら、

「嬢様、今日は——実は——実は」

嬢「実はどうなされました」

竹「ハイ実はその——父御《ててご》は全く御不在に相違ありませんか」

嬢「ハイ父は昨夜もお話し申した通り冷水浴奨励協会へ行きまして留守ですから、誰か話しに来て下されば好いと思ッていました」

竹「それでは申しますが、実は一生のお願いがあって参りました。嬢様、私は貴女を愛します。貴女を我が物にせねばこの世に生きている甲斐もありません。嬢様、貴女は私を愛しては下されませんか——」

と半分余り言い掛けしところへ折りも折りとて誰やらん「トントントントン」と急がしく入口の戸を叩く者あり。竹川は驚きて、

「ア誰か来たと見えます。嬢様後生ですから留守を使ってお帰しなさい。今日言わねば

言う時がありません」

嬢「イエ折角来てくれた人に留守を使うことはできません。それに取り次ぎがたぶん家にいると言ったからここまで這入《はい》って来たのでしょう。どうして今更留守などと――」

竹「それじゃア私はこの人の帰ってしまうまで待っています。どうかその後で私のお願いを」

と言いつつ早無作法にも卓子《テーブル》の下に這い込み全くその身を隠したり。隙も有らせず入り来るは梅田紳士なり。紳士はやや年嵩だけに万事の掛け引きに慣れたれば、竹川のごとく武者震いはせず椅子に寄るが早いか嬢の顔を充分に眺めて、

「実は今日一生のお願いがあって参りましたが――」

リリピピ嬢はこの口切りに驚きて、

「オヤ貴方《あなた》も」

梅「私は貴女を愛します、貴女を我が物にせねばこの世に居る甲斐もありません――」

これまで言うとまた入口に当たりてトントントントン、梅田は顔を蹙《ひそ》めて立ち上がり、

「イヤ生憎《あいにく》の折りに来客のあったものだ。私の愛は何時《いつ》まで待つとも変わりませんから、明日また更めて伺います」

と言い捨てて出《い》で去りしはさすがに紳士の作法を失わずと言うべし。

引き違えて入り来るは松山老人なり。老人はリリピピ嬢より三倍強の齢《よわい》なれば嬢はあたかも自分の伯父を見るごとくかえって安心の想いをなし、

「よくいらしッて下さいました。サアどうか」

と椅子を取って差し出だすその手をすぐに老人は引き寄せ、

「これリリピピ嬢よ、年にも耻じずこのようなことを言い出しては驚くかも知れぬが、老人の一生の願いじゃ。私は七年前《ぜん》から和女《そなた》を愛して居る」

嬢「アレまア貴方までも――」

松「そう言わずに色好い返事を聞かせてくれ。和女を我が物にせねば生きている甲斐がない」

と言い来るを皆まで言わせず、

「もうその後は聞かずとも分かッています。おっしゃるだけ無益ですから、イエその後をおっしゃれば私も年老いた貴方に耻をおかかせ申さねばなりません。もう何もおっしゃらずに今までの通り私に敬われていて下さいまし。皆までおっしゃッて、もしそれがために貴方を賤しむようになっては済みませんから」

老人は老人だけに用心深く、

「ナニ今日すぐにと言う訳ではない。よしよし、和女がそう言うなら今日は帰るが、一年でも二年でも私は気永く待っているから、何時でも和女の気に向いた時、色好い返事をしてもらう。それではこれで帰ります」

と永居して耻掻かぬを幸いに潔く切り上げしは、これも一種の老功《ろうこう》とや言わん。老人が帰るが否や卓子の下より這い出ずる彼《か》の竹川、手を合わせて嬢を拝み、

「アア有り難い拝みます、二人まで断ったは全く私のお願いを聞いてくれる心でしょう。嬢よ我が愛よ」

とて早嬢が手を取りて熱き喫《キス》を移さんとするに、この時またも「トントントントン」竹川はアレまたかと再び卓子の下に潜みしが今度入り来《きた》りしは何者ぞ、これ嬢が父リリピピ将軍なり。将軍は大砲の玉のごとく室のうちに荒《あば》れ込み、

「エエ今日ほど馬鹿馬鹿しいことはない。一同の投票で己《おれ》を会頭から落としてしまった。己が演説すれば一同が声を揃えて笑いやがる。エエ忌ま忌ましい」

と日頃の疳癖《かんぺき》にいっそうの熱度を加え、目を瞋《いか》らせて卓子の前に寄ると見えしが、突如《いきなり》携えたる杖を振り上げ卓子の上なる花瓶《はないけ》を真っ甲に叩き割れば、下に潜める画工竹川はこの剣幕に恐れ戦き我がこの所に隠るるを早将軍が見て取って立腹することと思い顔の色を替えて出《い》で来る。将軍は大喝一声に、

「エエここにまでこのような奴が居るか」

と言いながら件《くだん》の杖にて竹川の頭をポカポカポカポカ、嗚呼《ああ》三人の中にて最も押しの強き竹川は最も頭の痛き報いを得たり。

電気

第一回

時は八月の中旬《なかば》午後三四時と言えば暑き盛りなるべし。殊に昼の頃より天に蒲団のごとき雲広がりて風の道を塞ぎ、今にも白雨《ゆうだち》のふりだしを呑んで汗を取るよりも蒸し苦し処は麹町《こうじまち》番町の官員屋敷長屋門を取り毀《くず》したる跡へ西洋風の二階作り、これぞ当時広島鎮台《ちんだい》に出張せる陸軍大佐竹川猛男《たけかわたけお》の留守宅なり。鉄の柵《しがらみ》を隔てて高く往来に臨み二つの窓を開《ひら》ける座敷は、飾り付け一切西洋風にてその中ほどの清楚《きよらか》なる卓子《テーブル》に椅《よ》り茶の仕度をなせる日本風束髪《そくはつ》の婦人は年頃三十八九主人《あるじ》猛男の妹時子にて、一たび或る家に縁付きしも間もなく所天《おっと》に分かれ今は猛男の許に帰りてその留守を預かるなり。今一人は猛男の愛女《むすめ》にて秀子と呼べる今年十九歳の令嬢なり。秀子は師範学校をも卒業せしほどの女なれば、英語も巧《よ》く語《つか》い居常《ふだん》洋服を着け、万事西洋の流儀を好むうちにも、殊に自由結婚の説にて時々叔母時子を遣り込めることあり。先ほどより叔母に背《せな》を向け曰《いわく》と言う字の窓に椅りて頻りに物思わしく往来を眺むるは、何か曰くのあることならん。叔母は後ろより静かに声を掛け、

「秀や、お茶ができましたよ。秀や」

と二度まで呼び返されてやっと後ろを向き、

「五時茶《ハイブオクロツクチー》ですか。私は郵便配達が来るかと思って外を見ていましたが、今日は来様《きよう》が遅

いようですねエ」
と言いながら立ち来《きた》る。
叔「広島からの手紙を待つのかえ」
秀「ハイ、今朝長崎から郵便船が着いたと今日《こんにち》新聞にありましたから、毎時《いつも》ならもう来る刻限ですが」
叔「ナニ手紙の来ないのは無事の記《しるし》だよ。それに兄様《あにさん》もことによれば近々《きんきん》に帰るかも知れぬと、この前のお手紙にあったもの」
秀「ヘエそうですか」
と何気なく答うるうちにも心に掛かることあると見え、下を見て嘆息《ためいき》を発しながら、左の手にて所在もなく皿の軽焼煎餅《ビスケット》を砕き居る。叔母は兼ねてより薄々悟るところあれば遠回しに意見せしことも幾度なれど、その都度《つど》「愛情のことは父母でも口を容《い》れることはできません」と西洋流の短兵急《たんぺいきゅう》な返答に切り立てられ、返す言葉もなくそのままに止みしとなん。この時戸表《おもて》を通る自転車の鈴チリンチリンと響きたれば、秀子は急がしく立ちて窓のそばに寄ると、叔母も誰なるかとその後ろより立ちて見れば兄猛男の下に属《つ》き居たる少尉青山深士《あおやまふかし》とて先頃広島鎮台より帰りたる三十ばかりの士官なり。秀子は深士をみて西洋風に手の甲を朱唇《くちびる》に当てれば、深士も帽子を取り挨拶して行き去りたり。叔母は兼ねてよりこの青山深士の品行正しからざる由《よし》を聞き居れば、秀子が此方《こなた》に向くを待ち、
叔「今のは青山深士さんではないか」

秀子はハッと顔を赧《あから》めたれど何気なく推し隠し、

叔「ハイ青山さんですよ」

秀「お前は広島にいた時は懇意にしたのかえ」

叔「ソリャ貴方一ツ鎮台の官舎にいるのですもの。誰だッて懇意にしますワ」

秀「ソシテ何かえ、青山さんはお前が帰ると間もなく帰って来たそうだが、その後は上野にいるのかえ」

叔「ハイ忍ばずの辺《あた》りに姉《あね》さんと同居しています」

秀「アアそれではお前が先夜上野へ行くと言ったは青山さんの所だったね」

叔「イエ青山さんの姉さんの所ですよ」

秀「デモお前、姉さんと青山さんは同居していると言ッたじゃないか」

秀子は目に角《かど》立てて、

「おや同居している所へ行くのが悪いのですか。今夜も舞踏の稽古に行く約束にしてありますよ」

叔母は少しムッとせしという様子にて、

「ヘエまた行くのかえ、お前今月になって早六度行ったじゃないか」

秀「まア叔母さんの記憶のいいこと、私は何度だか覚えていませんが。貴方《あなた》がたって止せとおっしゃれば止しますよ」

叔「何、止せとは言わないが、毎時《いっ》も夜が更け過ぎるから。それにお前はこの頃病身だからあまり外へ出してくれるなと、兄《あに》さんのお手紙にもあるし。それにワルツとやらの踊りは胸に堪えると竹内《たけのうち》（医者）さんもおっしゃッたでないか」

秀「ワルツが健康の害になれば西洋の婦人は皆死んでしまいそうなものですワ。貴方は私が青山さんを相手にして躍るから、それで悪いとおっしゃるのでしょう。それならそうと明了におっしゃいな」

叔「アア躍りも悪いし相手も悪いよ」

秀「オヤ相手が何故《なぜ》悪いのです」

とますます付け入る秀子の言葉に叔母も思い切りて、

「悪いともアノような廉恥《れんち》のない剣呑《けんのん》な人だものを。私はアレがお前の友達かと思えば恐ろしいよ。お前はあのような人を愛して善《よ》いとお思いかえ」

秀子は額の色を変え、

「オヤ叔母さん、愛情に善悪があるのですか。沙翁《シェークスピヤ》も愛は女が男に与える褒美に非ずと言ってあります。褒美ならば品行の正しき人に与え、悪い人には与えぬということがありますけれど、真の愛情は盲目《めくら》です。一旦愛する心ができれば品行が悪かろうが、身分が違おうが取り消すことはできません」

と言いながら荒々しく立ちてまたも窓に椅り掛かり、口のうちにて She《シー》 may《メイ》 love《ラヴ》 against《エゲンスト》 her《ハー》 wili《ウイル》, against《エゲンスト》 her《ハー》 judge《ジャッチ》 ment, against《エゲンスト》 her《ハー》 duty《デユテー》 ——（女は心を捨て道理を捨て義理を捨ててでも愛することあり）と有名なる情句を唱うるは叔母を愚弄する心なるべし。斯かるところへ郵便配達一通の手紙を届け来るを秀子は窓より手を出だして受け取りしが、その上封と消印を見て「オヤ」と叫びて顔の色を変えたり。

第二回

今しも秀子が窓より受け取りたる手紙は父猛男《たけお》より送り来る《きた》ものにして、その上封に横浜の消印あり。広島にある父が横浜より手紙を出すはずはなし。さすれば父は今朝の船にて横浜まで帰りしか。脛に傷持つ秀子が胸には横浜の二字針にて刺さるるごとく応えたり。叔母時子は秀子の驚く様子を見て背後《うしろ》より気世話《きぜわ》しく、

「どこから来たのだえ」

秀「尊父《おとつさん》から」

叔「誰に」

秀「ア貴女、叔母さんに」

叔「私にどれ、早くお見せな。オヤオヤ横浜から、それでは何か訳があって急に帰っていらしったのだろう、ドレ」

と言いながら封を開けば、

時子殿、吾らただ今山城丸《やましろまる》にて横浜へ着きたれど、昔受けたる肩先の傷所船中にて再発

したれば、今日は東京に行き難し。明朝一番汽車にて帰り行かん。承れば青山深士《ふかし》なる者、この頃広島より帰りて上野に居る由《よし》、同人については種々不都合の次第もあれば如《い》何《か》なる用事ありとも秀子を同人に逢わせぬよう注意せられたく、既に秀子へは広島に居る頃より同人に逢うことを禁じあれど、なおまた更に気に掛かること出来《しゅったい》せし故、くれぐれも頼むなり。委細は面会の上に譲る。

横浜旅店にて竹川猛男

とあり秀子は我が身の上のことならんと、叔母の後ろに立ちて肩の上より残らずこの手紙を読み取りて顔の色青くなりたり。叔母は読み終わりて秀子に向かい、

「お前はまア呆れた者だよ。広島から帰って三月の間、私を欺《だま》していたのだよ。兼ねて青山さんに逢ってはならぬと堅く制《とめ》られていながら、そのことを私に隠してサ、それがお前の口癖に言うラブとやら言うもので西洋の仕方かは知らぬけれど、師範学校でも叔母を欺すが好いと教えはしまい、エ。私は西洋のことは知らぬけれどお前、隠すより打ち明けて叔母さんにどうしましょうと相談してくれれば、これでも少しは相談相手になるワね」

と理迫《ことわりせめ》し叔母の言葉に秀子は差し俯向《うつむ》いてありたるが、なおも利かぬ気の顔を上げ、

「それなら今夜行かれぬと断りの手紙を青山さんへ遣るから好いじゃありませんか」

叔「イエお前から手紙を遣ってはなりません。私が立派に断って遣りますから」

秀「デモ私が書いた手紙を貴女《あなた》に見せ、その上で封じて遣れば好いのでしょう」

叔「アア私に一度読ませた上なら」

秀「それではそうしますよ」

と言いながら秀子は立ってペンと印汁《インキ》を持ち来るにぞ、叔母は念を推し、

「お前また横文字で書いてはなりませんよ。私に読めないから」

秀「私が読んで聞かせてあげるから好いじゃありませんか」

叔「イエいけません、当たり前の女文章でお書きなさい」

秀子は口のうちにて独り分からぬことを呟きながら紙を伸べ机に向かいたるが、そのまま俯向きて何事をか考え入り、およそ五分間も経《た》てど認《したた》むる様子なければ、叔母は気を燥《いら》ち、

「早く書かないと日が暮れますよ」

と言うに秀子は、

「書きますよ」と答えてペンを染《しめ》すと見えたるが、やがてすらすらと書き終わり、

「これで好いのでしょう」

と差し出すを取り見れば、気分悪しき故、行き得ぬ旨を認めあるにより、

「アアこれで好し」

と言いて返したり。秀子はなおも何事をか思案して此方《こなた》に向かい、

「叔母さん封筒はありませんか」

叔「ア状嚢《じょうぶくろ》、私持って来てあげる」

とて叔母は立って二階へ上がるその後ろ影を見送りて秀子は今書きし手紙を遽《あわただ》しく衣嚢《かくし》へ推し込み、同じ紙を出して別に何事をか認《したた》めつ前と同じ形に畳み、口のうちにて「Well《ウエル》 done《ダン》」（旨くできた）と呟くところへ叔母が封筒を持ちて帰り来るを受け取り、今書いた二度目の手紙を手早く入れ上封を認《したた》めて、

「それじゃこれを持たせて遣って下さい」

と赧《あか》い顔もせず差し出すは令嬢の手際とは思われず、斯くと知らねば叔母時子は早速車夫を呼び、上野なる青山深士の宅へこれを届けておくれとて出だし遣りしが、秀子は旨くも叔母を欺き果《おお》せて喜ぶ心を毛ほども見せず、顔を顰《しか》めて叔母に向かい、

「今気分が悪いと書いて遣ったらほんとうに気分が悪くなりました。家に居ると怏々《くさくさ》するから、私はお隣へ行きますよ」

叔「気分が悪けりゃお隣へ行かずと二階で少し寐《やす》むが好かろう。何だか白雨《ゆうだち》でも来そうだから」

秀「イエお隣の伯母さんは気散《きさん》じだから少し雑話《はなし》をするうちには直ります」

と言いつつ立ちて二階へ登《あが》り行きしは着物を着換ゆる心なるべし。跡に時子は先ほどの兄猛男の手紙を取り出し、なお繰り返して読み居たるに廊下にて誰やらん足の音聞こゆるように思われければ振り向き見るに秀子なり。既に着物を着替えてこれより隣へ行かんとする様子なるにぞ、

「お前行くのかエ」

と言えど秀子は返事なく、足を早めて庭に出でたり。叔母はもしやと思い引き続いて廊下に出ずれば、秀子は上履きのままにて早庭続きなる隣の家へ入り行きたり。「アアあれでは全く隣へ話しに行ったと見える」と独り言《ごち》して元の席へ帰りしが、この時先ほどより催しいたる白雨《ゆうだち》の降り出だすに連れ、夏の癖とて雷さえも鳴りはじめ、しばらくするうちに天地も砕くるかと思うばかりにガラガラゴロゴロピカピカピカ。

第三回

夏として迅雷《かみなり》の鳴らぬはなけれど、この時の迅雷ほど激しきはなし。しばしが間はビリビリと障子に響き、地震と雷神《かみなり》と一緒にはじまりしかと思わるるばかりなりし。されど激しき代わりには霽《あが》りも早く、やがて三十分も経つらんと思う頃、一天晴れ渡りて何の音もなく昼の間の暑さを洗い流して俄《にわか》に秋風立ちしかと怪しまれけり。時子は平生《へいぜい》雷神嫌いと見え、先ほどより独り卓子《テーブル》に俯伏《うつふ》して桑原《くわばら》の百万遍を唱え居たるが、ようやくにして顔を上げ「アア恐かった。今にもこの家が砕けるかと思ったが、まアことも なく済んで結構だ。それにしてもアノ秀は先ほどお隣へ行ったが、どうしただろう。日頃理窟ッぽい代わりにはあまり雷神様を恐がらぬ様子だが」と独り考え居る折りしも、またもやゴロゴロと遠響きの聞こえたれば、時子は色を変え「オヤまたはじまった」と周章《あわて》て両の耳に手を当て卓子に伏してまたも桑原桑原を唱え居たるに、この時後ろより肩に手を掛け、

「オイ雷神は疾《とつ》くに止んだが何をするのだ」

と声掛くる者あり。塞ぎたる耳にその声は聞こえざれど肩に掛けられし手は分かりしと見え、驚いて振り向き見れば我が兄の猛男《たけお》なり。あまりの意外さにしばしはその顔を眺め居たるが、ようやく我に返り、

「オヤ兄《あに》さん、今のは貴方《あなた》の人力《じんりき》の音でしたか。私はまた雷神様かと思って喫驚《びっくり》しました」

と言えば、猛男は口のうちにて「詰まらないことを――」と言いながら室《へや》の四方《あたり》を見回して、

「秀はどうした」

時「秀ですか、秀は先ほどお隣へ行きましたが呼びに遣りましょう」

猛「イヤしばらく待て、話がある」

と言いつつ椅子を引き寄せて突下《どっか》と座《ざ》したり。時子は兄の顔を眺むるに色青く肉落ちて何となく憂いを帯びたるごとくなれば、

「貴方は先刻のお手紙で明朝帰るとおっしゃッてお寄越しゆえ、そのつもりでいましたが」

猛「イヤ瘡《きず》が傷《いた》んでならぬから明朝と思ったが、何分にも秀子のことが気になるから午後四時の汽車で遣って来た」

平生物事に屈托せぬ猛男が斯くまでも気遣うはただ事ならじと、

時「それでは何か急に心配なことでもできましたか」

猛「ほかでもない青山深士《ふかし》のことだテ。彼奴《きやつ》は広島に居る頃秀を欺《だま》してほとんど亡命《かけおち》するまでになったのを己《おれ》が見付け、早速秀はこっちへ帰したが、間もなく深士は長崎へ出張することになったから己も実は安心していたところ、彼奴は何時《いつ》の間にか長崎よりすぐに東京へ帰ったと言うから、このまま置いては秀子の身にどのような間違いができるかも知れぬと思い急いで帰って来たが、聞けば深士は既に三月《みつき》前に東京へ来たそうで」

時「貴方そんなことなら早く私に知らせて下されば、決して秀を青山さんの所へ遣りませぬものを」

猛「それがサ、己も彼奴が長崎に居ることとばかり思ったから、ツイ油断したが。シテ秀はその後度々深士の許《もと》へ行くのか」

時「たいてい一日置きに行きますよ。私も兼ねて青山さんの身持ちは薄々聞いていますから、もしものことがあってはいけぬと幾ら意見をしても私を馬鹿に致しまして」

猛「実に学問をさせたが悪かった。師範学校へ入れさえせねばアア生意気にもなるまいに。しかし今更言っても追っ付かぬ。まア聞いてくれ、アノ深士は既に本妻があるのだぜ」

時「へー」

猛「彼奴は先年大坂に居る頃、誰にも知らさず妻をもらったが、その妻という奴が彼奴の上こす悪者で、何時も彼奴を煽《おだ》てて諸方の令嬢を引っ掛けさせるのだ」

時子は打ち驚き、

「そのようなことがありますか」

猛「このことはまだ彼奴の姉さえ知らぬ様子だけれど、己は神戸から横浜へ来る船で図らずも彼奴の妻の仲人《なこうど》をした者に逢い、詳しく聞き出したのだ。殊にその仲人と言うが今では彼奴の妻と交《なか》を違《たが》えている者だから、深士の悪事をもスッカリしゃべり、殊には深士と女房と二人で写した写真までくれたが、その裏には深士が自筆で自分らの名を書き入れ、仲人何某《なにがし》氏に呈すと書いてある」

時「それでは青山は秀子をどうかするつもりでしょうか」

猛「つもりドコロか彼奴は秀子の母が死ぬる時に遺念《かたみ》として三千円の金を秀子の名前で駅逓局《えきていきょく》へ預けたことを知って居るから、その金を巻き上げる黙論見《もくろみ》よ」

時「オヤまア恐ろしいことね。それでは好いことをしましたよ。先ほども青山の所へ行く約束だと言うのを断って遣らせまして」

猛「そうか、それではまア秀を連れて来てくれ」

そもそも秀子が遊びに行き居るお隣と言えるは猛男と同じ士官なる上、殊には庭続きに往《ゆ》き来のできる家なれば、日頃親類同様に往復《ゆきき》せる間柄なりと。されば時子は秀子を連れ帰らんと自ら立ちて庭下駄を穿《は》き隣の家へ行きたるが、しばし経ちて顔の色を変え帰り来《きた》り、

「兄さん、大変ですよ。秀が居なくなりました」

猛男は驚きて、
「どうして」
時「イヤ雷神様の鳴る前にお隣の庭へ這入《はい》るところを確かに見届けましたが、お隣で聞けば来ないと申します。それから門へ回って見ればお隣の門は明けっ離してありますから、たぶん庭から這入って表へ出たと見えます」
猛「それは大変だ。己が帰ることを知って亡《に》げ出したのだ。てっきり深士と亡命《かけおち》のつもりじゃ。早く追っ掛けねば間に合わぬ。サ早く人力を。着換えろ着物に、乗って行くから——」

第四回

秀子が逃亡せしと聞き猛男《たけお》の怒り一方《ひとかた》ならねば、時子はひそかに心配し、
「兄さんこれから追っ付いても酷くお叱りなさらぬよう」
猛「追っ付き次第に殺してしまう。まア早く仕度しろ」
時「全く若気の迷いですから、気永く意見をすれば必ず後悔致します。どうぞ私にお任せなさい。私が独り行って連れて参ります」
猛「お前に任せるほどなら今夜わざわざ遣って来ぬ。早くしろ」
時「それでも兄《あに》さん——」

猛「そンなことはどうでも好い。こうするうちにも逃げ延びる。サ早くしろ」

と言ううち人力の用意もできたれば、猛男と時子は相乗りの二人引きにて上野をさして奔《はし》らせ行きけり。時子は兼ねて兄が気質の荒々しきを知るなれば、もし取り返しの付かぬことをさせてはならじと車の上にても言葉を尽くし様々に言い宥《なだ》むるうち、既に青山が家に着きたるが、今宵はこの家に「Little dance《リツツル　ダンス》」（小踏舞《しようとうぶ》）の催しありと見え、座敷に銀燭輝きて来客の笑い興ずる声、手に取るごとく洩れ聞こえり。二人はそのまま玄関まで車を輓《ひ》き着けさせたるに、その音を聞きて深士《ふかし》の姉常子は待ち受けたる来客なりと思いしか、

「マア貴客方《あなたがた》は大層お遅いではありませんか」

と言いながら飛んで出《い》でしが、猛男と時子の姿を見て俄《にわか》に顔の色を変え、二足三足蹌踉《よろ》めくごとくに退きたり。されどさすがは世辞に慣れたる婦人にて、早くも驚きの顔を掻き消して、

「オヤ竹川さん、貴方何時《あなたいつ》お帰りになりました。ア、時子さんもまア、早速お出で下さって嬉しゅうございますこと。サこちらへ。オヤ秀子さんは御一所《ごいつしよ》でないの。何故《なぜ》お連れ遊ばしませせぬ。秀子さんはどうかなされましたか」

と口には助才なく言い繕えども、心の騒ぎその顔に現れたれば猛男は声鋭く、

「サア秀子がどうしたか、それを伺いに参りました」

と聞いて常子はまたも二足ばかり蹣跚《よろめ》きたり。猛男はその顔色にて既に秀子と深士の亡《に》げ失せし跡なることを察したれば、無念の拳を握り詰め、

「アア二人は既に亡げたのか、残念なことをした」

と言えば常子はなおも不審の色を作り、

「二人、二人とは誰のことです」

この時まで無言にて控え居たる時子も、あまりに虚々《そらぞら》しき常子の言葉を聞き腹立たしさに堪えざれば、

「オヤ常子さん、二人とは弟御《おとご》の深士さんと姪の秀子ですワね。それを貴女《あなた》は御存じないのですか」

常子はますます驚きの面色《おももち》にて、

「へエ秀子さんと深士が亡げたとは、そのようなことはありますまい。よしやあるにしても私の知ったことではございません。弟は私に何も申しませぬから」

猛男はなおも進み、

「左様、深士さんは貴女に何も言いますまい。本妻のあることまで隠すような男ですから」

常「へエ深士に本妻があるとおっしゃいますか。そのようなことは決してございません」

猛「イヤないことはありません。現に夫婦で写して仲人《なこうど》に贈った写真がここにありますから」と言いながら取り出して常子に差し付け「サ裏表ともよく御覧なさい」

常子は受け取り見るに男女二人の写真にて、男は疑いもなく深士なり。なおその裏を検《あらた》

むれば確かに深士の自筆にて「陸軍歩兵少尉青山深士同人妻岸子何年何月幾日婚姻の翌日写す仲媒何某君《なこうどなにがしくん》に呈す」と明らかに認《したた》めあり。心曲がれる常子なれど、これには真実驚きしものと見え声の調子まで変わりて、

「竹川さん、これぱかりは存じませんでした。ホンにあきれた深士ではありませんか。私にまで隠していました。まアどうしたら好うございましょう。そうとは知らずに私もどうかして早く深士に女房を持たせたいと色々骨折ってやりまして——ホンにまア私は——」

と言うは全くともどもに秀子を逃がせし白状なるか。当惑の心その面に表れたれば、猛男は少し言葉を落ち付け、

「イヤ知らずになさった過ちは私も深くは咎めません。ただこの上はその過ちは取り消しなさい。二人がどこへ行ったたか、有体《ありてい》におっしゃれば貴女の罪は消えますから。サ二人をどこへ逃がしました——」と退《の》っ引《ぴ》きさせず問い詰めたり。

第五回

勢い鋭き猛男《たけお》の言葉に常子も今は隠し得ず、面目《めんぼく》なげに語るよう、

「実は先ほど秀子さんよりお寄越しの手紙に父猛男が帰りし故、今夜のうちに亡命《かけおち》するよりほかなければ新橋の停車場《ステーション》にて八時四十五分の汽車に乗り込むよう先へ行き待ってい

てくれとのことを書いてありましたので、深士《ふかし》は仕度もそこそこに出て行きましたが、もう十時近くなりますから二人は疾《とつ》くに行きましたでしょう」

猛「それで行く先はどことありました」

常「どことも書いてありませんでした」

猛男はしばらく考えしが何か思い付くことありしと見え、妹に向かいて、

「サ時、すぐに行こう」

時「どこへ行きます」

猛「新橋へ」と言いながら時計を眺め「今がちょうど十時だからまだ十一時十五分の終汽車には間に合うだろう」

時「それでは横浜へ行くのですか」

猛「そうサ、彼奴《あいつ》らは己《おれ》が横浜に居るからかえって横浜へ逃げた方が気が付くまいと思ったに相違ない。サ早く早く」

と時子を促し、暇乞《いとま》いさえそこそこにまたも人力《くるま》に飛び乗りて新橋さして急がしつ、およそ三十分も過ぎし頃二人は停車場の前まで進みしが、猛男は早くも入口なる石段の上に立てる人を指し、時子に向かいて、

「アレ見よ、彼許《あすこ》に居るのが深士であろう」

と聞いて時子も篤《とく》と見るに夜目にも瓦斯《ガス》の光あれば見擬《みまが》うべくもなき深士にて、人待ち顔に佇《たたず》立めり。時子も驚きて、

「ア深士に違いありません。どうかいう間違いで秀がまだ来ないから、それを待っているのでしょう」

と言う言葉の終わらぬうち、猛男は車より飛んで下りあたかも猟犬《かりいぬ》の狡兎《うさぎ》を追うごとく石段の上に走《は》せ上がり深士が洋服の胸倉《むなぐら》を緊《しか》と捕《と》り、

「君は拙者の娘を拘誘《かどわか》し、ド、ド、どこへ連れて行った」

深士は驚き逃げんとすれど大力《たいりき》籠めし猛男の力に身動きさえもなし得ずして、

「長官息が詰まります、息が」

猛「これ有体《ありてい》に言え、言わぬとこうだぞ」

深「長官、そう堅く緊め付けては声が出ませせぬ」

と噪《さわ》ぐ所へ時子は追っ付き、

「阿兄《あなた》まア酷いことなさらずにお問いなさって御覧なさいな」

猛「ナアニ此奴《こいつ》が手寛《てぬる》いことで白状する奴か。コレこれでも言わぬか、これでもか、コーレどうだ」

深「申しますから寛《ゆる》めて下さい」

猛「言わぬうちは寛めぬ、サ早く言え」

深「長官お嬢さんはまだ参りません」

猛「来ぬことはない。サどこに居る、コレ言わぬか」

深「イエ全く参りません。八時四十五分の汽車に乗るはずで待っていましたけれど、お

出《い》でがありませぬので、気を揉んでここに待っておりました。全く偽りではありません。たぶん途中でどうかなさったかと存じます」

猛「まだ嘘を言うか。ヨシヨシ、これから軍法会議へ引き渡す、サ来い」

深「イエ長官、全く相違ありません」

猛「まだ偽るか、これコーレ」

とてますます緊め上げんとなすところを、先頃よりそばにありたる妹時子は深士の言うこと全く偽りとも思われざれば、もしも道にて秀子が身に何か間違いの起こりはせぬかと思い出しては、なかなかに安き心もあらざれば、とにかくひとまず家に帰り篤《とく》と思案を定めんものと猛男に向かいて、

「兄《あに》さんまア酷いことはお止しなさい。青山さんも身分があるから真逆《まさか》に嘘もおっしゃりますまい。今夜は夜も更けますから、明日のことに致しましょう」

となおも言葉を尽くして色々と宥むるに、猛男も初めて思い返し、

「それでは青山、今夜はこのまま帰り行くが、もし明日の昼まで娘の行衛《ゆくえ》が分からぬ時は、すぐさま軍法裁判へ訴えるからそのつもりでどうともするがよい」

と言いながら胸を持つ手を突き放し、深士が後ろの甃石《しきいし》へ尻餅つくを見向きもせず、そのまま時子が手を取りて再び人力《くるま》に飛び乗りしは、さすがに磊々落々《らいらいらくらく》たる士官の気象と思われたり。これより二人は人力にて番町の家に帰り着きしは早夜の十二時頃なりしが、時子は心に浮かぶことあれば猛男に向かいて、

「兄さん、もし書き置きがあるかも知れません。二階へ行って見ましょう」とてともども秀子が居間に上がり行き、間《あい》の襖を開き見れば個は如何《いか》に。西洋蠟燭《ろうそく》のぼんやりと燃え残りたる影に秀子はペンを持ちて机に向かい何事をか認《したた》めあり。二人は驚きて一斉《いっせい》に「秀や秀」と呼べども答えず、不審に堪えねばそのそばに寄り肩に手を掛け「これ秀、どうしたのだ」と揺り動かせばその身体既に冷え凍りて、この世の人とも思われず。アア秀子は自害せしか、否自害に非ず、睡《ねむ》れるか、否眠りに非ず。兄猛男より時子はなおさら怪しみて、

「兄さんどう致しましたのでございましょう」

兄も不審に堪えず、しばらく思案の体《てい》なりしが机の前なる硝子窓の明け放しあるを見て「ハテな」と言いながら柱に掛けし時計を見れば、その針六時三十五分の所にて止まり居れり。猛男は時子に向かいて、

「秀は小さい金時計を持っていたはずじゃが」

時「ハイ衣嚢《かくし》へ入れていますよ」

猛「それを出して見よ」

と言われて時子は合点行かねど衣嚢に手を入れ、秀子が日頃肌身離さず携え居る金の時計を取り出し見るに、これも同じく六時三十五分の所にて止まれり。猛男はこれを見て猛《たけ》き目に涙を浮かめ、時子に向かい、

「時や、よく聞け。先ほど秀子は隣へ行くと言い拵《こしら》え、亡命《かけおち》せんと家を出たれど隣の庭

まで行きし時ふり出す雨に逢いたれば、雨具を取らんと帰り来て一通の書き置きを認めんとせし時、折りから鳴り出す雷神《かみなり》の電気《エレキ》に感じて死んだのじゃ。二個の時計の停まっているのが何よりの証拠。ちょうど六時三十五分の時に強く鳴りたる雷神は、この窓より伝わりて秀子を天に連れ行きたり。アア人死すべき時に死せざれば、死に優《まさ》る耻とやら。秀子は死に優る恥を冒《おか》さんとする間際に電気と言える天の遣いに助けられ、その耻を冒さずにいまだ汚れぬ身を以て天国に上がったのじゃ。コレ見よ、この顔色の生きたる人に少しも変わらず、殊には身体に一寸の疵《きず》もなきは天の恵みの深きによるなり。喜べ喜べ」

時「アーメン」

生命保険

第一回

母と言い子と言う、世にこれほどの親しき者はなし。されどただ一字の違いにて継母《ままはは》と言い継子《ままこ》と言う、これほど親しからぬ者はあらじ。継母の言葉は柔《やさ》しくても針持つように聞こえ、継子の返事は神妙でも曲がりて聞こゆ。されば現在親子と名乗りながらただ「継《まま》」の字に隔てられ遠く奉公に出る娘もあり。ここに書き出だす枯田《かれた》夏子嬢もまた継の字に隔てられ、家を離れて他人のうちに住み憂世のままならぬを嘆き暮らす一人なり。嬢は十二の年に母を失い、父一人を父とも母とも思いて仕《つか》うるうち、嬢が十七の年父は二度目の妻を迎え「嬢や今日からはこの阿母《おっか》さんを亡くなッた阿母《おっかあ》と思って神妙にするのだよ」と言い渡せしかば、嬢は後生大事にその言葉を守り、もし我が儘して叱られてはと何事も母に相談し、母も初めのうちは信切《しんせつ》に差し図せしかど、後には「エエ夏蝿《うるさ》いよ」と一言に斥けらる。これが嵩《こう》じてついには一つ家に暮らすこともなり難く、父に願いて家を出《い》で今は女教師と成りて或る大家《たいけ》に雇い入れられ、二人の子供を預かりてこれに読み書き音楽など教ゆるを我が務めとし、守《もり》とも付かず教師とも付かず言わばまず日影の身、ただ老い先の長からぬ父がことのみを案じ暮らせり。数え見れば家を出でてより早三年《みとせ》を経たり。父は今いずれに在る。定まりし職業なく、ただ金儲けを目当てとして西に東に馳せ回る身の上なれば、或る時は北の果てより手紙来《きた》り、或る時は南の果てより音信《おとずれ》あり。一儲けすれば倫敦《ロンドン》を永住の家と定めんとは幾度も言い来る言葉なれど、今に一儲けせぬと見え家を定むる様子もなし。先《せん》の慈母《おっかさん》が生きて居ればこのようなこともあるまいに、ナニしろ今の阿母さんはアノ通りの不締まりで、それが父とともに旅する間は一儲けが十儲けするも身の定まることはあるまいと、枯田嬢が遥かに心を痛むるも父を思うの真心ならん。今日しも嬢は我が預かれる二人の子を教え終わり、しばしの暇を見て我が室《へや》に帰り来りつ、ホッと一息継《つ》きながら何心なく卓子《テーブル》の上に目を注げば、封のままなる一通の手紙あり。さては久し振りにて我が父より送り越せしかと足早に走《はせ》寄りしが、わずかに手に取り上げしままにて、「オヤオヤこれは――」と色を変えたり。嬢は何を見て驚きしぞ。その状嚢尋常《じょうぶくろひとどおり》の品にあらで、黒くその縁を隈《くま》取りたるは人の死したる知らせ状なり。差出人の名に枯田夫人よりとあるは擬《まが》いもなく我が継母なり。継母より知らせの手紙は我が父ならで誰が死にしぞ。嬢は轟く胸を鎮《しず》めも敢えず封切りて読み下すその文に、

「枯田夏子嬢よ、御身はこの手紙の表封《うわふう》にて大抵は悲しき知らせを推《すい》せしならん。御身が父は一昨日《おととい》亡き人の数に入りたるぞ。斯く聞かば御身は定めし悲しみたまうならんが、世に最愛の所天《おっと》を失いたる妾《わらわ》が悲しみを察せよかし。御身がためには父にして妾がためには所天なり。御身と妾は継《まま》しき仲なれど死を悲しむ情において何でう異《かわ》ることのあるべき。御身の父、妾の所天枯田健造は一昨々日（四月四日）の夕方に外より帰り、晩餐の卓子に打ち向かい機嫌よく且つ飲み且つ語らううち如何《いか》にせしかたち

まち顔の色を替え後ろの椅子に反《そ》り返りしがこれぞこの世の別れ、妾が驚きて抱き起こせし時は早物も言う能《あた》わず。その夜の一時、否翌朝午前一時に死去したり。すぐさま御身に知らすべきはずなれど、悲しみに崩折れて筆を取る心地せず、今初めてこの手紙を認《したた》めて送るなり。御身はただ一人の娘なれば、父の死を知らぬ振りにて過ごしもなるまじ。この手紙受け取り次第、すぐに幾日かの暇を請いてこの地に来れ。外郎《ういろう》村の尽所《はずれ》にて、この頃引き越し来りたる枯田の家と問わば、すぐに分かるならん」

とあり夏子嬢はしばしがほど泣くも涙の出ぬほどに驚きしが、再び三たび読み返せし末「知らせの手紙にこのような書き方がまアあろうか。御身はただ一人の娘なれば父の死を知らぬ振りにて過ごしもなるまじ。斯くまで書かずともよさそうなもの。それにまた死んだ後で二日経って知らせて来るとは幾ら悲しみに力を落としてもただ一人の娘へ二日も知らさずに置かれた義理か。外郎村とは聞いたこともない。何時《いつ》そのような所へ宿を定めたものか、それさえも言うては越ずに」としばしがほどは恨みの心を数え居たるも空しく時のみ過ごすべき場合にあらねば佶《きっ》と心を取り直しつ。夏子は主人の暇を得てこの翌日汽車に乗り外郎村を指し行きしに、父が死せしと言うその家は海に臨みて山を負い風景も一通りは備わるが上に小作りに建てし物にて、ほかに見擬《みまご》う家もなければ、夏子はすぐに入口に進み寄り案内の鈴を押し鳴らすにうちより出で来るは六十近き老女にして顔容《かおかたち》いと険相《けんそう》なれば夏子は一目にて何となく不安心の思いを起こし、継母は斯かる恐ろしき女を使えるか、父はその死ぬる際まで斯かる女に看病されしかと、ただその顔を打ちまもりてありた

るに、女は兼ねて嬢の来るを待ち居たることと見え、

「貴女《あなた》が夏子さんですか。奥様が昨日からお待ちでした。まずどうぞこっちへ」とて応接所とも言うべき一室《ま》に誘《いざな》い入れつ「奥様は少しお加減が悪くてお休みですからしばしこれにお控えを、すぐにそう申します」と早立ちて行かんとす。

「イエお休みなら起こすには及ばぬよ。私の阿父《おとつ》さんのお死骸はどこにある。私をそのおそばへ連れておくれ」

と言う折りしも入り来るは継母なる枯田夫人なり。言葉ばかりはいと懐かしげに、

「オオ夏子さん、よう来てくれた。私はもう淋しくって淋しくって泣いてばかり居りました。お前の顔みてまア安心だ」

夏「イエ阿母さんお話は後にしてすぐに阿父さんのお寐間《ねま》へ連れて行って戴きましょう」

夫「イエそれはもうできません。お前の来ようが余り遅いから、昨夜のうちに棺へ納め蓋を閉じてしまいました」

夏「エエエエ――」

第二回

父の死骸は棺に入れて早その蓋を閉じしと聞き、夏子嬢は色を変えて驚きしも、今は既

に後の祭りなり。継母《ままはは》を怨むとも詮なければそのままにして止みたるが、さるにてもせめて父が生前の様子より死に際のことなどは一応問わずに置き難ければ、夜に入りて晩餐の済みしのちそれらのことに話を向くるに、継母なる枯田《かれた》夫人はしばしば涙を推し拭い殊勝気に語り出だせり。その荒増《あらまし》を掻い摘んで記《しる》さんに、父なる枯田健造は一昨年来打ち続く失敗に痛く心を痛めしためか、身体どことなく勝《すぐ》れずとて保養のために海辺なるこの地を撰び引き越し来《きた》るは五ケ月の以前なり。元々この家は健造の懇意なる何某《なにがし》の別荘なれど、この頃不用となりたれば二階を道具置き場とし堅く〆《しめ》切りて人を登さず下の間だけは望み手あらば貸したしとその旨新聞紙に広告ありしを、健造早くも目を留めて素より場所は言い分なき上、二階を〆切りて使わずとも夫婦に下女独りの暮らしなれば何の差し支えもあらずとて早速借りて移りしなり。その後健造は土地の変わりしためか、少しは快き方なれども全快と言うには非ず。さればとて永《なが》の月日を遊び暮らす資本《もとで》もなければ金儲けの手蔓《てづる》を探さんと四五日前（三月の末）に家を出でしが四日の夕方に突然と帰り来り、思わぬ金儲けを見出だし来れりとて機嫌よく晩餐の卓子《テーブル》に向かい日頃嗜《たしな》めるシャンパンを三盃ばかり呑みたるが如何《いか》にしけん、健造はたちまち顔色を変えて後ろに倒れしまま再び起き上がることさえ叶わず、早速医師を呼びて手当てせしもその甲斐更になく、夜の一時頃に至りて全く事切《ことぎ》れとなりしとぞ。嘘か実《まこと》か知らねども、これだけが継母の言葉なり。夏子はもとより疑わず、死に目に逢うことのできざりしは返す返すも残り惜しき次第なれど、それも今となりては詮方なしとてこの夜はやがて継母に分かれ一室に退《ま》きて臥床《ふしど》に就きしが、物思う身は眠るにも眠らずつらつら後の始末を考うるに、父はこれと言う身代《しんだい》も遺《のこ》したると言うに在らねば、後のことは心配する所もなし。善《よ》きも悪しきも継母に任せ置きなば然るべく取り図らわん。我が身は葬式の済み次第すぐに主人の家に帰り、再び子供の教え方に身を委ねんと斯く思いて在るうちに、早夜の二時を過ぎたり。俗に言う艸木も眠る刻限なれば、夏子は思案しながら目を閉じて眠るともなく微眠《まどろ》みしが、この時二階の上に当たりてミシリミシリと響く音あり。夏子は耳聡《みみさと》くも目を覚まし何の音かと打ち聞くに、擬《まが》いもなく足音なり。二階は〆切りにて何人《なんぴと》をも登らせずと聞きつるに、足音するは怪しむべし。さては先刻取り次ぎに出《い》で来る彼《か》の恐そうな老女でもあるべきかとなおも耳を傾くるに足音は徐々《そろそろ》と窓の方に寄り行きて停まれり。その様子あたかも寐そびれし人が窓に出でて冷たき空気に頭を洒《さら》さんとするに似たり。さればとて二階には人もなきはずなるに、もし盗賊の類ならば如何にせん。もし降り来りてこの室に踏み入らば何とせん。夏子は気味悪さに堪えざれば寐台《ねだい》の上に起き直り、およそ二十分間ほど聞き居たるにその音はまた窓を離れ元の所に歩み去る様子なり。歩み去りていずれに消えしや定かならねど、何でも二階の一方に在る寐台の上に登りたらんと察せらる。これより何の音もなし。夏子はとにかくも夜の明くるを待ち、このことを継母に話しみんものと思い定めてそのまま再び眠りに就きしが、やがてその夜も明けたれど今日はこれ父が葬式の日に当たり、何かに付けて忙しければ彼《か》の足音のことを問う暇もなし。自分もまた忙しきに連れ全く忘れて思いも出ださず、午後に到りて葬式も無事に済みたれば、寺より帰りて一室に退きこれにてほかに用事もなし。明日は一番汽車に乗りて主人の家に帰り行かんと独り思案に沈む折りしも、入り来りしは継母なり。継母は力なげに椅子に倚《よ》りつつ、

「夏子やお前は阿父《おとっ》さんの独り子であって見れば、阿父さんがどのような遺言を書いてどれほどの身代をお前に遺してあることか、早くその遺言状を見たいと思うだろうが、知っての通り阿父さんは貧乏の最中になくなられたことではあるし」

と仔細ありげに前置きを並ぶるは、定めし少しも遺産なしと言い出ずる心ならんと夏子は早くも見て取りつつ、

「イエ阿母《おっか》さん、私は何のそのようなことは思いません」

母「イヤお前が思わずとも阿父さんは疾《とう》より遺言を認《したた》めてお前にも少しながら手当てしてあるのだから、それだけは安心するが好い」

夏子は少し怪しみて、

「オヤ手当てを——手当てとは私には分かりませんが」

母「よくお聞き、こうサ、実はね、阿父さんは私が初めて来た年から生命保険会社へ一万磅《ポンド》（六万円余）にその身の保険を頼んであった。それでその掛け金というのは幸い私に少しばかりの持参金があったから、それを以て今までも滞りなく掛け続《つい》である。これがまだしもの幸いで、この通り阿父さんが死んだとなればまず一万磅だけは保険会社から払ッてくれるほかに身代とてはないが、これだけが遺金《かたみきん》だ。遺言というのもほかではない、やはりその金のことで、これは私が掛け次いで来たにより残らず私にくれるとはおっしゃッ

たけれど、私一人でもらってはお前に対して義理が悪いから、どうか夏子にも分けて遣るようにして下さいと私から願ッたところ、それなら夏子に千磅だけ分けて遣るとおっしゃッて、すぐにその旨を遺言にお認めなさって、今ではその遺言を規則の通り代言人《だいげんにん》に預けてある。すぐにと言ッて早急には保険会社から払ッてもくれまいけれど、阿父さんが当たり前に病で以て死んだことは医者の診断書もあり、これを以て代言人に掛け合ッてもらえば、遅くも一月のうちにはそのお金が手に入るだろう。手に入れば千磅はお前の手当てだから、そのつもりで安心してお出でなさい」

と恩に被《き》せて説き立てたり。

第三回

一万磅《ポンド》は大金なれど、父の命に代えたりと思えば夏子はそぞろに涙を催し、

「イエ阿母《おっか》さん、私は手当てなど入りません。奉公さえして居れば不自由なく暮らされます。どうぞ貴方のよろしいように」

継母《ままはは》も目を拭いて、

「葬式が済むや済まずにお金などのことを言うは薄情に聞こゆるけれど、私とお前は継《まま》しき仲で健造殿が死んで見れば元の通りの他人と言うもの。私もお前の世話になることはできず、お前も私に世話されるは否《いや》だろう。健造殿が少しでも手当てを遺したはまだしも

の幸い故、互いに遠慮の会釈のと言わずに手当てだけを取って分かれましょう。お前が受けぬと言ッたところで、そのお金が私の物になるでもなし、かえッて保険会社が迷惑しその金の遣り所に困ると言うだけのこと。遠慮をせずに受け取るとするが好かろう。受け取って主人にでも預けて置けば、お前はまた亭主でも持つ時にどれほど心が丈夫だか知れないよ」

と打ちさばけての取り計らい。大枚《たいまい》一万磅のうちをただ千磅取れと言うは仮令《たとい》健造の遺言にもせよ片落ちに聞こゆれど、夏子はさることには気も留めず、

「そのような訳ならば有り難くいただきましょうけれども、貴方《あなた》はこの後をどうなさいます」

母「別にどうすると言うほどのこともない。私も一人になって見ればこのような家賃の高い所にも居られず、幸い倫敦《ロンドン》には兄があるからそれを頼ッて行こうと思う。落ち着き次第お前まで沙汰をするから、今までの通りどうか懇意にしておくれ」

夏「それはもう私の方からお願い申したいのです。仮初《かりそ》めにもしろ母子ですもの」

母「アアそう言うてくれるは誠に嬉しい」と口には殊勝に言い做《な》せど、嬉しきか嬉しからぬかもとより他人の知ることならず。これよりなおしばしがほど語らううち、やがてその日も夜に入りたれば夏子は一室《ま》に退きて昨夜伏したるその寐台《ねだい》に就きたるが、ここに至りてまた気になるは昨夜聞きし二階の上の足音なり。何者なりしや知るに由《よし》なけれど、今夜再び聞こえなば如何《いか》にせん。もしもの時の用意にと枕頭《まくらもと》なる灯《あかり》をも点けしままにて眠り

にこそは就きけるが、これより幾時間の後にやあらん、夏子は恐ろしき夢に襲われ身震いしつつ目を覚ませり。この時夢ともなく現《うつつ》ともなく誰やらん室《へや》の外より我が寐姿を眺むるごとき心地なるにぞ、見れば硝灯《ランプ》の影薄暗く室の隅までは照らし到らず、窓の外には吹く風も眠りしか静けきこと譬《たと》うるに物もなし。斯かる夜半に我が姿を見る人のあろうとも思われねば、我が心の業なりしかとなお目を開きて一方を打ち見遣るに、アナ不思議、入口の垂れ幕の間より二つの眼《まなこ》輝きてまさしく我が方を瞰《のぞ》けるなり。夏子はゾッとして夜具の奥に縮み入らんとすれど恐ろしさに身も動かさず、その人はますます我が顔をよく見んとするに似て前の方へ徐々《そろそろ》とその首を差し延ばせり。誰ぞ、何者ぞ、アアこれ死せる父の顔なり。夏子は疑い惑いながらも灯光《ともしび》を掻き立つれば、父の顔は掻き消すごとく消え失せたり。人の一念凝るとき死して後までその姿を現すことありと聞く。父は死に際に我が事を思いしため、その心経《しんけい》の作用にて姿を我が眼に写すなるか。それともほかに人ありて廊下の外より伺えるを、我が心の迷いのため父の顔と見しなるか、としばしがほどは不審の暗《やみ》にさまよいしが、たちまち心を励ましつつ起き上がりて硝灯を手に取り垂れ幕の所まで進み行きて恐る恐る四辺《あたり》を見回すに如何《いかが》せしか人の気は更になし。垂れ幕を掻き払いてその外に蹈み出ずれど、外はこれ廊下にして隠るべき所なし。真実人の瞰きしならばその人なおこの辺りに佇《たたず》むべきに。それともその人向かいなる継母の室にでも隠れしか。不審のますます募るにつれ恐ろしさも打ち忘れて継母が寐間《ねま》の戸を開くに、継母は前後も知らず熟睡して断えつ継ぎつ寐息の声の聞こゆるのみ。なお隅々《すみずみ》を見渡すも人の隠るる所なければ、静かにまた足を退き元のごとくに戸をしめて我が寐間へと帰りしが、帰りて後も寐台の上に端座してやや久しく考え居たるもそのうちに再び夢を催し夜の明けるまで眠りたり。翌朝は最早この家に用事なきゆえ主人の家に帰らんとて手荷物の用意を終え、その後にて継母の室に到り夜半に父の姿を見しことを話すに、継母は顔色を青くせしもすぐに心を取り直せし様子にて、

「ナニそのようなことがあるものか。お前が寐惚けてでも居たのであろう」

と何気なく打ち消したり。されど夏子は継母が顔色を変えたるを怪しく思い、

「でも貴女は私の話に痛《ひど》くお驚きなすッたように見えましたが」

と推し返せば継母は包み兼ねたるごとく、

「実はね、私もその通りのことがあって今までもそれが気に掛かり、どう言う訳かと怪しんで居るところでそれをお前に問われたから、さては二人に同じ姿が見えたかと喫驚《びつくり》したのさ」

夏子は昨夜の有り様を今更のごとく思い出し、

「それでは貴女《あなた》は阿父《おとつ》さんの姿を」

母「そうサ、夜中に目を覚まして見ると幕の間から健造殿の顔が見えたから、もしや夢ででもあッたかと起き上がッて廊下へ出、なお念のためにとお前の室まで伺《のぞ》いたけれど、お前はよく寐入っていたから全く私が寐ぼけたことと室へ帰って寐てしまったのサ」

継母の言い状は嘘か誠か知らねども、とにかく怪しき限りなれば夏子はこれより父が死

に際に迎え来《きた》りと言うその医者の家を問いそのことを話せしに、そは二人とも健造を思う神経のために同じ姿を見しならん、健造は確かに棺に詰めて送りたれば、現れ来るはずはなく、その死骸今なお墓の底に眠れる故、詰まらぬ迷いに心を痛むるだけ無益なりと諭《さと》したり。諭されても不審は晴れねど、さればとて我が迷いに相違なければ口の中にて父の亡き魂を祈りながら夏子はこの日のうちに継母に分かれを告げ、主人の家に帰りたり。

第四回

枯田《かれた》夏子嬢は主人の家に帰り、元のごとく主人の子両人の教え方に身を委《まか》せり。その後とても先に見し父の怪しき姿気に掛かり、夜寐るたびに彼《か》の夜のことを思い出だせど、他人に語るべきことにあらねば己《おの》が心に包むのみ口にとては絶えて出ださず、そのうちに生命保険会社より父が遺せし一万磅《ポンド》の裳分《すそわけ》として千磅だけ送り来《きた》れば、夏子はこれを主人の元に持ち行きて預けしに、主人は日頃夏子の便りなき身の上を憐れむが上に正直者よ律義者よとまたなきように賞めそやすほどなれば、斯かる大金の夏子が手に入りたるを見て喜ぶこと一方《ひとかた》ならず、

「死んだ父の遺身《かたみ》とあれば和女《そなた》が生涯の身代《しんだい》じゃ。口で千磅と言うは何でもないが、これだけ稼ぎ溜めようと言うはどうして一通りのことじゃアない。よしよし己《おれ》が預かッて少しの間に利を生ませ、五倍にも十倍にもして遣ろう」

とて式のごとく受取書まで認《したた》めて夏子に渡せり。されど夏子はこの金もさまで力には思わず、今までは我が身に父のあるを頼りとし仮令《たとい》分かれているとは言え何となく気丈夫なりしも、今は世界にただ一人なり。音信《おとずれ》すべき親戚《みより》もなく、帰るべき家もなし。広き浮世に捨てられて命を繋ぐは誰がためぞ。斯く思えば心細きこと限りなし。これよりおよそ四月を経し或る日のこと、主婦人は夏子を呼び、

「兼ねて二人の子を油絵に写させたいと思ッていたが、この頃若手で有名な堀川碧水《ほりかわへきすい》と言う画工がちょうど手空《てすき》になッたと言うから、明日から一日置きに来てもらい二人を一所に書かせるつもりだ。それも小児ばかりでは趣がないと言うから椅子の下へ家《うち》の黒（犬の名）を据わらせることになッた。犬と言い小児と言いいずれも静かに据わッていることのできぬ者ゆえ、堀川碧水の来る度に和女《そなた》をそばに侍《つい》ていてもらわねばならぬ。別に否《いなや》はあるまいね」

夏「勿体《もったい》ない、何の否を申しましょう。お子様二人のお守のために置いて戴く私ですもの」

斯く返事して我が居間に帰りしがこの翌日は約束のごとく画工堀川碧水来りしかば、夏子は二人の子供と犬を連れ堀川の前に据わりて、晩まで様々の書物を読み聞かせなどしつつ一同を退屈させず侍做《もてなし》たり。その間堀川とはただ一通りの挨拶をせしのみなりしが、この次に来りし時にはその日の分だけ書き終わりし後にて、如何《いか》にしてか画工と夏子ただ二人その室《へや》の中に残り、美術そのほか音楽などのことに就き様々と話をはじめたり。実《げ》にや

縁なくば肝胆も呉越、縁あらば呉越も肝胆と古人は言えり。夏子と堀川は肝胆の縁ありし者と見え、段々話に実が入りて、あたかも年久しき知り合いのごとく夜に入るまで語らい暮らせり。翌日よりは何故《なにゆえ》か夏子も堀川の来るを待ち焦がるる想いあり。堀川も早く絵の出来上がるを惜しむがごとく日々少しずつ描きて、後は夏子と種々《くさぐさ》の話に時を消すこととなりぬ。その間幾度か堀川は何やらん真面目のことを言い出さんとしては思い止まる様子ありしが、終に堪え兼ねてか言葉を開き、

「実は先日から伺いたいと思いながら控えていましたが、貴女《あなた》の御名字は枯田さんとおっしゃいますか」

夏「ハイ枯田夏子と申します」

堀「何でも奥様がそのように呼んだと思いました」

夏「枯田と言う名字が何かお心に当たりますか」

堀川はしばらく考え、

「ハイ実はこの頃少々の仔細あって貴女と同じ名字の紳士を尋ねていますが、まさか貴女の御親類でもありますまい」

夏「ハイ私には親類も何もありません。それにまた枯田と言うは世間に全く類のない名字でもありませず――」

堀「私の尋ねるのは枯田健造さんと申す方です」

健造とは我が父なり。夏子はビックリ驚きて、

「それは私の父——の名でございますが」

夏子より堀川はなお驚き、

「ヤ、ヤ、健造さんは貴女の父、これは不思議だ、これは妙だ。実に妙なことがあるものだ」と言い掛けてしばし考え「どうかして貴女の父上にお目に掛かりたいものですが、今はどこにいらッしゃいます」

夏子は思わずも涙を流し、

「もうこの世には居りません。先頃死んでしまいました」

堀川は顔に得《え》も言えぬ失望の色を現し、無言のままにて椅子より起《た》ち、窓の所に歩み寄りてしばし表を眺めて末、また帰りて座に就きながら、

「それは実に残念なことをしました」

と言いつつ深き嘆息《ためいき》を発したり。アア堀川は何の仔細あッて夏子が父を尋ぬるにや。

第五回

縁も由因《ゆかり》もない人が我が父を尋ぬるとは思い設けぬことなれば、夏子は画工堀川碧水《へきすい》に打ち向かい、

「ですが貴方《あなた》はどういう訳で私の父をお尋ねなさるのです」

碧「それが実に不思議な訳ですね。私の母の兄に堀川堀江《ほりかわほりえ》という者がありまして、それ

がこの五ケ月ほど以前にフト行衛《ゆくえ》が知れなくなッたのです。由《よ》ってよくよく詮議してみると枯田《かれた》健造という人と一緒に話をしていたということまで分かり、その後が更に分からぬのです。その枯田健造という人に何時《いつ》どこで分かれてどこへ行ったか、それを聞きたいと思います」

意外の話に夏子はただ驚きの目を見開くのみ。画工はなおも語《ことば》を継ぎ、

「事の次第を詳しく申しましょうなら、伯父堀川堀江と申すのは妻もなく子もない全くの一人者で、品行も極々正しい男ですが、ただ一つの道楽と言うはこの上もない古本好きです。古本の市があると聞けば百里も二百里も遣って行くので既にこの三年前《ぜん》などは一冊の書物のために亜非利加《アフリカ》の亜歴山徳里《アレキサンドリヤ》と言う所まで行ったほどです。今より五月前ですからちょうど四月終わり頃のことですが、私が画《え》の修業のため羅馬《ローマ》府に居ます所へ母から至急に帰れとの手紙が来ましたゆえ、取る物も取り敢えず何事かと帰ッて見ますと、今申す伯父堀川堀江の行衛が知れません。何でもヨークの田舎で本の競り売りがあるからと言ッて一月ほど前に家を出て、それきり今以て帰らぬと言うことです。早速ヨークに問い合わせてみますると本屋仲間も皆伯父の顔を知り、確かに市場へ来たと言い、市の済む翌日の朝倫敦《ロンドン》に帰る汽車に乗ったと申します。サア汽車に乗ってからどこで降りたか、それが全然《さっぱり》分かりません。もとより有名な探偵も雇うて手の届くだけの詮議はしましたが、誰も知った者がないのです」

夏「オヤ、貴方は私の父を見たとかおっしゃッたではありませんか」

碧「ハイ左様です。まずお聞きなさい。それによって私はタイムス新聞へ広告しました。一月二月三月と広告し、もし心当たりの人は充分に礼をするから知らせくれと頼んで置きましたけれど、誰も知らせてはくれません。ところがヤッとこの頃になって、その時私の伯父と同じ汽車に乗り合わせたと言う人が出て来ました。その人はやはり古本屋と同じくヨークの本市へ行き、翌日汽車で帰ッた人です。ところが途中の停車場《ステーション》で私の伯父が這《は》入《い》って来たから貴方はどこからお乗りなさッたと問うたところ、やはりヨークの停車場から乗ったけれど、生憎《あいにく》煙草呑みばかり乗っている車へ這入り煙《けむ》に咽《むせ》て堪らぬからこっちへ乗り移ッたとお答えになッたが、それより種々の話をしながら次の停車場まで来ると、伯父は汽車の窓から顔を出して外の方を眺めたと言うことです。スルとちょうどその停車場に伯父の知った人が居て、オヤオヤ貴所《あそこ》に居るのは枯田健造君に疑《ちが》いないと独り語《ご》ち、それから大きな声で枯田健造君枯田健造君と呼び立てたそうです。呼び立てるとその人も遣って来てオヤ堀川堀江君か、実に久し振りであって一緒に学校を卒業して分かれたのはもう二十年昔のことだが、相変わらず無事でお目出度い、イヤ貴方も無事でというような挨拶から互いにその後の話をはじめたところ、やがて汽車がまた進む刻限になると枯田健造という人の言うには、すぐ近辺に私の家があるから今夜は是非それで一泊せよとたって勧められると、伯父も嬉しさに堪え兼ねた様子で、それなら一夜泊まッて緩々《ゆるゆる》と話をしよう、とこれから二人が手を引合ってその停車場を立ち去ッたと言うことです」

夏子は聞き終わりて、

「ヘヘエ、なるほど枯田健造という同じ名の人がほかにあるとも思われませんから、必ず私の父でしょう。ハイ父に相違ありませんけれども、それは何時のことです」
碧「四月四日のことです」
夏「四月四日——それは奇妙ですよ。四月四日は私の父が死んだ日ですが」
碧「ナルほど、死んだ日とあれば奇妙ですね。四月四日に死んだ人が四月四日に友達を家へ連れて行くと言うは」
夏「もし日が間違っているのではありませんか」
碧「イエ日には間違いのあるはずがありません。ヨークの本市が四月三日で、すぐにその翌日帰ッたと言いますから」
夏「それではどうも不思議ですね」
碧「ですけれど、ことによれば日に間違いがあるかも知れません。すぐ今夜のことに私がその人に逢ってなお念を推してみましょう」
これにて両人《ふたり》の話は終わり、碧水はいよいよ日のことを聞き合わすことに約束してこの日は分かれ帰りしが、次に来《きた》りし時は二人は早親類かと思わるるほど懇意なり。堀川は仕事の済みたる後にて夏子に向かい、
「篤《とく》と聞き糺《ただ》しましたけれど日には間違いはありません。全く四月四日だッたと申します」
夏子はややしばらく考えし末、良き工夫を思い付きしごとくその首《こうべ》を挙げ来りて、

「それではこうしてはどうでしょう。父が死に際まで介抱した私の継母《ままはは》が居りますが、これに私から手紙を遣り四月四日に父がどこからか友達を連れて来たか、もし連れて来たなら名前は何と言い容貌はどのようで何時《いつ》分かれてどこへ帰ッたか、そのようなことを詳しく返事してくれと知らせて遣っては」

画工はたちまち打ち晴れたる顔色となり、

「それは妙です。実に良き思い付きです。どうかそのようなことに願いたいものですが」

夏子は承知してすぐに継母に宛て問い合わせの手紙を送りしに、翌日に至り継母よりの返事来れり。返事の文句は次回に。

第六回

継母《ままはは》よりの返事の手紙を夏子は披《ひら》きて読み下すに、

「夏子よ、御身《おんみ》よりその後何の便りもなきことゆえ妾《わらわ》は大いに心配し居たるに、今日は図らずも手紙を受け御身が無事に勤め居ることを知りて妾は大いに安心したり。この後は仮令《たとい》用事なくとも手紙だけは送り来《きた》れ。十行《とくだり》でも五行《いつくだり》でも好し、よしんばただ無事の二字だけでも妾はいと安心するなり。それはさて置き御身が問い合わせのこと、四月四日に健造殿が堀川堀江という友人を連れ来りたるや如何《いか》にとの御尋ねはせっかく忘れ掛かりし妾の悲しみをまたも思い出させる種となり、妾は思わずも涙に半拭《ハンケチ》を濡《うるお》したり。されど御身とても何か深き仔細なくては徒《いたずら》に斯かることを問い来る訳もなからん。よって委《くわ》しくお答え申さんに、お尋ねのごとく健造殿は四月四日の夕方に堀川堀江という一紳士を誘い来り。妾は委しきことを知らねど健造殿の学校友達にして二十年来逢わざりし人と聞けり。今夜一夜は我が家に泊まり健造殿と緩々《ゆるゆる》話し明かさんとてのことなりし故、妾はその人のために寐間《ねま》までも用意し置きたるに、御存じの通り晩餐の時となり健造殿が不意に病気となりしことゆえ、その人は大いに驚き医師の来りし後までかれこれと世話しくれたり。されどその人は年も既に六十近く殊には一通りならぬ神経質の人と見え、健造の死せしを見て一方《ひとかた》ならず気分を傷《いた》め、今夜この家に泊まることは幾重にも御免蒙りたしとのことなりしかば、妾に於いても強いて引き留めもなり難く、然らば御随意にと答えしにその人は今よりすぐに停車場《ステーション》に行かば午後十時発の汽車に間に合うゆえ、それに乗りて倫敦《ロンドン》へ帰るとて立ち去れり。素より取り紛れたる折柄とて住所番地なども聞き置かず、実は葬式の時にも一応その人に見送りを願うため手紙を遣るが好からんと思いしかども、住所の分からぬため余儀なくも見合わせたるほどの次第なり。その後は何の便りも無きことなれば、いずれへ行きたるやもとより妾の知るはずなく、とにかく堀川堀江という人のことにつき妾の知りたるはただこれだけのことぞかし」

夏子は幾度も読み返したれど、これだけのことにては手掛かりとも言い難く、堀川堀江の行方は相変わらず分からぬことなれば、これを碧水《へきすい》に見せたりとて何の便りともならぬは必然なり。さればとて我が身一人にて呑み込み置くことにあらねば、翌日碧水の来りし時すぐに取り出だして見せ示すに、碧水は幾度か読み返して、

「このようなことだろうと思いました。何を言うにも既に四五ケ月経ったことだから分かろうはずがありません」といと力無げに首《こうべ》を垂れしが、ややあって何か思い付きたるごとく「イヤこれだけでも充分詮索の手掛かりができました。私はこれよりその外郎《ういろう》村へ行き少し尋ねる所があります。停車場そのほかで聞き合わせてみればどのようなことが分かるかも知れません。明朝すぐに外郎村へ向け出張します。ついては何か御用事はありませんか」

夏「イエもう継母も既に外郎村を引き払い、今はその兄とともに倫敦に住んでいることですから、外郎村には何も用事はありません」

碧「それでは今日のうちに支度して一日か二日で帰ッて来ます」

斯く言いて画工碧水は分かれ去りしが、この翌日となりて外郎村郵便局消印ある一通の手紙届きしかば、夏子は開き見るに堀川碧水より送り起《こ》せし物なり。その文、

「御約束のごとく昨日外郎村へ来り、種々詮議致し候所、色々と合点の行かぬこともこれあり。詳しくはお目に掛かりたる上にて申し上げることとし、差し当たりお願いと申すは御身もし父健造殿の写真を御蓄えなされ候わずや。御持ち合わせとならば一枚拝借《はいしやく》致したく、もっとも汚し傷つけ等は決して致さず、大事にしてお返し申すべく

候間何とぞ至急郵便にて御送り下されたく。健造殿の写真なくては何事も分かり申さず候」

とあり、堀川堀江のことを尋ぬるに健造の写真が要るとは合点の行かぬ次第なれど、夏子は幸いにして幾枚も持ち合わせ居たるにより、そのうちの最も新しきものを択《えら》びこれを郵便にて送り遣りたり。この写真はたして如何なる用をなすや。読者試みに推量したまえ。

この翌日の夕方に到り碧水は帰り来れば、夏子は直ちにそのそばに行き、

「写真がお益《やく》に立ちましたか」

と問うに碧水は彼《か》の写真を取り出だし、

「大事のお品を誠に有り難う存じました」

と丁寧に返し終わり、

「さて、外郎村の一条は実に不思議なことになりました」

と言い出したり。碧水これより如何なることを言わんとするや。

第七回

「不思議とはどのようなことになりました」

堀川碧水《へきすい》は無言のままにてまた一枚の写真を取り出だし、

「あまり不思議ですから何を先へ言って好いか分かりませんが、まずこの写真から御覧

なさい。これは行衛《ゆくえ》の知れなくなった伯父堀川堀江の姿です」

とて夏子の前に差し出だし夏子の父健造の写真と並べたれば、夏子は両方を見比ぶるに共に年の頃は五十より六十の間なれど、その姿全く替わり健造は福々して肥え太り堀江は穿《えぐ》りしごとく痩せ落ちたり。一方は顔中に髭ありて、一方は綺麗に剃りたり。夏子は眺め終わりて、

「これがどうしたと言うのです」

碧「どうでしょう、この二人の顔を見違える人がありましょうか」

この異様なる問いに夏子は怪しみながらも、

「少しも似た所がありませんから、見違える人はありますまい」

碧「私そう思うから実に不思議でならぬと言うのです。まず私が外郎《ういろう》村へ行ってからの話を順に言いますが、私は第一に停車場《ステーション》へ行きこの写真を見せし駅長から小使までに一々詮議をし、もし四月四日の夜十時の汽車へ斯様な人の乗り込んだのを見掛けなんだかと問いましたが、誰も知らぬと言うのです。それよりその夜十時の汽車に乗ったと言う商人などもありましたから、それなどにも委《くわ》しく問いましたが、誰も知らぬ知らぬと答えます。斯くなッては致し方なく貴女《あなた》の父御《ててご》が借りていたと言う家を尋ねますとまだ空家のままであるとのことですから、もしや何か手掛かりでもあるまいかと差配人に頼んでその間《ま》ごとに検めましたが何もありません。私は失望の余りにせめては貴女《あなた》の父御の墓参りでもして帰ろうと思いその墓地へ行きましたが、そのうちに午後四時頃になりましたから徐々《そろそろ》と宿

の方へ帰り掛けますと、その路で医師池田と門札の出た家があります。もしこの医師が貴女の父御を診察した人ではあるまいか、そうすれば必ず私の伯父をも見掛けたに違いないと、私はすぐにその家へ突々《つかつか》と入り込みました。見れば診察の間に年頃やはり五十五六の人が居ますから『貴方が池田先生ですか』と問いますと『私じゃ』と答えました。『貴方は本年《ことし》の四月枯田《かれた》健造という病人を診察したことはありませんか』

医『アアあるよあるよ、なにぶん私の診察に行った時はもう手後《ておく》れで何とも療治のしようがなかッた。それでも尽くせるだけの療治は尽くしてみようと思い一旦家へ帰りそれぞれ道具などを持って夜半に再び出張したれど、とうてい助からずにあの通りさ。あれは私が悪いのじゃない。誰が見ても死ぬるのじゃ』

私『その時貴方はもし健造殿のそばに、同じ年頃の友人が居たことをお覚えではありませんか』

医『覚えて居るよ。健造殿が宵に旅先から連れ立って帰ったということで何でも堀――堀――イヤ面白い名だっけよ、名前と名字と同じようで』

私『堀川堀江でしょう』

医『そうそう堀川堀江サ』

私『その人が十時の汽車で倫敦《ロンドン》へ帰ると言って立ち去ったことを御存じはありませんか』

医『そのようなことは知らぬが、私が二度目に引き返して行った時に早、倫敦へ帰ったとてその家には居なかった。しかしお前さんは何故《なぜ》そのようなことをお問いなさる』
私『私は堀川堀江の甥ですが、その夜から堀江の行衛がサッパリ分かりませんので、それ故お尋ね申すのです』
医『エ、あの人があの夜限り行衛が知れぬ、それはどうも不思議な訳じゃ』
私『ハイ如何《いか》にも不思議ですから私は尋ねて居ますが、貴方は今でも写真を見ればその顔をお覚えでありましょうな』と言いながら私はこの堀江の写真を出しました。スルと医者はしばらく眺めて何とも合点の行かぬ様子で、
医『これは何かの間違いだろう。これが則ち私の診察した枯田健造殿です。堀川堀江と言ったのはこの人の友達です。この人はもう確かに健造殿で確かに四月四日の夜に死なれたのじゃ』とこう言いますから、私は『そうであるまい、これが堀江の写真ですから貴方の思い違いでしょう』と幾度念を推しても『イヤそうで無い。この写真は堀江でなく全く健造だ』と言い張りますから私は妙なことがあるものだと怪しみながら、宿まで帰りました。それからまた独りでつくづく考えてみるとどうも合点が行きません。何か事の間違いがあるに相違ないからいっそうほんとうの健造殿の写真を見せたらどうか、とこう思い付きましたから、すぐに貴女へ手紙を認《したた》め健造殿の写真を送ッてもらッたのです。翌朝貴女から届きましたゆえ、私はすぐにまた医者に見せますと、
医『アアこれだこれだ、これがお前の伯父とか言う堀川堀江の写真だ』と言います。私はますます不審し様々に問い返しましたが、医師の言葉はどうしても間違いはありません。

どうしても私の伯父と貴女の父御は互いに名前を取り替えて、伯父が枯田健造と名乗り父御が堀川堀江と名乗っていたのです。それで池田医師の手に掛かッて死んだ枯田健造というのは、貴女の父御でなく私の伯父です。伯父の行方が分からぬも全くこれがためです。この上探すのは何故《なにゆえ》二人が名前の取り替えッこをしたか、それだけです。それは私にどうしても詮索が届きませんが、貴女に何かお心当たりでもありませんか」

と問い来《きた》る堀川の言葉、なるほど不思議なり。

第八回

堀川碧水《へきすい》の言うごとく、その伯父堀川堀江が枯田《かれた》健造と名乗って死にたりとせば、実に不思議の次第なり。如何《いか》なる訳によることとなるや。夏子は返事する言葉も知らず、碧水の顔を見詰めしのみにて茫然と考え居たるが、この時この家の主婦人入り来《きた》り用事ありとて碧水を呼びたれば、夏子もこれを機《しお》に我が室《へや》へ帰りたり。斯かる大事の時には徒《いたずら》に急《あせ》りたりとて思案の浮かぶものにあらねば、独り我が室に立ち籠もり篤《とく》と考えんと思えるなり。さるにても第一に夏子の心に掛かるは我が父の健造なり。真実死したるは堀川堀江にして我が父に非ずとせば、父は今いずれにあるや。外郎《ういろう》村に泊まりし夜、二階にて響きたる足音は必ず我が父なりしならん。葬式の終わりし夜、我が寐間《ねま》の入口に現れし彼《か》の姿も父と見たるは我が心の迷いに非ず。全く父がなお死せずにあの家に隠れ居たるものならん。さすれば今は如何にせしぞ。この上は継母《ままはは》に問うのほかなし。継母は今倫敦《ロンドン》にあり。手紙の問答は手緩《てぬる》き故、自ら尋ね行くに如《し》くことなしと、ここに思案を定めたれば、再び碧水に逢いてその心を打ち明かし翌日はまたも主人に暇をもらい倫敦なる継母の家に訪《と》い行きたり。継母は兼ねて話にも聞きしごとく、その兄とともに住まえるとのことなれば、まずその家の入口に立ちて案内を請い、出《い》で来りたる取り次ぎの夫《おんな》に向かい、

「枯田夫人がお内なら夏が尋ねて来たと伝えて下さい」

と頼むに下女はいと気の毒気に、

「枯田夫人はこの家に居りませんよ。三日前に田舎へ行くとかおっしゃッてお出掛けになり、まだお帰りになりません」

この返事に夏子はほとんど失望せしが空しく帰るも本意《ほい》なければ、せめてはその兄に逢いて継母の行く先なりと聞かんものと、

「では夫人の兄《あに》さんは」

女「兄さんは御病気ですが御目に掛かられるか掛かられぬか、イヤ気の軽い方ですから御案内にも及びますまい。私に従《つい》て二階へお出でなさい」と言う。夏子はその背後《うしろ》に従い行きつ、女が指し示す一室の戸を開き「御免なさい」と歩み入るに、この時あたかも日の暮れにて室内何となく暗ければ、明るき所より入り来りし夏子が目には人の顔さえ定かには分からず、ただ一方の隅に当たり寐台《ねだい》の上に打ち伏したる人あるごとく、その人夏子が姿を見て起き上がりたるに似たれば、その方へと三歩《あし》ばかり進み行けば「ヤア夏子か」と

言う声聞こゆ。声は確かに父の声なり。夏子はあまりの驚きに「オヤ阿父《おとつ》さんですか」と言いしまま気絶して卒倒せり。しばらく経てようやく吾に帰れば、我が身体を抱き起こして介抱せる一人はすなわち父の健造なり。髭は茫々と生え茂り、顔容《かおかたち》は痩せ衰え、昔見たる父の顔とは全く別人のごとくなれど、争《いか》でか父を見違えることあらんや。

「貴方《あなた》はまア」

と言いながら起き直り父を寐台に抱き上ぐるに、父は涙を流しつつ、

「アア有り難い、真実の親子ならこそこのようにしてくれる」

と夏子の手を取り、しばしは熱病の熱き喫《キス》をその甲に移し居たるが、またも言葉を開き、

「聞いてくれ、まず継母の憎いことを。己《おれ》を捨てて行ってしまった。己には何とも言わずに有るだけの金を攫《さら》ッて。そうサ八千円からあっただろうが、後に残るは小遣いだけだ。何でも一人ではあるまいて、誰かと手を引いて逃げたには相違ないが、それも自分の身がこの通りの病気だから追い掛くることもできず、もう心の変わッた者は仕方がない」

夏子はあたかも夢中に夢を見る心地して頓《とみ》に返事も口には出でず、父はなお息を継ぎて、

「それでも和女《そなた》はまアよう来てくれた。エ、どうして来た。実はこれから呼びに遣ろうと思うて手紙を書いたところだ。アレ見よ、まだ机の上に出さずにある。来てくれて何より有り難い」

夏子は初めて言葉を開き、

「そのようなことなら手紙などお書きなさらずに、すぐと電信を寄越して下されば好う

ございますのに」

父「そうは思ッたが、することと思うこととが皆食い違ッてしまうのが己の癖で、昔から一度でも物事が思うようにできた例《ためし》がない。それにまた今にも帰るか帰るかと心待ちに待ッていたので、それもこれも今となっては仕方がない。やっぱり己の運が悪いのだ。だがしかし和女はどうして尋ねて来た。それを先へ聞かせてくれ」

夏「私より貴方はまアどうしてここにいらッしゃいました」

父「これには色々と長い訳のあることだ。和女も艸臥《くたびれ》たことだろうから、夕飯でも済ました上で緩々《ゆるゆる》と話して聞かす。まず女を呼んでその仕度を言い付けてくれ」

夏子はあまり父の心を責め、病に障ることありてはならずとまずその言葉に従いて夕飯も済みたる後に緩々と聞かんものとて、女を呼びて夕喫《ゆうげ》の仕度を命じたり。

第九回

やがて食事も済みたる後にて父は夏子に打ち向かい、

「サアこれから緩々《ゆるゆる》と話しに掛かろう。まず和女《そなた》がここへどうして来たか、それを先へ聞かせてくれ」

夏子はこれより堀川堀江がことを語り、その伯父を探さんとて外郎《ういろう》村に行き医師池田老人に逢い写真を示して、ついに堀江が健造の名を名乗って死せしこと分かりたる次第を語

るに、健造は、

「アア恐ろしいものだ。誰も知るまいと思ッたことが、半年も経たぬうちに世間知らずの我が娘にまで分かるとは」と嘆息せしのみ、しばしがほど黙然《もくねん》たりしが、またも嘆息とともに言葉を開き「アア堀川堀江は実に可愛想な奴じゃ。全く和女の推量通り己《おれ》の名を名乗って死んだが、それも顚末《もとすえ》を言わねば分からぬ。聞いてくれ、和女も知っての通り己は今まで様々のことをしたが、何一つ思うようには行かぬのでついに外郎村へ引っ込んだがそれも実は借金取りに隠れたのと同じことだ。つまり都にも居られぬようになったので、一時我が身を隠したけれど、さればとてアノ村に引っ込んでばかりも居られず、三月の末に金儲けの口を探して或る地方へ行き四月四日の昼過ぎにロスソルプの停車場《ステーション》まで帰ッて来た。其許《そこ》で次の汽車を待って居るうち、誰やら横手から声を掛けるので振り向いて見れば、二十年この方逢わずに居た学校友達の堀川堀江サ。よくよく話を聞いてみると、ほんとうの独身者でこの上もなく喜楽な暮らしをしていると言うにより、それでは一夜ぐらい己の家へ泊まッてもよかろうと勧めたところ、堀江は飛んだ気散《きさん》じ者ですぐに泊まろうとうことになった。それで外郎村へ連れて帰り女房にも引き合わせ夜に入るまで話し暮らしたが、やがて夜食を持ち出して食事半ばになッた頃、堀江は急に顔の色を替え、アッと言ッて後ろへ反《そ》り片手に肉刺を持ったままで半死半生の人となり口さえ聞けずなッたによって、すぐに医者を迎えさせると今言う池田老人が遣って来て色々と介抱したが、ついに助かる様子もなしサ。池田は気の毒な顔をして己の女房に向かい『これは貴方《あなた》の御亭主でしょうね』と問い掛けた。スルと女房は『ハイ私の亭主です。今死なれては困りますから、どうかお助けなさッて下さい』とこう言うだろうじゃないか。己はビックリして、もしや女房が気でも違ッたかと我知らず女房のそばへ進み寄ると、女房は己に言葉を開かせず、またも池田に向かい今度は己を指して『これが所天《おっと》の友達で堀川堀江という紳士です。今夜所天が旅先から連れだッて参りました』と言い、次にまた己に向かい『貴方は今夜この家へお泊め申すはずでしたが、所天がこの通りの始末ですからどうかお帰りを願います。今からなら十時の汽車に間に合いましょう』と誠のように言うものだから、己はもう呆気《あっけ》に取られ言葉もなく、ただウロウロとしていたのだ。そのうちに医師はまた来るとて帰ッたから、己はすぐに女房を捕らえどう言うものだと問うたところ『どうせこの人は死ぬるのだからこれに貴方の名を負わせ貴方が死んだと言い触らせば生命保険会社から一万磅《ポンド》の金が取れましょう。明日にも乞食をせねばならぬほど困窮に迫ッたことだから、そうして大金を手に入れてそれを以て米国《アメリカ》へ渡れば、どのような商売でもできますから一身代《ひとしんだい》を起こした上は保険会社へそれと言わずに償いができましょう。今は気の毒だの何のとつまらぬことを言っている時でありません』とそれはそれは恐ろしい舌先でスッカリ己を説き伏せて口も利かせぬようにした。己も全く資本《もとで》の尽きている時ではあるし、済まぬことだと知りながらその気になり、それから二階へ隠れてしまッた。和女が来て泊まッた夜にあまり逢いたくてならぬから寐台《ねだい》を下りて窓の所まで行ったけれど、また思い返せば大事の場合ゆえ、もし和女に目付《めっ》かッては大変と再び寐台へ引っ返したが、その翌晩は辛抱ができなくなりソッと和女の室《へや》を窺《のぞ》いて見ると何だか和女が目を覚ました様子ゆえ、すぐに女房の寐間《ねま》へ逃げ込み、寐台の下へ隠れていた。この通りの訳で実は堀川堀江が己の名を負《お》い死んだので、己は女房の兄と名乗り、この家へ宿を取っているうち保険会社から首尾よく保険金は取ったけれど、肝腎の己が病になり米国へ立つことが出来ず、この通りグズグズしているのを女房めは見限ッて逃げてしまった。アノような魂性《こんじょう》まで腐ッた奴は今更何と言うても仕方がない。和女まで欺いていたことはどうかもう許してくれ」と言い終わりて

「アアまた苦しくなって来た、もう話はできぬ」

とて再び寐台に上りたり。夏子は一方《ひとかた》ならず驚きしも今となりては詮方なければ、これより父のそばを離れず手厚く看病を加えたれど、その甲斐とても更になく父は三日の後に死去したり。その葬儀万端を済ませし後にて夏子は主人の家へ帰りしに、主人夫婦は夏子が顔を見るより早く、

「和女は父の病死とは言え長く帰ッて来ないから、もう暇を出すことにして代わりの女を雇うたよ」

と意外の言葉に夏子は驚き当惑の色を面《おもて》に現せば、主人は声を放ッて笑い、

「実はこう言う訳だ。先日和女が預けた千円をすぐに私の金と一緒にして或る事業へ卸したところ、意外にも大当たりで千円が三万円になッた。サア和女も三万円に身代ができては奉公もしていられまい。これを持参にどのような所天でも持ち、早く一家を起こすがよかろう」

と三万円の大金を目の前に並べたれば、夏子は二度びッくりに仰天せり。これより幾日をか経たる後、夏子は父の懺悔話を残らず堀川碧水《へきすい》に打ち明け、且つまた保険会社に向かッては父と堀江の間違いを言い立てたるに保険会社の驚きは一方ならず。それぞれ手を尽くして調べたる末、ことの次第は明らかに分かりしかど、ここに不思議のことと言うは彼《か》の堀川堀江も同じ保険会社に頼み我が命へ同じく一万磅の保険を付け置かしめたりとのことにて、その一万磅は碧水の名前になり居るとのことなりしかば、堀江の死ぬるも健造の死ぬるも会社に取りては同じ事なりとて、ただ差し引き五ケ月間の保険料を双方へ繰り返たるだけにて事済みとなり、碧水と夏子は程経て夫婦の礼を行いたり。さて彼の継母《ままはは》は如《い》何《か》にせしぞ。これより三年を経て或る紳士の妻になり間もなくその紳士を毒殺せしとてその筋に捕らわれしが、裁判を受けぬうちに未決檻《みけつかん》にて病死したり。これにて見れば堀川堀江が健造の家にて不意に病を発せしも、同じく継母が毒を盛りたるに相違なしとて人々舌を巻きしとなん。

探偵

第一回

米国《アメリカ》オリアン州の警察署内探偵詰所の上座の扣《ひか》え、余念もなく書類を取り調べ居る老官吏は言わでも著《しる》き探偵長ならん。この所へ入り来《きた》る一人の探偵は栗色《くりいろ》と綽名《あだな》されたる男にて遽《あわただ》しく探偵長に向かい、

「長官今度の事件は是非私にお任せを願います。いつもいつも同僚の水嶋に手柄を奪われては困りますから、今度ばかりはどうか私に」

長官は見掛けし書類を畳み眼鏡を額の上に推し上げ、

「水嶋の方に手柄を奪わるのは仕方がない。手前より水嶋の方が功者《こうしゃ》だから。しかし今度の事件とは何事だ」

栗色「オヤ貴方《あなた》がまだそれを御存じないのですか」

長「ウムまだ知らぬ」

栗「ヤアそれは大変だ。既に水嶋が現場へ出張しているから定めし貴方の命を受けて行ったことだろうと思ッたら、彼奴《きやつ》めまだ貴方の御存じないうちに早現場へ馳け付けたので。エエ残念な、また彼奴に手柄を奪われて」

長「ただ残念がッても仕方がない。全体何事だ」

栗「大変な事件です。昨夜中井銀行へ賊が這入《はい》り、五万円盗んで行きました」

長官は少し驚き、

「ハテな中井銀行とは有名な私立銀行で用心も中々堅固だが。アレへ這入るは容易の賊でない。これは栗色手前の腕には合うまいよ。やはり水嶋に任せて置け」

栗色はいと失望し腹のうちにて、いつでも水嶋め己《おれ》の手柄を奪いやがる、どうかして酷い目に逢わして遣らねばと頷きまだ終わらぬうち、この所へ入り来る二人の男。そのうちにて年三十三四と見受けらるるはこれ水嶋浮《うかぶ》という当時日の出の探偵にして、これに伴う一人は年五十の上なるべく、即ち中井銀行の頭取中井金蔵《なかいきんぞう》なり。水嶋は栗色を推し退けて長官に向かい、

「昨夜中井銀行へ賊が這入りまして更に何の手掛かりもありません。委細はこれなる頭取よりお聞きを願います」

頭取は進み出《い》で、

「実はこういう次第です。昨日午後五時頃、船乗り黒田真一と申す初対面の紳士が来て五万円の金子《きんす》を出し、是非ともこれを預かってもらいたいと言いましたが、既に時刻も遅いことゆえ預け金なら明朝改めて来てくれと言いましたところ、実は今夜の内に英国へ出帆するから是非今夜預かッてもらたい。それにこれは他人の金で自分に持っているは心配だからどうしても預かッてもらわねばならぬと絶っての頼みですから、それでは今夜だけこの金蔵が預かッて明朝銀行の開けた時、私から改めて銀行へ預けて進《しん》ぜよう、とこう言

いますと黒田船乗りは喜んで預けて行きました。その後で私はすぐに自分用の弗《ドル》箱へ入れ堅く錠まで卸して置きましたが、今朝になって見ますると弗箱も錠前も元のままで、ただその五万円だけがないのです。ほかに異《かわ》ッたことは少しもありません」

長「誰か貴方の心で疑う者がありなさるか」

頭「ないでもありません。とにかくも父の代から続いている中井銀行が賊に逢ったと言われては信用に掛かりますから、どうしてもこの賊を探して頂かねばなりません。費用は幾ら掛かッても構いません。よって事実のままを申しますが、この弗箱を開ける者は私と会計長の小谷《おだに》と私の息子金太郎の三人だけです。そのうち金太郎は他行《たぎょう》して一昨日《おととい》から家に居ません。そうすると会計の小谷に疑いが掛かるように思われますが、これもそのようなことはない至ッて正直の若者です。今のところで疑わしいと思うのは私の姪で松子と言う者です。松子は父母がないので私が引き取ッて養ッてありますが、昨日黒田船乗りが金を預かった時、次の間に居て聞いていました。その上今朝、松子の寐間《ねま》に弗箱の鍵がありました。それから松子の寐間は戸の開《あ》け閉《た》てに音のせぬようその蝶番《ちょうつがい》へ油を流してありました。これらの廉《かど》で松子を疑いますが、なお委細は御探偵を願います」

と言い捨て返事も待たず退きしは、日頃急がしき商売に身を委ねる頭取の癖なるべし。

長官は後に栗色と水嶋の両探偵に向かい、

「このような内密を要する事件は水嶋の方が適当だから、水嶋に引き受けてもらう。栗色はこの次何か事件のあった節に頼むから」

栗色はいと恨めしげに水嶋を尻目に掛け何事をか言い出ださんとせしが、この所へまた入り来る一人あり。三人斉《ひと》しく振り向きて誰かと見れば、年十八九と覚しき窈窕《ようちょう》たる淑女なり。掻き払う面帷《かおかけ》の下より痛く物に驚きたるごとき顔を現し長官に向かいて、

「私は中井銀行頭取中井金蔵の姪でその家に養われている松子と言う者ですが、昨夜の盗賊のことに付き私の知っているだけのことを申し立てに参りました」

淑女が自ら警察へ訴え出ずるとは例《ためし》もなきことなれば、三人は顔を見合わせり。

長「フムおっしゃるだけのことを聞きましょう」

松「ハイ頭取金蔵に一人の娘があり名を桃子と申しまして私と同じ年でありますが、日頃から私と仲が合いません。私は寄食人《かかりうど》の身ですから何事も桃子の言うなりに従ッていますけれど、折りに触れては私を邪魔にして既に先日もその兄の金太郎とひそひそ語らい、私を世間へ顔向けのできぬようにしてやろうと相談しているところを私が聞きかすッたこともあります。それにまた昨夜夜半に目を覚ましますと誰やら私の寐ている室《へや》へ忍び入りますから、眠ッた振りで見ていますと桃子です。やがて私の卓子《テーブル》のそばに寄り何やら鍵のような物を置き、その上へ半拭《ハンケチ》を被せ、これで大丈夫だと呟いて立ち去りましたが、今朝になッて見ると私の室の戸へ油を掛けてあります。私は少しも仔細が分からず、それから卓子の所へ行き半拭を取り退けますと下から弗箱の鍵が出ましたから、どうしたらよかろうとその鍵を持って考えているところへ頭取が這入って来て、どうしてその鍵を持っているかと言い、私の返事も聞かぬうちに立腹して立ち去りました。私は後で会計の小谷に問

いますと、大金が紛失して私がその疑いを受けているとのことですから、驚いてこれだけの始末を申し上げに参りました」

と松子が言い終わる折りしも、息せき切ってまたこの所へ入り来るは年四十ばかり船乗り姿の紳士なり。松子はその紳士の顔を見るよりもたちまち色を変え、あたかも死人のごとくになりて背後《うしろ》へ一足蹌踉《よろ》めけば、その紳士は言葉世話しく、

「探偵長直ちにこの女をお留め置き願います。この松子が中井銀行の盗坊《どろぼう》の連類です。斯く申す私はその金主の預け人船乗りの黒田真一です。昨夜出帆するところを荷物が積み後れて延びましたから銀行へ引き替えし、ことの様子を聞きました」

と黒田の一言一言に松子の顔色次第に怪しく変わるにより探偵長は頷きて、

「よろしいこの女はすぐに留め置きます」

とて黒田真一を帰し遣り、栗色に打ち向かいて、

「この女を留置所に送れ」

と命ぜり。この時またもや遽《あわただ》しく入り来る男は年十七八なるべく色白くして姿優し、この男震える声にて、

「探偵長、中井銀行の金子を盗んだのは私です。その女ではありません。私は同銀行の会計長小谷常吉と言う者です。後悔して自首します」

と我と我が罪を訴え出たり。

第二回

会計小谷《おだに》常吉が我が罪を訴え出でしにより松子嬢は直ちに放免され小谷常吉のみ留め置かれしが、これより小谷はすぐに様々の取り調べを受けたれど、ただ「私が盗みました」と言うのみにて詳しきことは更に言わず「いよいよ裁判を開く時になれば何事も分かります」と言い切って口を閉ず。自分の口より盗みしと言うからはこれほど確かなこととなして、小谷はその日のうちに調べ済みとなり、すぐに未決檻《みけつかん》へと入れられたり。未決檻のうちにて小谷ただ一人、手を組み首《こうべ》を垂れて考え居る折りしも「面会人がありますぞ」と伝うる牢番の声に従い入り来《きた》る面会人を誰ぞと見れば、頭取中井金蔵の娘桃子なれば小谷は驚きて立ち上がり、

「ヤア嬢様、貴女《あなた》がここへ」

桃「ハイ、私がこの通り逢いに来ました。お前このようにされても嬉しいと思わぬか」

小谷は屹《きつ》と容《かたち》を正し、

「何故《なにゆえ》に貴女が此所へ」

桃「お前を助けてやりたいばかりに――お前が他人の罪を引き受けて牢にまで入れられたのを可哀相に思うから」

小「他人の罪を引き受けは致しません。全く自分の犯したことです」

桃「イエそのようなことを言ってもいけないよ。誠の罪人はほかにあるから。アノ家に

居る松子とて」

小谷は顔に幾分の怒りを現し、

「貴女はどうして私を疑わずに返ッて罪もない松子を疑います」

桃「お前がいくら松子を助けようとしてもいけないよ。松子はもうお前の物でないのだから。ハイ、松子はお前の物ではないよ。私の兄さんと今夜にも婚礼するとて嬉しそうに支度をしているから」

この一言は深く小谷の胸の底まで突き入りしと見え、顔色変えて一足退きしがようやくにしてその色を推し隠し、

「松子が貴女の兄上金太郎殿の妻になろうが、それを貴女が知らせて下さるには及びません」

桃「イエ及びます。知らさずに置いては何時《いつ》までもお前が松子を我が物のように思い、その罪を引き受けて苦労をするから、それが可哀相で」

小「それは貴女余計の御心切《しんせつ》と言うものです。何故私のことをそう御心配なされます」

桃子は思い切って、

「心配せずに居られようか、私はお前を愛しているもの——」

小「貴女は何とおっしゃいます」

桃「女の口からこのようなことを言っては、定めて端《はした》なく思うだろうが、一通りのことでこうして逢いに来ることができるものとお思いか。私はお前を助けに来た。コレ常吉、

私の言う通りにしておくれ。お前、このまま裁判を受くるとなれば長い懲役に遣られるよ。私と一緒に逃げさえすれば、人の知らぬ他国へ行って何不自由なく暮らされる。コレ常吉、心の変わった松子などに義理も何も入らぬ。牢番に金を遣れば夜の間に逃げ出されるから。コレ常吉、コレ」

と言い来りて泣き伏すは嘘か誠か知らざれど、常吉も痛く心を動かせしごとく無言のままに立ち上がり、室《へや》のうちを右左に歩み居たるが、やがて充分に心を決せしと見え唇に一種の笑みを浮かめ来り、

「貴女に助けられる気はありません。貴女は松子の敵《かたき》です。松子が今まで苦労をするのも皆貴女に窘《いじ》められるからのことです。ハイ、私はこのまま殺されても松子のために死ぬるのは厭《いと》いません。死んでも松子を愛して死にます」

と言い切る言葉に桃子は早涙を乾かせて起き上がり、

「それではお前、どこまでも私の言葉には従わぬとお言いだね」

小「ハイ従いません」

桃「ヨシヨシそう聞けば私も思案がある」

と言いながら立つ折りしも、牢の外より以前の牢番の声として「面会の時間が切れました」桃子はこの声を聞き流し、後をも見ずに立ち去りたり。桃子が立ち去りたる後に牢の隅の暗き所より徐々《そろそろ》と現れ来る一人の男、そのまま小谷常吉のそばに進み、常吉と手を握り合い、

「旨い旨い、段々と旨く分かッて来るワ」

と言いたり。そもこの男を誰とかする、この事件を引き受けたる日の出の探偵水嶋浮《うかぶ》なり。水嶋はいと満足の体《てい》にて、

「吾輩はこれより桃子の後を尾《つ》け夜に入るまで帰らぬから、その節また便りを聞かそう」

と言い棄て返事も待たず牢屋より飛び出でたり。これより門の外に走り出せば遥か向こうの方に当たり足早に歩み去る女の姿、擬《まが》いもなき桃子なれば水嶋はすぐにこれに追い付き、あたかも影の形に添うごとくその後に従い行く。桃子は町を右に折れ左に曲がり、間もなく我が家の入口に着き、人もあると気遣うごとく右左を見回してこれならば安心と思いしかそのまま内に入らんとす。水嶋はたちまち身を現し電光《いなずま》のごとくその後ろに飛び寄りて出し抜けに耳に口寄せ、

「牢屋から小谷を連れ出そうと言うのは、ずいぶん剣呑《けんのん》な業《わざ》ですぜ」

と細語《ささや》きたり。桃子は顔色を土よりも青くして振り向きしが、水嶋が我が身に接して立てるを見て叶わぬ場合と見て取りしか、手早く衣嚢《かくし》を掻い探り懐中時計に仕込みたる掌中《しょうちゅう》ピストルを取るより早く水嶋の胸に差し付けてドンと一発放つとともに、無惨や水嶋はアッと叫んで倒れたり。息もなし、脈もなし。

第三回

探偵水嶋浮《うかぶ》が桃子の短銃《ピストル》に当たりて倒れたると同じ時、同じ家にいと驚くべきこと起これり。水嶋の倒れしは入口の石段の上なるが、その横手に当たる二階の窓より身を跳《おど》らして飛び下りる一人の女あり。これなん中井金蔵の姪松子なり。何故《なにゆえ》ありて二階の上より命をも構わずして、斯く身を投げし次第なるや。察するに何者にか追い詰められ逃《のが》れるに道なきまま飛び出でしことなるべし。飛び出でて真っ逆様に落ち来《きた》るその有り様は恐ろししと言うもなかなかなり。今にも大地の上に落ち身体も砕けて死ぬるならんと見る間もなく、松子はその下に架け渡せる葡萄《ぶどう》棚に身を搦《から》まれ空中にブラ下がりしは、この上なき幸いと言うべし。斯かる折りしも通り合わす巡査、これを認め手を差し延べて下ろし遣るに、松子は痛く心迫《こころせ》くと見え、巡査には礼さえも言わず身を揉掻《もが》きて逃げ去らんとす。この時家の内より走り出ずる年四十四五歳なる一紳士は確かに彼《か》の大金の預け主と言う船長黒田真一なり。突々《つかつか》と巡査のそばに進み、

「この女は気違いです。近々瘋癲《きんきんふうてん》病院へ送るはずで二階の一室《ま》へ閉じ込めて置きましたところ、ただ今御覧の通りアノ高い所から飛び出しました。すぐに私へお引き渡し願います」

巡「なるほど気違いかな。さもなくばアノ高い所より飛び降りるはずもないが」

松子はこれを聞き怒りに堪えぬ声を上げ、

「この人こそ悪人です、大悪人です。私を狂気《きちがい》などとは余りに失敬な言い分です」と叫

び立つる。

黒「コレこの通り荒れ狂うを見ても分かりましょう。このようなところを人に見せては当家の名前にも障りますから、すぐに私が引き取ります」

と言いつつ名札を取り出だし巡査に与う。この名前の面《おもて》には船長黒田と記《しる》さずして医学士黒田と記したり。医学士が気違いなりと言い切るを巡査も何とて疑うべき、

「それではなるべく早く病院へ入れるがよろしい」

と言い捨てて立ち去れり。後に黒田は否《いや》がる松子を引き摺《ず》りて家のうちへ入れんとし入口に桃子の立てるを見、且つそのそばに何者か倒れ居る様を怪しみ桃子に向かいて、

「この倒れ人は何者だ」

桃「何者か知りませんが、私が外から帰ッて来るとこの辺《あた》りで短銃の音がしたから何事かと掛け付けて見れば、この人が倒れていました。たぶん誰かに射殺《いころ》された者と思いますが、家の前へこのまま置いては人が怪しみましょうから、内へ入れて出入りの医者にでも見せましょう」

と言いながら身震いするは我が心に責めらるるがためならん。黒田はこれを聞き流して内に入りしが、その後にて桃子は下僕《しもべ》を呼び死骸を二階の一室へ運び入れさせ、

「まだ手当ての仕様があるかも知れぬから、早くお医者を呼んで来て見せてお遣り。どこの人で何者に射られたか知れぬけれど、まア可哀相に」

と殊勝気に憫《あわ》れみの色を浮かべ言いつつ、下僕が立ち去るを待ちて己《おのれ》もこの間を出《い》

で去りたり。桃子が出で去りたる後に不思議や水嶋浮の死骸は徐々《しずしず》と動きはじめ、第一に首《こうべ》を挙げて四辺《あたり》を見回し「フムもう己《おれ》を死んだ者と思ッて居るワ。短銃の掛け鉄《がね》を引こうとする時、己が早くもそれと察して身を反《かわ》せて倒れたことを知らずに――しかし倒れている間に大分様子が分かッたぞ。金を預けた黒田船長という奴からして悪人だ。彼奴《きやつ》らが何か計略《たくら》んで金蔵の姪松子を窘《いじ》めているのだ。それに桃子もなかなか太い女だ、己を医師に掛け療治を名として当分どこへか閉じ込めているつもりでいるのだ」と言いつつ更に起き直り、次の間の界《さかい》まで歩み寄りつつ、壁にその耳を当つるに途切れ途切れに聞こゆるは確かに黒田真一と桃子の話なり。

桃「なるほど松子は狂気と言ッて閉じ込めて置くのが一番好うございましょう。そうせねばアノような女ですから邪魔をして仕方がありません。兄金太郎の所へは電報を出しすぐに帰ッて来いと言ッて遣ります。帰ッて来さえすれば、否応《いやおう》言わせず松子を捕らえ兄と秘密の婚礼をさせますから、何事も思うままになりましょう。そうすれば身代《しんだい》もこっちのものです」

黒「そうとも、しかし松子は旨くしてあるのか」

桃「それはもう三階の隅の間に閉じ込んで全然《すっかり》錠を卸してあるから大丈夫です」

黒「それから先ほど死んだ奴は」

桃「アレはほんとうに死んだのか、まだ命が残ッているか私には分かりませんが、今に医者が来ますから、その上でまた何とか思案をせねばなりますまい」

黒「アレは先ほど私が警察署へ行った時、探偵長のそばにいた若い探偵に違いないから、アレなりで死んでしまえばとにかくもし生き返れば油断がならぬ」

桃「だから私も心配するのです」

黒「だが心配は後にして、すぐに兄金太郎へ電信を出すようにしてもらおう。私はこれから寺へ行き、金のためには不正の婚礼にも立ち逢うような売僧《まいす》を一人探して来るから」

斯く言いて二人は次の間を立ち去りたる様子なり。水嶋は大胆にもまたその室《へや》に進み入るに早日の暮れしことなればここには瓦斯灯《ガスとう》を点じあれど、誰も人とては居ぬ様子なるにぞ徐々《しずしず》と抜き足しつつ梯子段の所まで行き、人目を忍びて立ち去らんとする。折りしも下より医師とともに登り来るは確かに彼の桃子なり。「アア失敗《しくじ》ッた。桃子に見付かッては大変だぞ」と言うより早く引っ返して、今度は三階の梯子段を攀《よ》じ一足に三段ずつ飛び上がれり。三階に登りて如何《いか》にするや。

第四回

探偵水嶋浮《うかぶ》は一足に三段ずつ三階へと飛び上りしが、それより彼如何《いか》にするやしばらく後の話に譲り、ここにまた、罪を我が身に引き受けて牢に入りたる会計長小谷《おだに》常吉は探偵水嶋浮が晩には帰り来《きた》りてその便りを聞かさんと言いたるを力とし、日の暮れるまで待ちたれど水嶋は帰り来らず、そのうちに夜も早九時を過ぎたる頃またも牢番の者来りて面会人ありと告げたれば、夜中に及びて面会を求むるは何者にやと不審《いぶか》しながら待つ所へ徐々《しずしず》と入り来るは身姿《みなり》さえ立派なる一廉《かど》の紳士なり。静かに小谷の前に座を占めて、

「実は少々伺いたいことがあッて、初対面を顧みず今宵参ッた訳ですが、貴方《あなた》はもう弁護人を定めましたか」

さてはこの人代言人《だいげんにん》にして我を弁護せんために来りしなるか。

小「イヤ、まだ弁護人を雇うなどの暇もありませず――」

紳士「たぶんそうだろうと思い、願わくは私が弁護を引き受けたいと存じわざわざ参った次第です。兼ねてお聞き及びでもありましょう。私は弁護を以て世間に多少は名を知られている――」と言い来りて少し躊躇《ためら》い「角岡育平《つのおかいくへい》という代言人です。このような事件には充分に経験もありますから、きッと貴方を無罪にして上げます。と言って弁護料は極めて安く、もしまた弁護が届かぬ日には一文《もん》も戴きません」

と余り見識を落としたる言い方なれば、小谷は少し疑いを起こしたれど何気なき体《てい》を見せて、

「イヤ御高名は兼ねて承っていますから、一応考えた上でいよいよ御依頼申すようならまた更めて御返事を致しましょう」

角岡は少し失望の体にて眉を顰《ひそ》め、

「イヤどうせ弁護人がなくてはならぬ事柄ですから、別にお考えにも及びますまい。今夜のうちに事柄の大方をお聞き申せば、この次にお目に掛かるまでには大抵は弁護の工夫

を定めて置きます。ついては第一に伺いたいは金子《きんす》預け人の船長黒田真一という者が先刻警察署へ来て、頭取金蔵の姪の松子に罪があるとてすぐに松子を留め置いてくれと請求したということですが、アレには何か事情がありましょう。私の考えたところでこの事件は必ずただ金が欲しいと言うばかりでなく、ほかに入り組んだ訳があろうと思います。その辺のところに付き、貴方が知っているだけのところを伺いましょう」

小谷はますます疑わしく思うにより、その顔を篤《とく》と見るにどこやら見覚えのあるに似たり。今まで代言人角岡の名は聞くも、その顔は見しことなければ真実角岡の顔に見覚えのあるはずも無し。斯く思えばいよいよ不審に堪えざる故、

「イヤ今夜はもうよほど草疲《くたびれ》ていますからすぐに寐ようと思います。お頼み申すなら明日また――」

角「左様ですか。それでは明朝九時にまた参ることに致しましょう。大いにお邪魔を致しました」

斯く言い捨てて退きたり。小谷は考えるほどますます怪しく思い「よしよし、今にも探偵水嶋が帰ッて来れば詳しく話して相談してみよう。ほんとうの角岡代言人だか何だかなかなか油断はできないテ」呟きながら室《へや》のうちを右左に歩むうち、一方の窓よりして誰やらん手紙のごときものを投げ込みたれば、小谷は恐々《こわごわ》ながら拾い上ぐるに、上封はこれ我が身を捨ててまで救い遣らんと決心せる彼《か》の松子の筆なり。先刻桃子の言葉に松子が今宵のうちにも頭取の息子金太郎と婚礼すると聞き、今なお痛く気遣える折柄なれば小谷はこ

に、その文、

の手紙を見て嬉しさに堪えず、幾度か唇を当て手紙に喫《キス》を移せし上にて封切りて読み下す

「小谷氏よもはや妾《わらわ》の身の上を気遣うことなかれ。妾は頭取の息子金太郎と婚礼の約束を定め、今夜のうちにその式を済ますはずなれば、妾はこれより何不自由なき身となるべし。御身が自ら犯せし罪を白状して近々《きんきん》処刑を受けんとするは、誠にお気の毒なる次第なれど、自ら盗みたりと言うからにはよもや間違いもあるまじく、自ら招きたる罪とお断念《あきら》めなされ、妾がことは一切お忘れ下されたく候」

とあり、小谷の驚きと失望は如何ほどぞ。

されど小谷がことはこれにてしばらく筆を停め、前に返りて探偵水嶋浮がことを記《しる》さん。水嶋は三階に登り行き隅の室には彼《か》の松子が閉じ込められ居ると聞きたれば、これに逢いて色々問い糺《ただ》すところあらんと其許此許《そこここ》を探せし末、これかと思う一室《ま》に行き外より鍵の穴に目を当ててうちの様子を伺うに、誰やらん女の姿見ゆるに似たり。よって衣囊《かくし》より兼ねて用意の万能鍵を取り出だし苦もなくその錠を外してうちへ一足歩み入るに、果たせるかな松子ここに在り。水嶋の入り来るを見て狼藉者《ろうぜきもの》と思いしか早叫び立てん様子なるにぞ、水嶋は周章《あわただ》しく、

「松子さん驚くには及びません。私は探偵水嶋浮です。実は貴女《あなた》を助けるために命掛けでこの家へ忍び込みました。先刻貴女は警察署で私の顔を見た覚えがありましょう。ハイ、私はどうしても貴女を助けて遣るとて小谷常吉に約束して参りました」

常吉の名を聞きて松子はたちまち顔の色を柔らげしも、さすがに嗜み深き女のこととてなお容易には口を開かず、水嶋は一歩進みて、

「このたびのことについては貴女も小谷も不幸にして疑いを受けていますが、もとより貴女ではありません。ただ貴女を助けたいばかりに小谷が自分に罪を受けアノ通り牢に入れられて居りますから、貴女も実の罪人を探し出して小谷を助けねばなりますまい。その罪人を探し出すのが私の役目ですから、貴女の味方です。友達です。貴女は小谷を助ける気はありませんか」

松子はようやく心解けしごとく、

「ハイこの身を捨てても助けたいと思います」

水「サアそうのうてはなりません。私は男でも我が愛する者のためには命を捨てても骨を折る決心です」

我が愛する者のために命を捨てても、との一言は何気なく水嶋の口より辷《すべ》り出でしも後に至りて水嶋が身にこの言葉を思い当てることあり、とはいとも不思議の訳なりかし。水嶋はなおも松子のそばにより、

「貴女が知ッて居るだけのことをおっしゃッて下さらねば探索の仕様がありません。何かこの家のうちに貴女に対して悪事を計《たく》んでいる者があるだろうと思われますが」

松「ハイそれはお察しの通りですけれども、昨今《さっこん》私の口から言うことはできません。こうなれば貴方を力に思いますから、どうぞこの上ともお助けを願います。この上私がこの

家に居なくなればその謀《たく》みがいよいよ募る徴《しるし》ですから、どうぞそう思ッて下さいまし。実はこの家の息子金太郎が――」

と言い掛けし折りしもあれ、外より誰やらん入り来る足音せり。水嶋もしこの所を見付けられては運の尽きなり、いずれにその身を隠さんとするや。

第五回

死人と化けて人の家へ忍び込みたる探偵水嶋、今目付《めつ》かりては大変なれば近寄る足音に驚きて遽《あわただ》しく四辺《あたり》を見回し逃げ路を捜すも無理ならず。松子も痛く驚きて、「大変です。どうしましょう」と当惑の声を洩らしぬ。
水「飛び出すにも窓はなし、アアこの隅の押入へ隠れましょう」
松「いけません。アノ押入は穴がないから中へ這入《はい》れば呼吸《いき》ができません」
水「ナニよろしい。戸を五分ばかり明けて置いて下さらば、その隙間から呼吸をします」と言うより早く身を跳《おど》らせ戸を押し開きて、いと狭き押入の中に入れば、外より松子は戸を閉じてただ五分ばかり隙間を残せり。引き違えて入り来《きた》るを如何《いか》なる人かと見れば、年は二十五六なるべく色黒くして容貌毒々しく眼《まなこ》に異様の光あるは尋常《ただもの》と思われず、水嶋は戸の隙より見てあるにこの男の入り来るとともに松子は戦《おのの》きて一歩《あし》一歩隅の方に退きながら、

「貴方《あなた》は金太郎さん、どうしてまア此所へ」
と叫ぶさえ恐ろしげなり。さてはこの男が頭取金蔵息子にして、また水嶋を射殺《いころ》したる桃子の兄金太郎なるか。

金「どうしてと問わずにもこっちから言って聞かせる。大金が紛失して会計長小谷常吉が罪に落ちたと家から電報が掛かッたから、お前と婚礼するは今の間だと早速に帰ッて来たのサ。明日の晩婚礼と極めたから、お前も定めし幾らかの支度があろう。今ここでそれらのことを相談しよう」

松子はグッと怒《いか》りて、

「貴方は女と侮り、あまり無礼なことをおっしゃる。私が疾《とう》から小谷常吉と許嫁《いいなずけ》になッていることはよく御存じではありませんか」

金「今までは許嫁でもあッただろうが、牢に這入れば大丈夫十年は出られぬから許嫁の約束は消えたと言うもの。それだから私の妻になれと言うのだ」

松「イエ小谷常吉に罪はありません。一時訳あッて牢の中へ入れられても、今に言い開きが立って帰ッて来ます。帰らねば私が救い出します」

金太郎はセセラ笑ッて、

「自分から自首して出た者がどうして言い開きなどできるものか。そのようなつまらぬことを言わずにこの金太郎様の奥方になる方が――」

松「イエイエ、貴方の妻になるくらいなら身を投げて死んでしまいます。サアもう用事はありません。早くあっちへお出《い》でなさい」

と追い払えども更に怯《ひる》まず、押入の内にて斯くと見る彼《か》の水嶋は今にも飛び出して金太郎を擲《なぐ》り殺さんかと思えども、探偵の身としていまだ実《まこと》の罪人誰なるやを見極めぬうち、さることを働きてはこの事件を探る道さえも絶ゆる訳なれば歯を食いしめて窺うのみ。金太郎はやがて松子のそばに寄り、その耳に口を当て何事やらん細語《ささや》きしが不思議にも松子はその言葉にたちまち顔をなお青くし、恐ろしさに堪えぬごとく身震いをはじめたり。

金「サアこれでも婚礼を否《いや》と言うのか。今五分間猶予してやる。その間によく考えて返事せよ」

と言い終わッて己《おのれ》はいと横柄に腕を組み室《へや》のうちを散歩しはじめたり。そも金太郎が細語きしは如何なる言葉ぞ、何故《なにゆえ》に松子が俄《にわか》に恐れ戦くや、一を聞いて十を知る水嶋さえ更に合点行かず、斯くて五分間も立ちし頃、金太郎は再び松子に向かいて、

「サアどうだ、返事を聞こう。私の女房になるかならぬか」

松子は震いながら、

「ハイなります」

と返答したり。金太郎はいと満足の体《てい》にて、よしよしと頷きてまたも何やらん言い出さんとするごとく室のうちを歩み居たるが、フと眼を水嶋の隠れ居る所へ注ぎ、何思いけん突々《つかつか》と進み来りて彼《か》の五分ほどの戸の隙間を外よりビタリとしめ切りたり。水嶋の驚き如《い》何《か》ほどぞ。空気も入らぬ押入の中に隙もなく閉じ込められては、長く身体の続くことに非

ず。殊にはこれよりして金太郎が如何にせしや、松子が何を返事したるか、外のことは見えもせず聞こえもせず。そのうちに早空気は徐々《しずしず》と詰まり来て苦しきこと言うばかりなし。果ては呼吸さえもできざれば、このまま十分間も籠もり居てはただ蒸せ死ぬぞほかあらじ。読者よこの間に告げ知らさん、今しも金太郎が松子の耳に細語きし言葉というは極めて短き一言《ごん》なり「己《おれ》の妻になるが否ならこの隅の押入に隠れている探偵をタッタ今短銃《ピストル》で射殺すぞ。それでも否なら牢番に賄賂《まいない》して小谷常吉を毒殺するぞ」と言うだけのことなりき。さても水嶋は押入のうちに在りて、ほとんど人心さえなきまでに至りしかば、今は現れ出ずるのほかなしと内より戸の桟《さん》に手を掛けつクッと推し開きて飛び出ずるに、こは如何に、金太郎は早松子を連れていずれへか行き去りたるものと見え、今はその影もなし。水嶋はまず仰向いて充分に空気を吸い入れ「アアこれで生きあがッた」とて二度三度胸を撫で卸し元入り来りし入口の戸を開きて、再び廊下へと立ち出でたり。とにかくも今は人知れずこの家を立ち去らねば叶わぬ場合となりたれば、如何にして好からんか、空しく思案する折りしもあれ廊下の尽所《はずれ》に在る一室の戸を開き遅々《そろそろ》と立ち出ずる人影あり。水嶋は壁に小《こ》凸《だか》く塗り出したる柱の陰に身を隠し、その様子を窺い居るに出で来る人は手に数多《あまた》の鍵を持ち、いと静かに梯子段を下らんとす。水嶋はその人の顔を見て「コレは不思議だ」と呟きつつ直ちに隠れ所より立ち現れ、跣《ぬ》き足してその人の後に従い行けり。足にはもとよりゴム製の忍び靴を穿《は》きたることなれば、その人は夢にも我が背後《うしろ》より水嶋の従い来ることとも知らず、梯子段を下り尽くしてすぐに左手なる戸に向かい手に持てる鍵を取り上げその錠前を開きたり。この戸はこれ銀行への通い道にして、夜は堅くしめ切りとし誰も通わぬ所なるに、今その人がこれを開き銀行に入り行くは最も怪しむべき限りなり。何か仔細のあるに非ずば、斯く忍びやかに行くはずなからん。よって水嶋は続きてその戸を潜り銀行の方へ進み行きしが、これより何事をなせしか更に分からず、およそ十分間も経たる頃、水嶋は顔の色を変えて現れ来り「アアこれほど意外なことはない、今のが真事《まこと》の罪人とは実に思いも寄らぬことだ。これでは幾ら探偵しても分からぬはずだ」と呟きしも「今の」とは何者なるや、また如何なることをなしたるや、水嶋のほかに知る者なし。水嶋はこれよりまたも抜け出ずる所を探しながら二階へ上りて、とある一室へ立ち入るにこの時後ろより足早に追い来る男あり。これ以前見し金太郎なり。金太郎は水嶋の姿を見るより早く短銃を差し付けて、

「コレ探偵、死人に化けて人の家に忍び入るとは憲法の許さぬ狼藉者《ろうぜきもの》だ。犬を殺すように射殺すぞ」

と言いつつ狙いを定めたり。筒口と水嶋の間はわずか五尺にも足らぬ距離なり。アア水嶋が今の身の上ほど世に危うき者はあらじ。

第六回

我が身を助くるは人間第一の勉めなりと古人は言えり。今や探偵水嶋浮《うかぶ》は彼《か》の金太郎に

短銃《ピストル》を差し付けられ、これを防がん手段《てだて》もなし。身に寸鉄をも帯びざれば逃げて我が身を助くるのほかはなしと咄嗟の間に思案を定め、窓の外を差しのぞくに幸い隣家の二階にも同じ窓あり。此方《こなた》の窓とわずかに一間《けん》ばかり隔てて相向かい、殊にその戸さえ開きありて内より硝灯《ランプ》の影の見ゆるにより水嶋は有無をも言わず窓の横木に右の手を掛くると見る間に、身は早ヒラリと跳ね返りて隣家の窓に飛び入りたり。金太郎は呆気《あっけ》に取られ、しばしがほど空しく窓の外を眺むるのみなりしも、なおどこまでも追い詰めんと思いしか同じく飛び越えて隣の窓に跳《おど》り入れば、内には年の頃十八九とも思わるる美しき女あり。兼ねて金太郎を知る者と見え、やや驚きたれど敢えて騒がず、

「オヤ貴方《あなた》はまア何事です」と立ち上がりて出迎えば、

「梅子嬢、何事でもない。今ここへ大盗坊《どろぼう》が飛び込んだはずですが、どこへ逃げました」

梅子は大盗坊と聞きて驚き、

「オヤ今のは盗坊ですか」

金「盗坊にも何も最も罪の重い盗坊です」

梅「でも悪人らしくは見えませんでしたが」

金「それよりまずどこへ逃げました」

梅「もうどこへ逃げたか分かりません。今一命にもかかわる場合だから、どうか逃がしてくれと言いましたゆえ外へ出る道を教えてやりました。もう遠くへまで逃げたでしょう

よ」

金太郎はいと失望の色を現し、

「貴女は実に飛んでもないことをなされたものだ。御覧なさい、今夜のうちにも屹《き》ッと引き返してこの内へ盗坊に這入《はい》りますから」

と言い捨てて、いと不興気に旧来《もと》し窓に立ち出でつ、また我が家へと飛び返れり。後に梅子はただ一人「今の人が盗坊とは思われなんだが」と怪しみながら、考うるところへ次の間の襖を押し開け立ち現るるは彼《か》の水嶋なり。「アレー」と驚く梅子を制して、

「貴女《あなた》驚くことはありません。仮令《たとい》盗坊にもせよ、貴女のお影で危うい命を助かッた私です、何で貴女に御迷惑を掛けましょう」

梅子はなお驚きの鎮まらぬごとく、

「それではやはり盗坊ですか」

水嶋は笑みを含みて、

「ハイ盗坊を捕らえるのが私の職分《やくめ》です」

と言いつつ羽織の袖口を捲くり示せば内には光る銀の板あり。探偵水嶋浮と彫り付けたれば、梅子は再び驚きて、

「では貴方は探偵ですね」

水「ハイ探偵ですから貴女に折り入ってお願いがありますが、これも勇ましい貴女が今のお手際を見込んでお頼み申すのです。貴女はこの隣に松子という女のあることを御存じ

でしょう」

梅「ハイ知っているドコロではありません。私の大事のお友達です」

水「それならばなおのこと、実はこうして私が隣へ入り込んだというものも全く松子を助けるためで、その訳はただ今の金太郎が無理に松子を妻にする巧みを回《めぐ》らせ」とて、これより大金紛失のことを初めから己《おのれ》が知れるだけのことを掻いつまみて話せし上、「こういう訳ですから松子の身は今夜にも危ういところへ迫ッています。貴女この窓のそばにいらッしゃればたいてい隣の様子も分かりましょうから、それとなく気をつけてもしも松子がどこへか連れられて行きそうならそれこそ大変の場合ですから、どうぞ私に一筆お知らせなさって下さい。貴女が松子を知らぬとならば斯様なことは頼みませんが、松子のお友達とあッて見ればその難儀を救うためこれくらいのことはして下さるのが貴女のお務めかと思います」

と友達の情に訴え頼み込むに、この女なかなか度胸の定まりし者と見え、

「よろしゅうございます。実は先日から松子さんの身の上に何か変わッたことがある様子で陰ながら心配していましたから左様なことがあると聞いては、なお更油断は致しません。私が気を付けていればお隣のことはたいてい分かります。シテもし事のあッた時には、どこへお知らせ申せば貴方まで届きますか」

水嶋は梅子の勇気ある言葉をますます喜び、一枚の名札を取り出だし、

「ここへお知らせを願います」

と差し出だすを、梅子は受け取り一目その面《おもて》を見しままにて名札刺しへ納めたり。

水「それでは私は帰りますが、どっちへ出れば好うございましょう」

梅「私が道を教えて上げましょう」とて梅子はすぐに手燭《てしょく》を取り、先に立ちて水嶋を送り出せしが、水嶋の去りたる後に我が居間に帰り見れば落ち散りて紳士持ちの半拭《ハンケチ》あり。縁に水嶋浮の頭字《かしらじ》を縫い付けしは今しも彼が忘れ行きたる物なるべし。梅子は何思いけん、拾い上げてしばし打ち眺め居たる末「今度お目に掛かるまで」と呟きて己《おの》が衣嚢《かくし》へ納めたり。

第七回

探偵水嶋浮《うかぶ》が危うき所を梅子に助けられて帰りたるその翌日の朝なるが、水嶋は牢屋に行き捕らわれ居る会計長小谷常吉とともに頻りに何やらん相談せり。

小「イエ私も不審に思いました。角岡育平《つのおかいくへい》という有名な弁護人のあることはもとより聞いて知ってはいますが、そのような有名家がわざわざ牢の中までやって来て弁護料は幾らでもよいからどうぞ受け負《お》わせてくれなどと、そのような不見識なことを言うはずがありません。暇で困ッている代言人《だいげんにん》ならとにかくも当時一二を争う人ですもの。それですから私も初めから怪しく思い、充分の話はせず明朝更めて返事しようと言ッたのです。そう言ッてヤッと追い払いました。何でも篤《とく》と貴方《あなた》に相談をせねば迂闊なことは言われぬと思いまして」
水「それはよかッた。第一昨日も私がお前の事件について少し聞きたいことがあッたので角岡の家を尋ねたけれど、三四日前に地方の裁判所へ出張してまだ帰らぬと言ッたのだもの。その角岡が来るはずがないのサ。返事をせずに置いたのは大出来《おおでき》だッた」
小「しかしまア何者でしょう。角岡の名を語ッて私に逢いに来るなどとは」
水「それは私にも分からぬが、何でも油断のできぬ奴には違いない。今に来るだろうから化けの皮を剝《む》いてやる」
小「ハイ九時に来ると言いましたから、もう間もなく参りましょう」
水「九時と言えば五分しかない。ハテナどうしてくれよう。よしよし、アノ寐台《ねだい》の後ろへ隠れ篤と様子を伺ッていよう。そうすればたいてい分かるだろう」
と言ううちに早牢番の声として「面会人がありますぞ」と伝えたり。水嶋は猶予もなく直ちに寐台の後ろへ身を隠せしに、隙もあらせず入り来《きた》るは昨夜来りし彼《か》の角岡弁護人と自称する曲者《くせもの》なり。
「実は昨夜充分のお返事を聞きたいと思いましたが、あまりお疲れの様子でしたから約束通りただ今参ッた次第ですが如何です。最早充分にお考えにもなりましたろう。無論私にお任せ下さることでしょうね」
小谷は充分に角岡の顔を見詰めて、
「貴方は角岡育平さんとかおっしゃッたと思いますが」

角「もとより私が角岡です」

小「でも角岡さんはこの頃地方の裁判所へ出張して、この地には居ぬとやら言うように聞きましたが」

角「それは何かの間違いでしょう。この通りここに居るのが何よりの証拠です。イヤ実は先日ちょいと地方へ行くことは行きましたが、それはナニ裁判の用事ではなく全くほかの事柄で、昨日の午後の汽車で帰ッたばかりですから自然そのような評《うわさ》が貴方のお耳に入ッたのでしょう」と何気なく言い払えり。

小「それでは貴方が確かにアノ有名な代言人角岡育平さんに相違ないのですね」

根強き問いに角岡は少し不安心の色を浮かめしも、なお平気にてもちろん私が角岡ですと言い切る時しも寐台の後ろにて大喝一声「嘘を言うな」と叱る声聞こえしが、声とともに水嶋は出《い》で来りて突然角岡に組み掛かり、

「誰かと思えば失敬な、手前であったか。己《おれ》の親切を無駄にして」と言う間に組み伏せてその面を取り捨つれば、角岡と名乗りたるは全く水嶋の同役にして、日頃より水嶋に手柄を奪われて悔しと思える彼《か》の栗色探偵なり。眼鏡も砕け、付け鼻も落ち去りて始めて真《ま》事《こと》の面体を現せり。水嶋は立腹に堪えざるごとく「手前がそのような邪魔をするのは今にはじまッたことではない。よく考えてみろ。己にそのようなことをして済むと思うか。今まで手前のために尽くしてやったことは幾度あるか知れないのに、その恩を仇《あだ》にして今度もまた代言と見せ掛けて小谷から様子を聞き一つにはその事柄を頭取金蔵へ持って行って

売り付け、二つには長官に誇って己の手際を奪うつもりであっただろう」

と容赦もなく引き摺《ず》るに栗色はグーの音《ね》も出ず、わずかに苦しき息の下より、

「済みません、許して下さい。どうか長官には知らさずにこの場かぎり内聞《ないぶん》に」

と拝まぬばかり詫び入るにぞ、水嶋は、

「エエ卑屈な奴だ、以後を謹め」と言い聞けてそのまま放ち帰せしが、後にて小谷に打ち向かいて「このようなことだろうと思ッていた。お前ももう二度と彼奴《きゃつ》の奸策に掛かりはしまい。私はこれからまだ大変な用事があるから、晩にまた便りを聞かせることにしよう」


斯く言いて水嶋はここを立ち出で警察署の内に在る己《おの》が詰め所へと入り行きしが、見れば詰め所の机の上に我が身に宛てたる一通の手紙あり。差出人の名は無けれど確かに女の筆癖なり「ハテな」と言いて封切るに昨夜我が身が助けられて大事を打ち明け頼みたる、彼《か》の梅子より寄越せし物なり。その文、

「水嶋様、御頼みに従い油断なく様子を伺い居り候所、大変なことを見出だし申し候。なるほど仰せのごとく松子は今最も危うき身の上にて、事の張本人は全く金太郎に相違これなく、金太郎はすでに松子を床の下へ連れて行きて閉じ込めたる様子に御座候。殊には今夜の内に無理無体《むりむたい》に松子に迫り婚礼する手筈に御座候。なお不思議なるはその父、頭取金蔵に於いては斯かることを一切知らぬ様子に御座候。何分《なにぶん》にも松子の身の上、至極《しごく》気遣わしく候故、至急お救い遣り下され候様願い上げ候。取り急ぎ候まま

見苦しき筆の蹟《あと》御推もじ下されたく候」

といと立派に記したり。水嶋は読み終わりて茫然とし「アア感心な梅子だ」と思わずも感嘆の声を洩らせしが、たちまちまた気を取り直し「イヤ愚図愚図しては居られぬぞ」と身を引きしめて立ち直れり。

第八回

梅子が手紙の様子で見れば憐れむべし彼《か》の松子は床の下なる一室へ入れられしなり。今宵は否応なく婚礼の式は行わるるなり。探偵水嶋は読み終わりて「床の下と言えば暗室も同様だが、それに推し込めるとはあまり酷い。その上今宵のうちに無理な婚礼をするとは。しかし今分かッたはまだしもの幸いだ。これから手を回せばどうか救われぬこともあるまい、と言ッてずいぶんむずかしい仕事だがどうすれば好いだろう。今まで困難な事件を引き受け一命を捨てて掛かッたこともあるが、そのような場合には逢ったことがない」としばし途方に暮れ居たるが、やがて一工夫思い付きしと見え、よしよしと頷きて警察署を立ち出でたり。これよりわずか二三町を行きたる頃、背後《うしろ》より「水嶋さん」と小声にて呼ぶ者あり。水嶋は耳聡《みみさと》くも聞き付けて振り向き見れば、乞食の児《こ》とも思わるる十一二の小僧にて手に何やらん紙切れを持ちたれば「何だ」と問うに、

「アア貴方《あなた》が水嶋さんですね。確かにそうだろうとは思ったけれど、もし間違いがあッ

てはならぬから小声でソッと呼んでみたら、やはり思ッた通りであッた」

水「そのようなことはどうでも好い、用事は何だ」

小「これを」と言いつつ彼《か》の紙切れを差し出だすにぞ、水嶋は受け取りて披《ひら》き見るに長官より己《おのれ》に当てたる命令状なり。長官には長官だけの筆癖ある上、他人に分からぬ符牒《ふちよう》を用うることなればもとより見擬《みまが》うべくもあらず。その文、

「水嶋よ、銀行の事件につき意外な所より意外なる手掛かりを得たり。ただ今川口に碇船《ていはく》せる川蒸汽《かわじようき》にサツマ号という船あり。その船の船長サツマ氏というは兼ねて中井に取り引きする者なれば、すぐに行きてその人に逢うべし。逢うてよく問い糺《ただ》さば必ず分かることとあらん。実はただ今その人より手紙来《きた》り『中井事件のことに付き御参考までに申したきことあれど出帆の時刻差し迫り荷物積み込みを急ぐ故、警察署へ出頭する能《あた》わず。誰にても至急御差し越し下され候わば委細お話し致すべく候』とありし故、斯くは汝に知らせるなり。グズグズしては出帆するやも知れぬ故、汝すぐにサツマ号まで出張せよ」

と記《しる》せり。水嶋は読み終わりて「なるほどこれは意外の所より手掛かりが現れて来たものだ。よしよし、何はさて置きすぐに行こう」と呟きて衣嚢《かくし》より銀貨一顆《か》を取り出だし、これを彼の小僧に与うるに小僧は取るより早く足に任せていずれへか立ち去りたり。これより水嶋はすぐに足を曲げて川口の埠頭《はとば》に至り、サツマ号いずれに在るやと彼方此方《かなたこなた》を見渡すに遥か離れたる埠頭に繋げり。早出帆の用意と見え黒煙を吹き出だすは確かにそのサ

ツマ号なり。よってまたその所へ回り行き、やがてサツマ号の甲板に登り居合わす水夫に向かい船長の居所を聞くに、今は下の間《ま》にありとて信切《しんせつ》に教えくれたれば、その言葉に従いて梯子段を降り行き、船長室と記したる一室の外に立ちてトントンと戸を叩くに内より「これへ」と返事せり。推し開きて進み入れば個は如何《いか》に、中はこれ真っ暗なり。水嶋が明るき所より入り来りし眼の所為《せい》とは言えど何とやら怪しげなれば、水嶋は虫が知らすと言うものか自ずから手を腰に添え隠し持てる短銃《ピストル》を掻い探るを、船長は呵々《からから》と打ち笑い、「ヤア貴方はあまり暗いから用心をなさると見えますな。ナニ少し慣れたらすぐに明るくなりますよ」

と言うにぞ、水嶋は初めて我が迷いを悟り、

「オヤオヤそこにいらッしゃるのですか。何だか少しも見えません」

と言いつつまた一歩《あし》進めば、この時誰やらん背後より水嶋の脳天を目掛けて否《いや》と言うほど打ち卸す者あり。不意のこととて水嶋は敵し得ず「これは失敬な」と言いながら蹌踉《よろ》めく折りしも、またも砕くるばかり脳天を叩かれたり。これにて全く気を失い後ろへどうと倒るれば、暗がりのうちより「旨く行った、旨く行った」と嬉《よろこ》ぶごとき声聞こゆ。されど水嶋は全く知らず、そのうちに船は早碇《いかり》を上げミシッピ川を下りはじめたり。アア水嶋気絶せる間に何所《いずく》まで連れ行かるるや。

第九回

暗き船室の中にて何者とも知れぬ者に擲《なぐ》られて気絶せし探偵水嶋は如何になるや、汽船にて何《いず》れの土地へ載せ行かるるや。そはしばらく後の話に譲り、ここには頭取金蔵が姪なる松子が身の上を記《しる》さん。松子は梅子より探偵水嶋に送りたる手紙に在りし通り床の下なる暗室に連れ行かれ、ここにただ一人閉じ籠められて外に出ずることはもとより叶わず、牢屋に在る情人《こいびと》小谷常吉よりもなおいっそうの辛き想いなるべし。暗室の中央《まんなか》に一脚の粗末なる卓子《テーブル》を置き、そのそばに薄暗き灯火《ともしび》の影茫然と伴うのみ。松子はこのままここに在りては無理に金太郎に迫られて余儀なく婚礼せねばならぬこととも成り兼ねざれば、今となりては逃《のが》るべき道なければ、我が身を思い小谷がことを思いて止め度もなく打ちふさぐのみ。斯かる所へ入り来《きた》るを誰かと見れば、これなん金蔵が娘の桃子なり。桃子は早既に嘲りの笑みを含みて松子のそばに摺《す》り寄りつ、

「松子さん定めて退屈でしょうね、このような所に独り居ては」

松「イエさまで退屈とも思いません。心のうちに絶えず物思いがありますから、結句この静かな所が――」

桃「オヤ絶えず物思いがあるとは小谷常吉のことを思っているのでしょうが、それは思うだけ無益ですよ、小谷さんはもう私の物ですから。それを嘘と思えばこれを御覧なさい。私にこのような印籠《ロケット》を寄越しました」

と、いと誇り顔に取り出だして示すを見れば黄金の小さき飾り物にして、その蓋の裏には「最愛の桃子嬢に送る　常吉より」とあり。確かに夫婦約束の整いたるものとほかは思われず、松子はあまりの驚きに声さえ得立てず、ただ苦しげに喞《うめ》くのみ。桃子は得たり畏《かしこ》しと更にまた一通の手紙を取り出だし、

「これは常吉が牢の中から私に寄越した文《ふみ》ですよ。この文句を御覧なさい。どうしても常吉が自分で書いたということが分かります。御覧なさるがお否《いや》なら私が読んで聞かせましょう」

とて声高らかに読み上ぐるその文面は小谷常吉が桃子を慕うの情を述べ細々《こまごま》と認《したた》めたるものにして、これを聞く松子が身は責めらるるよりなお辛し。松子はついに堪え兼ねて、

「イヤ桃子さん、そのようなことは聞きたくもありません。常吉の心が変わり貴女《あなた》を愛するようになればそれまでです。どうぞもう私をこのままに捨て置いて下さいまし。貴女には何の用事もありません」

桃「用事があろうとあるまいと、それは貴女の知ったことではありません。それに私が帰ッたところですぐに後から兄金太郎が来ますから同じことです。殊には先ほど金太郎の言葉を聞けば、今夜のうちに貴女と婚礼の式を済ませると申します。それについては私も立会人の一人ですから、兄が来るまでここに居ます」

と立ち去らん景色もなし。松子はほとんど気を燥《いら》ちて、

「いけませんよ。貴女の兄《あに》さんが何と言おうとも、私はそのような婚礼はしませんか

ら」

桃「でも貴女は昨夜も兄さんに婚礼するとおっしゃったそうではありませんか」

松「それは余儀なく言いました。婚礼せねばこの間の隅に隠れている探偵を射殺《いころ》すの、または牢番に賄賂《まいない》して小谷常吉を毒殺するなどとおっしゃいましたから、私はただその場を逃れるためにそう言ッたのです。今となりては探偵もこの家には居りませぬ上、殊に小谷常吉とても真実貴女と愛し合っているならば別に私が心配することはありません。心配せずとも貴女がついていますから、真逆《まさか》に酷い目にもお逢わせなさるまい。かえって私は安心ですよ」

と松子も今は嗜みを打ち忘れてかえって嘲るごとく言い返すに、桃子は立腹に堪えざるごとく、

「それでは貴女、一時逃れに兄金太郎を欺《だま》したのですね」

松「欺したとおっしゃっては廉《かど》が立ちます。金太郎さんが無理に私にそのような一時逃れを言わせたのです。婚礼などと言うことは当人が否と言うのを無理にさせることではありません。貴女が何とおっしゃッても私は婚礼しません」

桃「よしよし、それでは兄さんをこっちへ呼びましょう。もう婚礼をするばかりに何から何までその仕度が調ッています。寺の和尚《おしよう》さんも来ています。サアすぐに呼び入れますから、必ず後悔なされますな」と言いつつ元入り来りし戸を開くに金太郎はツカツカと入り来れり。

第十回

突々《つかつか》と入り来《きた》る金太郎の様子を見るより、松子は恐ろしさに堪えぬごとく隅の方に退けり。金太郎は容赦もなくそのそばに差し寄りて、

「サアこれからすぐに約束の通り婚礼をするのだから」

と手を取りて引き寄せんとす。松子は身を掻《も》掻《が》きながらも、

「このような所で婚礼とはあまり――あまり――」

金「イヤ婚礼に場所は構わぬ。既に教会の長老を迎えて来て、その上立会人まで定めてあるから」とてまた入口の方に向かい「サア長老も立会人もすぐにこれへお出《い》でを願います」

と呼び立つる声に応じて入り来るは何者ぞ。大金の預け主と言える船長黒田真一と、一人はいずれかの教会の長老なり。長老とも言わるる人が斯かる場所に出張して不正の婚礼に立ち会うは怪《け》しからぬ次第なれど、長老の名を道具とし悪人を助けて大金を手に入れんとする売僧《まいす》の類はいずれの土地にも珍しからず、殊にまた怪しむべきは大金を預けて盗まれたる被害者の本人が初めよりこの家に立ち入りて、しかも斯かる席に列なる一条にぞある。頭取金蔵は黒田とは初対面なりと言いたるに、この有り様より察する時は黒田の身の上何者なるや更に分からず。頭取には初対面なるもその息子の金太郎とは一つ穴の貉《むじな》なる

か。それはさて置き、金太郎は長老に向かいて、

「花嫁は松子と申し隅に居るアノ女で、立会人はこれなる黒田氏と私の妹桃子ですが、これで差し支えはありますまいか」

長「それでよいよい立会人の方にさえ異存がなくば」

と言いつつ両人を見返れば、黒田も桃子も進み出で異存なき旨を答う。よって金太郎は再び松子の手を取りて、

「サア早くこの卓子《テーブル》へ向かわねば」

と無理に引き据えんとすれど、松子は動く景色もなし。長老はこの有り様に敢えて驚く様子もなく、

「イヤ当人が卓子に就くのを否《いや》と言うなら無理にここへ連れて来るには及ばぬ。そこへ行って式を済まそう」

と松子のそばに進み寄り、金太郎をその前に立たせて婚礼の儀式文を読み上げつつ、まず金太郎に向かいて御身《おんみ》はこの女と終身離れぬ縁を結び我が身よりも大切にこの女を愛するやと問えば、金太郎は殊勝気に「愛します」と答う。次にまた松子に向かい同じことを問い掛くるに松子は目に凄まじきほどの怒りを現し、

「いけません、いけません。私にはほかに許嫁《いいなずけ》の所天《おっと》があります。この人は悪人です。ここに居るのは皆悪人です。私はこのような儀式に従いません。中井金太郎の妻になるよりは死んでしまいます」

と服すべき様子も見えず。さすがの長老も持て余して見えたるが、この時立会人の黒田真一は小声にて金太郎に向かい、

「まだいけない。当人が発狂しているから先ほど言った通り非常手段を用ゆるほかはない」

金太郎は頷きて長老に向かい、

「先刻も申した通りこの女は発狂していますので。その元を申せば私を愛しても親が承知せぬところからついに気が違い、このような暗室へ入れてある次第ですが、これなる黒田医学士の申すには当人の望み通り婚礼をして愛して遣れば自然に心も鎮まるとのことですから、それ故実は貴方《あなた》を煩わした訳です。この様子ではまだなかなか急には治まりそうも見えませんから、他日機嫌の好さそうな時を見て更めて貴方の御出張を願いましょう」

と誠しやかに説き明かせり。これにて見れば長老は、さまでの悪人にも非ず、全く欺《だま》されてここに来りし者と見え、

「アアそれが好かろう、見す見す気が違ッて狂うている者に儀式を施すは私も本意ではありません」

と金太郎に送られて此所を立ち去れり。しばらくして金太郎は巡査とも思わるる二人の男を引き連れて入り来れり。これぞ黒田が言いたる非常手段にやあらん。金太郎はその者に向かい、

「貴方がたは相当の書類を御持参ですか」

と問う。その一人は何やらん書類を取り、

「ハイ持っています」

と答えて差し出だせり。黒田真一は手を伸べてこれを受け取り読み上ぐる。その文は気違《きちがい》病院長とほかに医師二名の署名したる入院状にして、松子を気違病院に連れ来れと記《しる》したり。黒田が読み終わると同時《ひと》く一同松子を取って抑え叫び立つるにも頓着せず、その口に半拭《ハンケチ》を詰め手取り足取り、犇々《ひしひし》と松子を引っ立てていずれへか出で去れり。これにて暗室には誰一人居ぬこととなりたりと思いのほか、人々の立ち去るを見済まして隅の方より現れ出ずる一人の曲者《くせもの》あり。年は二十に近かるべく、松子に劣らぬ一廉《いっかど》の美人なり。美人は辺《あた》りを見回して、

「まア実に恐ろしいことをする。陰ながら松子さんの無事を祈っていたのにとうとう連れて行かれた。何でも町尽《はず》れに在る気違病院に違いない。早く水嶋さんに知らせてやり、救い出さねば」

と呟きたり。この美人は何者か、これなん水嶋が見抜きて大事を頼みたるこの隣家の梅子なり。後に女探偵の名を博し米国《アメリカ》の女流を奮励せしめしは、この梅子にぞある。されど梅子は今水嶋が怪しき川蒸汽の捕らわれとなり、いずれにか連れ行かれしを知らざるこそ是非なけれ。

第十一回

探偵水嶋浮《うかぶ》を載せたる川蒸汽はミシッピの川を下り下りて、今は早何十里をか行きつらん。水嶋浮は如何《いか》にせしぞ。彼今もなお暗き船室のうちに在り、痛く頭を打たれしためいまだ正気に立ち返らず、殊にまた手さえ足さえ十重《とえ》二十重《はたえ》に縛られて隅の柱に繋がれたれば、正気に復《かえ》るとも身動き叶わず。これ何者の仕業《しわざ》なるや。これほど無残なる有り様は世にまたあらんとも思われず、されど水嶋はいまだ死せしに非ず。ただ気絶せしのみなれば何時《いつ》かは覚むることとなからんや。今しも何者とも分かち難き迂論《うろん》の男、この室《へや》に入り来《きた》り手に持てる黒灯《こくとう》の口を開きて水嶋の身体を照らしつくづくと眺めし末、

「フムまだ正気に帰らぬワエ。思ッたより脆《もろ》い奴だ。ことによるともう死んでいるかも知れないぞ」

と呟きつつ、またも黒灯の口を閉じれば室のうちは元の暗《やみ》なり、ほとんど咫尺《しせき》も弁じ難し。水嶋はややありて「ウーン」と一声洩らせしがこれ正気に復る合図にやあらん。またしばらくして「オヤオヤ、ここはどこだ、何でこのように暗いのか」と独り語《ご》ちたり。この声に応じて、

「ナニ暗くても大丈夫です。安心なさい水嶋さん」

と隅の方より答うるは何者にや。その声何となく聞き覚えあるに似たれば、

「誰だそこに居るのは」と問う。

「誰でも好いからまア安心してお出《い》でなさい」と答う。

水「ハテナ聞いたことのあるような声だが」

「聞いたことがあっても分かるまい」

斯く言われて水嶋は初めて以前のことを思い出し、我が身がサツマ号と言える川蒸汽に乗り込みてその暗室に打ち倒されしままなることを知りしかば、さてと思いて立ち上がらんとし、初めて我が身が十重二十重に縛られ居ることに気付きたり。されど胆力の飽くまでも落ち着きたる男なれば、今揉掻《もが》くとも甲斐なからんと見て取りて、そのままに口を噤《とじ》たり。斯くの様子を伺い居るうち彼《か》の男は隅の方より立ち出でて徐々《しずしず》と立ち去るごとくなれば、その後にて水嶋は私《ひそ》かに手足を動かし見るに身体中縄の渡らぬ所はなし。「ハテ困ッたな」と呟きしが急《たちま》ちにしてまたニッコと笑《え》みたり。何故《なにゆえ》に笑みたるや。これほかならず善《よ》き工夫の胸に浮かびたればなり。そも水嶋は幼き頃より中年を過ぎるまでただ一個の蕩楽者《どうらくもの》にして、その後身を改め探偵の職を奉ずるに至りし者なれば、様々の事柄を知れる中に世に神術（スピリチュアリズム）と知られたる不思議なる手品を知れり。神術は一頃盛んに流行し今もなお諸所にて見世物に興行する芸にして、そのうちに縄くぐりと称する術あり。そは縄を以て十重二十重に我が身を縛らせ影に隠れてその縄を解く方なりとぞ、水嶋はかつてこの方を習い得てその後実地に試したることはなけれど、心を落ち着けて寛々《ゆるゆる》と解く時はこの縄とても解け放れぬことあらんやと、ここにその秘を思い出だせしかば、さてこそニッコと笑みたるなり。これよりして徐々《しずしず》とまず右の手に当たれる一節《ふし》を解きはじめしに、およそ三十分ばかりにして右の手だけは自由になれり。右の手既に自由ならばこの後はいと早く一節一節、しばしの間に残りなく解き尽くし、「アアこれで清々《せいせい》した」と立ち上がりて身体を伸べ、しばし手を振り足を揉み総身の力を呼び返すに、何時しか心地さえ爽やかになれば「これでよい、これでよい」と呟きて今度は仰向け様に身を横たえ足蹈み延ばし手を張り詰め身体に融通《ゆとり》を付ける折りしも、外の方より足音して入り来るは以前の曲者《くせもの》にやあらん。今こそは充分に敵《かたき》を打つ折りなれと水嶋は息を凝らし伏したるままに伺い居るに、曲者は斯くとも知らず近づきて手探りに探りながら「オヤオヤ柱へ繋いであった縄を引っ切りこのように寐ていやがる」と言う声は確かに聞き覚えあり。なおも曲者は水嶋の身体を遅々《そろそろ》と撫ではじめたれば、水嶋はここぞと思いすぐに曲者の手を捕らえ身を跳《おど》らせて刎《は》ね起きれば、曲者は驚きて「ヤ、ヤ、此奴《こやつ》め」と言いながらまた組み伏せんと取って掛かれり。もとより暗やみのことなれば曲者の容貌は見る由《よし》なけれど、その手答えにて察する時は水嶋のごとき優形《やさがた》の男に非ず、筋骨いとも逞《たくま》しく鬼をも挫く勢いあれど、水嶋も左る曲者なり。身体は総て小作りなれど鉄もて鍛えしに異ならねば、負けず劣らず組み合いたり。

第十二回

組んず崩《ほぐ》れつ果てしもなきそのうちに水嶋の運や強かりけん。曲者《くせもの》は先に水嶋を縛りたるその縄の落ち散れるに足を搦《から》まれ、引き抜かんとする機《はずみ》にどうと後ろに倒れしかば、水

嶋は得たりと重なり掛かり揉搔《もが》くを確《しか》と取って押さえ、
「己《おのれ》もう放さぬぞ、観念して縄に掛かれ」と言いつつ探りて縄を取り上げ、ようやくに彼の手を縛りたれば「サア来い、何者だか面《つら》を見てやる。今まで暗い所に隠れ惨々《さんざん》己《おれ》を窘《くる》しめたが、満更知らぬ仲でもあるまい」

と無理に引き立て戸を蹴ひらき室《へや》の外へと推し出ずれば、なお夜明けには程ありと見えその暗さは室のうちに異ならず、されど広からぬ川蒸汽の内なれば戸迷《とまど》いするほどのこともなく、探り探りて灯光《ともしび》のある方に到り曲者の髪の毛を取りその顔を引き上げて検むれば、果たしてこれ同僚の栗色探偵なり。

「おのれ、先には代言人《だいげんにん》に化けて己の手際を邪魔せんと計り、アノ通り化けの皮を剝《む》かれたのに、まだ懲りずまたこのようなことをするのか。手前の了見では己《おれ》を町から誘《おび》き出せば大事の職務が後れるから、その落ち度を己に被《き》せんと深くも謀《たく》んで長官の命令書を偽造し、己をここまで引き寄せたな。よしよし、この敵《かたき》には己が今まで縛られていた通りグルグル巻きに手前を巻いて船の着く所まで送ッて遣り、イヤサそうするところだけれど私の怨みに任せそのようなことをしては、ますます職務の落ち度になる。これから手前を連れ帰り事の次第を申し立て、長官に引き渡すからそのつもりで用意をしろ」

とまず栗色を傍《かたえ》の柱に繋ぎ置き、水嶋はすぐに船長の室に行き、我が身に着けたる探偵の割符《わりふ》を示して事の次第を詳しく語るに、船長は驚くこと一方《ひとかた》ならず、「実はこの船がオルリアンを出航する間際に彼の者自ら探偵長と名乗りて入り来《きた》り、この船に乗りてミシツピの川尻まで逃げんとする大悪人あるにより、その者を捕縛するため船の一室を借しくれとのことなりし故、さる偽りのあるとは知らず心好く承《う》け引きしに、彼かえって悪人なりしか。こう事の分かる上は何じょう猶予を致すべき、直ちにこれより小舟を卸して貴殿を最寄りの波止場まで送り届けん。イザ疾《と》く疾く」

と先に立ち二三の水夫に言い付けて早小舟を卸させたれば、水嶋は幾度もその厚意を謝し彼《か》の栗色を十重《とえ》二十重《はたえ》に縛り上げこれを引き連れしままにて小舟に乗りしが、夜の明くる頃までにとある波止場に着きたれば、これよりすぐにその地の停車場《ステーション》に行き一番汽車に乗り込みて無事にオルリアンに帰りしはその日の午後一時頃なりき。昨日の昼過ぎよりおよそ二十四時間も経《た》ちしこととなれば、その間に手後れとなりしことも定めて多かるべく、松子梅子は如何《いか》にせしぞ、曲者金太郎と黒田真一らはいずれにあるや、牢の中なる小谷常吉も定めし我を待つならんと気に掛かることのみなれど、差し当たりまず栗色の処分より片付けねばならぬ儀なれば、そのまま長官の室に行き一部始終を陳《ちん》ずるに、長官も痛く打ち驚き早速栗色を免職してそれぞれ懲罰の処分を施さんとてなお水嶋の働きを褒めたれば、水嶋は然るべくこの所を切り上げてすぐ様我が室に帰り、これより運動する順序を定めんとまず卓子《テーブル》に向かいて座せば、その上に一通の手紙あり、

「アアまた梅子から何事か知らせて来てくれたのか。感心な女だワエ」と言いながら封切りて読み下すに、

「水嶋様、昨夜より今朝までも御待ち申し居り候えども、今以てお出《い》でなきは如何な

され候や。事ますます差し迫り候故、空《むな》しく待つに待ち兼ねてこの手紙を差し上げ候。昨夜金太郎は松子を閉じ込めある暗室に入り、長老までも引き連れて無理に婚礼せんと致し候えども、松子が更々承知せぬにより今度は手を替えて気違《きちがい》病院の役員とも覚しき者を連れ来り、松子を気違いと言い立って手取り足取りいずれかへ運び去り候。行く先は分からねどたぶん町尽《はず》れにある気違病院に相違なく、今頃は松子こそ如何なる目に逢い居り候やも図られず、何とぞこの手紙御覧次第、直ちに病院へ出張し松子を御救い下されたく、そのうちに事皆手おくれとなりては何の甲斐も御座なく候、早く早く」

と書き捨てたり。水嶋は読み終わりて「トウトウ松子は連れて行かれたか。困ッたなア」と呟きしが、たちまちまた気を取り直し「ここで考えても仕方がない。第一にまず牢屋に行き、小谷に逢ってその上で方角を定めよう。彼も定めし心配していることだろう」とて牢屋を指して出で行けり。

第十三回

探偵水嶋は一刻の猶予もなし難き所なれど、牢の中なる会計長小谷常吉のこと気に掛かればまず彼が心を安め置き、その上にて松子が事に取り掛からんとすぐに牢屋へ入り行けば、小谷は昨日より水嶋の来《きた》らぬに失望し、ほとんど気の違いしかと疑わるるばかりに室《へや》の内を右左に歩みながら何やらん分からぬことを口走れり。

「サア小谷君、私《わし》が来たから安心するがよい」

と水嶋の呼び励ます声を聞き初めて気の付きたるごとく、

「ヤア水嶋さんとうとう来て下さッたか」と言いしましばし水嶋の顔を眺めて「アアこれで安心しました。私はもう貴方《あなた》に見捨てられたかと思い、日の暮れるまでお出《い》でがなくば死んでしまうほかはないと独り覚悟を極めていました」

水「どうして私が見捨てるものぞ。お前が一時我慢して牢にさえ入ッてくれれば、松子に掛かる疑いも晴らし実《まこと》の罪人も見露《みあらわ》して遣ると堅く約束した私だもの、見捨てるなどとそのようなことがあるものか。実の所は同僚の嫉《ねた》みに邪魔されて今まで来ることができなんだ。お前も死のうとまでに覚悟したとは、何かまた非常なことでもあったのか」

小「非常なこと、ハイ実に非常なことです。松子からまた手紙が来ました。いよいよ金太郎と婚礼してこれから欧羅巴《ヨーロッパ》へ向け蜜月の旅に出掛けるから、今までの約束は夢と諦めてくれと言ッて――コレ御覧なさい、この手紙を」と差し出だすは女の手紙なり。

水嶋は手にも取らず、

「お前はこの手紙を真事《まこと》と思うのか」

小「イエ松子に限ッて心変わりのするようなことはないと堅く信じてはいますけれど、なにぶんにもこの文字が偽筆とは思われません」

水「ナニ偽筆だよ。この前も同じ手紙が来たけれど、やはり偽筆であッたじゃないか。

私が来たから安心したまえ。松子が心の変わらぬ証拠はこの通り私が持っている」
とて彼《か》の梅子よりの手紙を示すに、小谷は怪しげに受け取りて読み終わり、
「アア大変だ。なるほど、これで見れば心変わりはせぬけれど、それがため気違病院へ入れましたか」
水「そうと見える。しかしこのような目に逢ってもなお、お前に義理を立てると言うは感心な女じゃないか」
小「それはもう松子のような女はまたとこの世にありませんけれども、この梅子と言うのも実に感心な女ですね」
水「実に感心な女だ。このような女もあるのに、また桃子のような魂性《こんじょう》の曲がッた女のあるのも不思議さ」
小「それよりまア松子を病院から救い出して下さるのは何時《いつ》のことでしょう」
水「何時と言って日は切られぬ。まだ大金を盗んだ本人が誰だか、それさえ分からぬことだから」
小「でも早くして下さらねば、私の公判が追々《おいおい》近よッて来ますから」
水「それは私も知っている。こうしたまえ、もし充分に探偵が届かぬうちに公判に付せらるることとなれば、お前は初めの白状を取り消して飽くまでも知らぬ知らぬと言い張りたまえ。そうして手間を取らせるうちにはきっと私が誠の罪人も探し、松子も救い出して来てやるから」

小「ですがただ知らぬと言ったばかりでは、やはり有罪に落とされましょう。いったん白状したことですから」

水「イヤそうはいけぬ、ほかにこれと言う証拠のないこと、またお前が罪を犯す所を見たという証拠人もないのだから、お前が知らぬとさえ言い切れば容易に罪に落ちることではない。そう言えばまた判事の方では何故《なぜ》初めに自首して出たか、とこう問うであろうけれど、そのようなことは返事に及ばぬ。何でも手間取らせるのが目的だから、知らぬ知らぬと言って居ればそれでよい。さもなくていよいよ私に相違ありませんと言った日には、すぐにもう言い渡しを受け、取り返しの付かぬことになるから」

と懇々《こんこん》と言い含めるに小谷もようやく安心せしと見え、

「好く分かりました」

と斯く答うる折りしも、牢番の者声を掛けて面会人のある由《よし》を告げたれば、水嶋は最早用もなしと、

「それでは安心して吉左右《きっそう》を待ちたまえ。私はすぐに出張するから」

と言い捨てて立ち去れり。引き違えて入り来る面会人を誰かと見れば、これ先にも面会に来りしことある頭取金蔵の娘桃子なり。松子の敵《かたき》桃子なり。

第十四回

入り来《きた》る桃子の顔を見るに、日頃の艶やかなるに引き替えて頬の色全く褪《さ》め眼《まなこ》に幾許《いくばく》の凄味を添えしは唯事とも思われず、小谷は怪しみながら立ち上がりてその差し出だす手を握るに、その熱きことさながら熱病人の手のごとく、殊にはブルブルと震え居るにぞ。小谷は憎き女と思いながらも、

「嬢様どうかなされましたか」

桃子は力尽きたるごとく背後《うしろ》の腰掛けに腰を卸し、

「どうもしないが昨夜からあまりビックリしたために心持ちも勝《すぐ》れぬけれど、逢わねばならぬことがあッてこの通り逢いに来ました。コレ常吉、女の身で恐ろしいこうして二度までも牢屋へ逢いに来るのは一通りの想いじゃない。私の心を察しておくれ」

と涙に湿《うる》みたる目許《めもと》にて常吉の顔を見上げたり。常吉はこの女が探偵水嶋を射殺《いころ》せしことまで聞き知れるものなれば、恐ろしさにゾッとして思わず後ろに飛び退《すさ》れば桃子は一歩《あし》詰め寄りて、

「アア分かッた、お前はまだ松子のことを思ッていて、それだから私に逃げるのだね。お前は私の手紙を何とお読みだ。松子は昨夜兄《あに》さんと目出度く婚礼し今朝欧羅巴《ヨーロッパ》へ向け蜜月の旅に出ましたよ。アレほど兄さんを厭だ厭だと言ッていたアノ松子が夜前婚礼した時の嬉しそうな顔付きは、ほんにお前に見せてやりたい。私もあまり驚いてまだこの通り震

えが止まらぬ。それだのにお前はまア何時《いつ》まで松子のことを思ッている。アノような薄情女に未練を残し私の心が分からぬとは、それじゃあんまり痛《ひど》いじゃないか。コレ常吉、お前は私を何と思う、主人の娘とお思いなら、そのように情《つれ》なくすることはあるまい。お前がこの通り牢の中に居りながらも、ほかの囚人より寛《ゆるや》かに取り扱われるのは私が手を回して牢番に頼んであるからのこと。今までとても蔭になり日向になりお前が身の上のこととあれば、阿父《おとっ》さんに好いように言うてある。そのお蔭で会計長にまで上ッたのを当たり前のように思い、私をこうまで粗末にして、お前の気はそれで済むかえ」

言わせて置けば止め度もなく果ては常吉に蹙《しか》みも付かん有り様なれば、常吉は堪え兼ねて容《かたち》を改め、

「貴女《あなた》は何をおっしゃります。貴女の偽りは皆私に分かッています。松子が婚礼したなどと、それは跡方もないことです。松子は婚礼を否《いや》だとて金太郎殿の言葉に従わぬため、今はこの上もない苦しみを受けています。貴女が何とおっしゃッても私には友達がありますから、外の様子は残らず知らせて来てくれます。幾度おっしゃッても無益ですから、もうこれ切りでお帰りなさい。貴女は松子の敵《かたき》です。貴女の言葉は濆《けが》れています。私は聞く耳を持ちません」

と容赦もなく遣り込むれば、桃子はたちまち面相《めんそう》を改め怒りの色を浮かべ来りて四五寸ばかり延び上がり、

「何とお言いだ。私の言葉を偽りとは。アア分かッた、お前の友達と言うのはアノ色の

白い探偵だろう。アノ探偵の言葉を信じ、松子がまだ婚礼をせずにいるとはお前もよッぽどお目出度いよ。探偵は職務だから、お前の友達と見せ掛けてなるべくお前に安心させ、そうして色んな事をしゃべらせて、お前を罪に落とそうと思ッているのサ。一人でも多く罪人を拵《こしら》えればそれが自分の手柄になるから、お前が気の休まるようにソレ松子が婚礼を否だと言うたの、ヤレまだ婚礼をせずに居るのと出任せに言う言葉をお前はいちいち信《まこと》と思い、私の言うことを偽りとはあんまり呆れて物が言われぬ。私は否々《いやいや》ながらも兄さんの頼みに詮方なく昨夜その婚礼の立会人となり、儀式の済むまでそばに居ました。コレ常吉立会人の私の言うことが誠か、お前を罪に落とそうとする探偵の言うことが誠か、少し考えてみれば分かるだろう。それでもまだ分からぬとお言いなら、アノ探偵の恐ろしい心を持っていることを知らせてやる。アノ探偵はね、アノような顔をしているけれど——」

と言い来りてなおその言葉の終わらぬうち牢の外に声ありて、

「その探偵はここに隠れて聞いています」

と立ち現るる人を見れば個はそも如何《いか》に、今し方此所を立ち出でたる彼《か》の水嶋浮《うかぶ》なり。

桃子は顔の色を土より青くし三歩四歩《あし》後ろの方に蹌踉《よろ》めきたり。

第十五回

頻りに水嶋を罵る所へ意外にもその水嶋が現れたれば、桃子が驚きて蹌踉《よろ》めきしも無理

ならず。水嶋は一歩《あし》桃子に詰め寄りて、

「まだ水嶋を罵ることがあれば今のうちに罵りなさい。貴女《あなた》はもうそのようなことを言う暇がありません。私が捕縛に来ましたから」

捕縛との一言《ごん》に桃子はまたも縮み上がり、そのまま消え入るかと疑わるるばかりなりしが、非常の時には非常の勇気あり、たちまち体勢を取り直して水嶋を斜めに睨み、

「それはあまり失礼です」

水「イヤ失礼ではありません。私は刑事巡査水嶋浮《うかぶ》です。職権を以て中井桃子を捕縛します。この通り逮捕状を持っています。真逆《まさか》の時には捕縛して牢に入れるため、今まで見え隠れに尾《つ》けていました。貴女は兇器を隠し持ち、我が家の入口に於いて人を射た罪があります。幸いその人は一命に別条なく助かッてその場を立ち去りましたけれど、貴女の所為は正当防禦《せいとうぼうぎょ》でありません。悪意を以てしたことです」

と落ち着きて言い聞けるに桃子は一言一言恐ろしさに堪えぬごとく、ますます顔色を失いて唇頭《くちびる》までも震わせながら、

「私を——私を——そのようなことはありません。私は有名な金満家の息女《むすめ》です。中井銀行頭取金蔵の息女です」

水「銀行頭取の娘が仮令《たとい》大頭領の娘にもしろ、罪があれば捕縛されねばなりません。身分や金銭で法律の力を打ち消すことはできません。しかし貴女を捕縛するのも全くは銀行に在った盗坊《どろぼう》を詮索のためですから、貴女がもし彼《か》の盗坊事件に付き知ッているだけのこ

とを言えば、私の計らいで捕縛せずにも済ませて上げます」

と物柔らかに言い聞かす水嶋浮の深き心は真実捕縛せんと思うに非ず。ただ威かしてその実を吐かせんためなり。されどいったんその心を見て取られては水嶋の思曰《おもわく》は全く齟齬《そご》すべし。桃子はさる者なり、女ながらも男に優《まさ》る心あり、早探偵の胸中を見て取りたる者のごとく大いに顔色を落ち着け来《きた》り、その上に充分水嶋を賤しむごとき色を帯びて、

「貴方《あなた》は何とおっしゃります。盗坊の事柄に付き私が何か知っているだろうとは何事です。私を盗坊に関係するような汚らわしい女と思いますか。私が何を知っています」

水「イヤそのように立派なことを言っても無益です。もとより貴女が盗んだではあるまいが、盗人《ぬすびと》の手続きを知っていましょう。どう言う訳で誰が盗んだか、たいてい心当たりがありましょう」

桃子は初めの様子に代え、今は怒りの色を催し、

「貴方は実に卑怯者です。貴方のすることはあまり失礼です。か弱き少女を威かして、それで白状させようと思っています。貴方は耻ずかしくはありませんか。誰も私を加勢する者がないと侮り、否応なしに従わせるとはホンニ紳士らしくない振る舞いです。これでも私を捕縛しますか」

と言葉鋭く遣り込めんとす。その弁舌その振る舞い、水嶋はひそかに舌を巻くのみ。今となりてはほとんど捕縛せずには置き難き場合なれど、今これを捕縛してはかえって探偵の便を失わん。それよりは自由に放し置きひそかにその挙動に目を着くれば、自然と露れ

来ることもあらん。殊にまた銀行頭取の娘が捕縛されしとありては人の噂も騒々しく、ますます探偵の妨げともなる訳なれば、ここは放ちて帰すに如《し》かず。威かして白状させんとしその目的を達せざりしは水嶋の過ちなれど、それも今更詮方なし。水嶋は小谷常吉と目配せしつつ、

「今日はまず許して上げますけれども、探偵の方へはそれぞれ種が上がっていますから今日のうちにも貴女《あなた》の宅へ蹈み込み、連類を捕縛するかも知れません。サアお帰りなさい」

と促すに小谷常吉は今この女を許しては松子を如何《いか》なる目に逢わすも知れずと気遣う様子を現したり。桃子は勝利の色を示して優々と出口まで立ち行きしが、その戸に片手を掛けたるままにて常吉の方を見返り、

「小谷さん今日は無言《だまっ》て帰りますが、この次顔を合わせる時には泣いて私に詫びを言うようにして上げます。その時になり後悔なさるな」

と毒々しき言葉を残して立ち去りしは逃げながら墨を吹きその敵《かたき》を苦しめる烏賊《いか》の所業に似たりと言わん。されど小谷が後に至りてこの言葉の通りとなりしは、また憐れむべき限りなり。

第十六回

人家とはやや離れたれど全くの田舎に非ず。ここはこれ町尽《はず》れ。往《ゆ》き通《か》う人も稀にして、夜はなおさら、昼さえもいと淋しき所なれば、幾年前《ぜん》にこの地を択《えら》びて設けたる病院あり。周囲《ぐるり》に高き塀を回《めぐ》らせ、門には絶えず一人の番人あり。監獄署かと疑わる人呼んで気違病院と言うはその院長が気違いを治すに妙を得たるためにはあらで、ただ家の作り方丈夫にして如何《いか》なる気違いも逃げ出し得ぬためなり。さればいったんこの病院に入れらるる気違いはその病の直ることは稀なれど、さる代わり再び世に出でて荒れ狂うことはなし。名は病院にして実は牢屋なり。町尽れの気違病院とし言えば聞く人戦《おのの》きて恐れざるはなし。実にこれ人間界の地獄なり。斯くも恐ろしき所はまたとあるまじ。それはさて置き、ここに彼《か》の松子は金太郎と婚礼せざりしため、手取り足取り暗室を引き出されてより直ちに馬車に乗せられしが、馬車は箱のごとき作り方にして外を見ることさえ叶わず、声を上げて叫ばんとすれば傍らに強き男あり、口を塞ぎて叫ばしめず、手を挙げて窓の硝子《ガラス》を叩かんとするにも手は縛られて背後《うしろ》に在り、さればとておめおめと斯かる悪人に連れ行かるることの口悔《くや》しければ身を揉搔《もが》きて縛めを脱《ぬ》けんとすれど、縄はますます細き手に食い入るのみ。そのうちにそばに在る彼《か》の男は濡《しめ》りたる海綿《かいめん》を松子が鼻のあたりにあてたるが、松子はその匂いを引き込むと覚えし間に前後も知らず眠りたり。馬車は急ぎ急ぎてやがて町尽れに出《い》で、その進みを留めたるはこれ気違病院の門前なり。内よりは馬車の音を聞き付けてか、出で来《きた》るは年五十に近かるべき顔中髭髯《ひげ》に包まれて口さえも見分け難きほどの人なり。馬車の中なる男はまず立ち現れてその人に向かい、

「院長、連れて来ました」

院「アア黒田さん、もう用意はできています。ちょうど前に来た人の隣の室《へや》です」

前に来た人とは何者なるや知らねど黒田は少し考えて、

「隣の室では困りますナ」

院「ナニ隣同士でもその境に戸があるではなし、少しの隙間もありませんから顔を見ることもできません」

黒「でも言葉ぐらいは通じましょう」

院「左様サ、言葉は通じるかも知れません。ナニ大丈夫です。互いにそれとは気が付きません。それに三日もこの病院に居るうちには必ずほんとうの気違いになッてしまいます。そのうちにまた明き間でもできればすぐにその方へ移しますから、少しも心配はいりません」

黒「少しも心配がないとは行きませんが、ほかに空き室《ま》がなければ仕方がありません。サアすぐに連れ込んでもらいましょう」

と言いつつ馬車の戸を開きて眠れる松子を抱き降ろせば、内より小使のごとき者二三人出で来り、そのまま舁《か》き揚げて松子を内に連れ行きたり。松子もし今しも二人の語らいたるその言葉を聞きたらんには、第一に我が隣室にある人は誰なるやとの不審を起こすとこ

ろなれど、松子は夢中にして何事をも聞かざりしは是非もなし。これより幾時間経たるや知らねど「松子――松子――松子はどこに居る」と言う声の聞こゆるごとき思いして松子はフト目を覚ませしに、我がそばには誰もなし。我が身はいと厳めしき鉄の格子のうちにありて、古き寐台《ねだい》の上に横たわれるを見るのみ。ここは何所《いずこ》ぞ、如何にして我が身がここに在るや更に合点の行かざれば、松子は寐台の上に起き直りて独りつらつらと考えみるに、金太郎と無理に婚礼せんとせしことより、それを拒みて気違病院へ送られんと馬車のうちに推し込まれしこと、海綿を鼻に当てられしことまでようように思い出したり。さては此所は病院の一室にして我が身は眠れる間にこの中へ入れられしか。さるにても今しも松子松子と呼び醒ませしは何者なるや、となおも四面《あたり》を見回すに人影とては更になし。殊にまた室のうちに人の隠るべき所もなき様なれば、あるいは我が心の迷いなりしか、ただ心の迷いにて眼を覚ますほどありありと聞こゆるはずもなからんと、今度は寐台を這《は》い下りて窓の方に立ち寄りつ鉄の格子《こうし》にすがりつき外の方を見回せば、彼方《かなた》に高き塀あるのみ。夜は早少し白み初《そ》めたれど、我を呼ぶべき人ありとも思われず、松子は怪しむに従いて何となく恐ろしさに堪えざれば、窓の硝子戸をしめ切りてまたも寐台に復《かえ》りたり。アア松子を呼びしは何者ぞ、この隣室に在る人の寐語《ねごと》ならん。されど寐語にまで松子の名前を呼ぶとは何者ぞ、これこの話の眼目なれど読者は如何ほど推量するとも決して思い当たることできまじ。

第十七回

何時《いつ》世の中に出らるべきや心に頼む当てもなし。松子は、ただ誰にても此所に入り来《きた》る人あらば、我が身が気違いならぬ次第を打ち明け救いを乞うほかはなしと斯く思案して待ち暮らせど、医者さえも回り来らず、食事は総て器に盛りて三度三度差し入れらるるのみ。何人《なんびと》が差し入るるや、仮令《たとい》牢屋に入らるるも日に幾度か牢番の顔を見ることはできると聞きしに、気違病院に入れられて番人の顔さえ見ることの叶わぬはこれに益す苦しみあらじ。殊にまた松子が身に取り不審に堪えざることと言うは、今朝ほど我が名を呼び覚まされし人のことなり。たぶんは我が心の迷いならんと思い切りは切りたれどなお気に掛かりて忘られず、やがてこの日も暮れ行きて十時にも近からんかと思う頃、またも聞こゆる怪しき声「アア松子ほど可愛相な者はない。ナニも為《ため》あしかれとてしたことではないのに、それがこのようなことになって今頃はどうしていることか。許してくれ松子。どうか己《おれ》を怨んでくれるな。己もこのように悪人ばかり居るとは知らず、その手に罹《かか》ッたのは今更後悔に堪えぬ次第だ」と言うは確かに隣の室なり。さては今朝ほど聞きたるもこの声なりしか。さるにても我が名を呼ぶは何者なるや、隣の人は我が身と違い真実の気違いなるべく、さすれば前後も知らずして斯かることを言うにやあらん。さりながらその口走る名の我が名に同じきは何故《なにゆえ》にや、殊に声さえ何となく聞き覚えあるに似たれば、松子は色々に考うればいずれにて聞きたるや思い出ださず、この病院に入られ居る者の内に我が知る人のあるはずなければ松子と言うも他人ならん。他人とは言え松子のために気まで違い、その名を口走るほどなるかと思えば同病相憐れむとやら言えるごとく、何時ともなく隣室の人をいと気の毒に思い初《そ》め、他人のごとき心地はせず。されど誰とも知れぬ人のために心を痛むるは無益なれば、我は我が身の逃《のが》れ出る工夫を案ずるに如《し》くはなし、とこの夜は思い直して眠りに就きしがこれより翌日となりまた明けて翌々日に至れども、問い来る人更になし。何を便りに逃れ出べき、斯く思えば心細きこと言わん方なし。とにかくも自ら破りて出ることの叶わぬ上は、外より救う人の来るを待つほかなし。誰か外より来るべき、後にも先にも力と思うはただ小谷常吉一人なれど、小谷は今牢屋にあり我が身よりなお一入《ひとしお》の苦しき時を送れるならん。せめては道通る人にても我が身が真実の気違いに非ずしてこの病院に閉じられしことを知らさばやと空しく心を悩ましながら、探るともなく我が衣嚢《かくし》を掻き探れば中に真鍮《しんちゅう》の鍵一個あり。こは個れ我が衣裳箱の鍵にして膚身《はだみ》を離さず持ち居たる物なり。これを見るさえ知り人に逢う心地せられ取り出だして眺め居たるに、たちまち思い付くことあり。直ちに身に着けたる手帳を取り出だしその紙の面《おもて》に鉛筆もて「この病院のうちに悪人の手に罹り閉じ込められ居る女あり。何人《なんびと》にてもこの書き付けを拾う人はすぐに警察官までそのことを知らせたまえ」と記《しる》し、これを彼《か》の鍵に付けて往来の外まで投げ捨てたり。何人が拾い上ぐるや知らねど、今にも外より何分《なにぶん》の頼りあらんと松子はそれのみを頼みとしてこの日を暮らせり。やがて翌日の朝となりしが、いつものごとく差し入るる食物の器の隅に何やらん紙切れのごとき物添うを見たれば、さては我が計略の図に当たり我を救わんとする人ありてこの返事を送り越せしかと轟く胸を鎮めも敢えず、すぐに披《ひら》きて読み下すに個は如何《いか》に我が投げ棄てたる旧《もと》の紙なり。他人の目にも触れずしてこの病院の番人に拾われしか、さすれば我が運はますます尽きたりと独り失望に沈むのみ。これよりは病院にてもいよいよ用心を厚くせしものと見え、送り来る食物も俄《にわか》にその量《かさ》を減らし、松子が饑《うえ》を凌ぐにも足らぬほどなり。松子はこれがため二日三日と経《ふ》るに従い、次第に肉落ち力衰え顔の色まで蒼くなりて室《へや》のうちを歩むだに大儀なり。この上四五日も続きなば寐台を降《くだ》ることも叶わずなり。再び小谷の顔を見ず、我が顔をも見せずして冥府《あのよ》の人となりもせん。我が身の力にては最早何とすることもできねば神の助けを祈るのほかなしとこの時よりひたすら祈りに身を委ねしが、また翌日の朝となり外より室の戸を開く者あり。この戸を開くは入院以来初めてのことなれば好《よ》きか悪《あ》しきか知らざれど松子は嬉しさに飛び上がり、思わずもその方に進み行けば外より入り来るは年五十にも近からん眼に物凄き光を帯び、何とのう慳相《けんそう》に見ゆる一人の老女なり。松子が驚きて飛び退かんとするを老女はしばしと推し留めつ、そのまま耳に口を当て何事をか呟きしが松子はその言葉を聞くよりも、

「オヤマアそのようなことがありましょうか」

とまたも驚きの声を発したり。そもこの老女は何者なる、これも一個の疑問なり。

第十八回

松子の室《へや》に入り来《きた》り松子に何事をか細語《ささや》きたる老女は何者なるや、またその細語きしは何事なるや、そは後の話に譲り、ここは銀行頭取中井金蔵が住む家の裏口なり。一人の老婢《ろうひ》頻りに皿小鉢を洗い流して食事の後片付けに余念もなし。斯かる所へ通り合わす一人の乞食、年は六十をも越えたらん。腰は弓のごとくに曲がり、顔中に白き髭髯《ひげ》を生え茂りて見る影もなく穢《むさ》くろしきは幾年前に剃刀《かみそり》を当てしまままなるべし。足を留めて戸の外より、

「どうぞお余りを戴かせて――昨夜からまだ何も戴きません」

と言うさえも絶え入らんばかりなり。老女は憐れみに堪えずやありけん、

「オオ可哀相に、ドレ残り物を進ぜましょう」と言いながらハムの残りを取り出だし一盃《ぱい》の珈琲を注ぎ与えて「サアここへ腰掛けて食べるが好い。査官《おまわり》に認められては叱られるから」

とて戸の蔭に腰掛けを与うれば、乞食は有り難さの涙を流しつつ、

「アア何時《いつ》来ても信切《しんせつ》にして下さるのはこのお家ばかり、今時このような所がまたとあろうか」

と嬉《よろこ》びて腰を掛けたり。この時表の方に当たり誰やらん喧嘩すると見えいと騒々しき物音の聞こゆるにぞ、老女はもしや我が家の者どもにはあらぬかと気遣いながら立ち出でて眺むれば、喧嘩の当人は双方とも馬丁《べっとう》風情にて早警官が引き連れ行く所なればまず好しと

安心して再び家の内に帰れば、先ほどの乞食は何《いず》れに行きしかただ腰掛けのみ残れるのみ。「オヤオヤ早喫《たべ》てしまってどこへか行ったと見える。もし洗濯物でも攫《さら》われはせぬかしらん」と心配気にキョロキョロとあたりを見回せど別に紛失物もなし「やっぱりチャンとした腰掛けに腰を卸し更《あらたま》ッて喫るのは窮屈と見える。それで喫物《たべもの》を持ったまま行ってしまったのだ」と独り合点してまたも片付け物に取り掛かりしが、そもそも今の乞食は何者なりしぞ、読者は既に推量せしならん。

彼《か》の乞食は老女が立ち出ずると斉《ひと》しくしばしその後ろ影を見送りし末「旨く行った」と呟きて台所に飛び上がれば不思議や足に穿《は》けるはゴム製の忍び靴なりと見え、床を践《ふ》みても音もせず、あたりに人なきを幸いに足を早めて二階に上り、先に松子が閉じ籠められ居たる一室《ま》の外に立ち内の様子を伺いし末、その次の室へ忍び入りたり。この間はこれ先夜水嶋浮《うかぶ》が金太郎に追い詰められ、隣なる梅子が居間の窓へ飛び入りたる所なり。乞食はまずその窓より首を出し梅子の窓をちょいと覗きて「フム何か仕事をして居るな。己《おれ》がこのような乞食姿で居るのを見ればまさかに水嶋浮とは気が付くまい。まずこの姿を改めねば充分に働きができぬ」と言いつつ、また退きて顔を撫でまた身体を撫でなどするうちに何時しか乞食の姿は消え、元の水嶋浮となりたり。実《げ》にや探偵の姿を変ゆるの巧みなることは俳優《やくしゃ》も遠く及ばずと聞きつるは、これらのことにやあらん。さても水嶋はこれより隅の方に潜み夜の十一時頃まで隠れ居たるが、今宵は家内に何事もなきと見え家の内いと静かにして早人々寐鎮《ねしず》まりしごとくなれば、時分は好しと徐々《そろそろ》と廊下に立ち出《い》で辿り辿りて一方なる室の入口に忍び寄り、内の静動《ようす》を伺うほどにややありて内よりは誰やらん出で来る様子あり。水嶋は隅の方に飛び退きて隠れしが、間もなく内より戸を開きて立ち現るる人を誰かと見れば、身にはフラネルの寐巻を纏《まと》い片手に手燭《てしょく》を持ちたるはこの家の主人《あるじ》金蔵なり。水嶋は我が腰の周囲《まわり》を撫で短銃《ピストル》を取り出だして「これさえあれば恐れることはない」と言うごとくに頷きて抜き足しつつ金蔵の後を尾《つ》けて行くに、金蔵は梯子段を下に降《くだ》り左手の戸を開きて銀行へ通じたる廊下に出で、それを伝いて銀行の方に行くと見えしが、やがて廊下の中ほどに俯向《うつむ》きて床板を剝《めく》るに似たり。水嶋は合点行かねばますます眼《まなこ》を凝らしてその挙動を見てあるに、ここはこれ床下に通じたる秘密の道と見え、金蔵は剝りたる床板の所を潜りて下の方へ降るにぞ。水嶋も続いて下れば穴のごとき廊下を五六間《けん》も歩みし末、広さ六畳じきばかりなる一室に出でたり。金蔵は四辺《あたり》を見回しその室の一方の壁に行き壁の面《おもて》を掻き探りて何事をかなす様子なれど、後ろに控ゆる水嶋には更に分からず。金蔵はなおも壁を撫でながらグルグルとまた入口まで帰り来る。その挙動の怪しきはあたかも寐惚《ねぼ》けたる人かと疑わる。水嶋は認められじと思うにより彼の短銃を持ちしまでにて金蔵の背後《うしろ》へ背後へと回り居るうち、金蔵は入口に来ると斉しく身を躍らせて外に出で、外よりピンと錠を卸したり。アア水嶋は穴倉の中にしめ込まれたり。またも必死の生擒《とりこ》となりたり。

涙香申す、あまり長物《ながもの》がたりでは読む人も飽きが来て、書く筆も草臥《くたび》れるだろうとの御忠告より一月あまり短き端物《はもの》のみ掲げしが、最早筆の疲れも休まり殊にはこの度の仏国郵船にて兼ねて巴里《パリ》の書肆《しょし》へ注文し置きたる有名の小説数冊を送り来れば、直ちに翻訳に着手したり。この「探偵」は今月中に終わるに付き、すぐその後へ差し替えて御覧に入るる都合なり。もっとも次なるは最新の小説にてその趣巧の奇抜なるは涙香が今まで訳したる小説中にも多くその例を見ず。出版早々より西洋の見巧者連《みこうしゃれん》をして手の舞い足の蹈むを知らぬまでに感動せしめたる原書なれば、御存じのごとく訳者の筆は拙《つたな》くとも一入《ひとしお》の読み栄《ば》えあらん。その標題は近々《きんきん》諸新聞へ広告するとき一緒に本紙へも掲ぐるはずなれば、なおこの上の御愛読を今よりお願い申し置きます。

第十九回

気違《きちがい》病院の二階なる松子が室《へや》に入り来《きた》りし彼《か》の老女は松子が耳に細語《ささや》きたる末、いと親しげにその前額《ひたい》に喫《キス》を移し、

「まア貴女《あなた》のお瘠《や》せなさッたこと。さぞお辛いことでありましたろう。早く救い出して上げたいと思い色々と骨を折っても思うようには行かず、今ヤッとここへ来ました。もうこれで大丈夫です。貴女がここを出られるまでは私もこの内に居ますから」

となおも松子にすがり付くはそも何者なるや。その顔の慳相《けんそう》なるに引き替えてその声の極めて若く且つ極めて優しきに、松子はそれと悟るとともに一方《ひとかた》ならず打ち驚き、

「オヤ梅子さん、この姿はどうしました。どうしてここへ来ることができました。この恩は生涯忘れません」

と此方《こなた》も同じく抱き付けり。助かる道もなからんと全く断念《あきら》め居たる身が、思いも寄らぬ友達に助けられんとす。しばしが程は嬉しさに我を忘れ、抱きし手を離し得ぬは無理もなき次第ぞかし。梅子は静かに松子の手を払い退け、

「私はこのような姿になり看病婦の試験を受けてこの病院へ来たのです。看病婦とは言うものの門より外へ出ることはできませんから、来たところですぐに救い出すと言う訳にも行きませんが、それでも私と一緒に居れば貴女が心だけも丈夫であろうし、それに貴女を独り置いては悪人ともにどのような目に逢うとも知れぬから、是非とも忍び込んで見張っていろと水嶋さんから言い付けられました」

松「エ水嶋さんとは」

梅「貴女と小谷を助けんと働いている探偵です」

斯く聞きて松子は水嶋のことを思い出せしも、それよりなお心に掛かるは許嫁《いいなずけ》の約束ある小谷常吉がことなれば、

「では小谷常吉もまだ牢から出されますまいね」

梅子はいと気の毒げに、

「ハイ、それだから水嶋も非常に心配しているのです。実は明日が公判に付せられる日だとか言ッて、何とか言い渡しの延びるように工夫せねばならぬがと申しています」

松「それではまだ誠の曲者《くせもの》は誰だか少しも分かりませんか」

梅「ハイ水嶋にもまだ分からぬと言うことですけれども、大概の見当は付けた様子でこの上は誠の罪人を探るよりも貴女と小谷を助けるが肝腎だと言っています。実は一昨夜も乞食の姿になって中井の家の台所へ行き、兼ねて示し合わせてあった手下の者が戸外《おもて》で喧嘩をして台所を預かる老女がそれを見に出た後ですぐに二階へ飛び上がり夜に入るまで隠れていて、ついに頭取が銀行の穴倉へ這入《はい》る所を見、その後を尾《つ》けて行って自分は穴倉の中へ閉じ込められたそうですけれど、幸い万能鍵を持っていたのでしばらく立つうちに穴倉から忍び出たとて私の家の二階へまたも窓から飛び入って来ましたが、ずいぶん剣呑《けんのん》であったけれどそれがために色々のことが分かったと言いました。もう何でも実《まこと》の罪人は探らずとも一人でに分かるように言っています」

と詳しく様子を話す折りしも、次の室《ま》より洩れ聞こゆるは彼の怪しき者の歎《なげ》く声なり。

「アア松子はどうした、もう悪人どもに殺されてしまいはせぬか。どうかしてこの病院を出て早く助けてやりたいものだが」

と手に取るように洩れ来る。梅子は怪しみに堪えぬごとく声を潜めて、

「アレは誰ですか」

松「誰だか知らぬが時々にアノようなことを言います。私は松子松子と言われるので、もう恐ろしくてなりません」

梅「でも全く貴女を知らぬ人が貴女の名を呼ぶとは――」

松「そうです。よっぽど不思議ですけれど松子という名は幾らもありますから、たぶん他人のことでしょう——ほかの松子のために気が違いこの病院へ入れられた者であろうと、私はそう思っています。でも夜分などはアノ声がどのように恐ろしゅうございましょう」

梅「それに付けても早く貴女を救い出さねばなりません。永くアノ声を聞いて居ては貴女がほんとうに発狂します」

松「私もそう思いますが、何とか出られる工夫はありますまいか」

梅「ないことはありません。それも水嶋から種々の差し図を受けて来ましたけれど、ずいぶん恐ろしい工夫ですから」

松「恐ろしい工夫でも構いません。どうかお聞かせなすって下さい」

梅「それでは申しますが、喫驚《びっくり》なさってはいけませんよ」

松「どうして喫驚しますものか」

梅「では言います。貴女は死なねばいけません。生きて病院を出ることはできません」

さしもの松子もこの一言《ごん》に全く顔の色を変えたり。

第二十回

死なねばこの病院を出ること叶わずと梅子が言いしは如何《いか》なる心ぞ、死んで病院を脱《ぬ》け出すとは如何なる計略ぞ。そはしばらく後に譲り、今日はこれ牢屋に在る小谷常吉が裁判を受くる日なり。常吉はただ水嶋が真《まこと》の罪人を探り出だすと言いたるを心頼みに今日までも待ちたれど、水嶋は昨日より顔も見せず。もしもの真の罪人が分からぬうち裁判に付せらるることとならば、我が身に覚えなしと言い張って判決を手間取らせるようにせよと言い付けられてはいたものの、いったん罪ありと自首して出でし身を以て如何でかその舌を返し覚えなしと言わるべき。言いたりとてそれがために判決の延びるとも思われず、そのまますぐに罪に落とされ懲役に就くこととともならば何とせん。常吉は安き心更になけれど今となりては詮方なし。早裁判開廷の時刻となり裁判所の小使と牢番の男入り来《きた》り、疾《と》く疾くと急がせて引き立て去らんとするに任せ、そそこに身仕度し進まぬ足を運びながら裁判の庭へと引き入れられしが、見れば満場ただ傍聴人を以て埋めしかと思わるるばかりにして、我が知り合いなる貴夫人紳士も其所此所《そこここ》に見ゆるようなり。常吉はそれらの顔を見て一時に逆《のぼ》せ上がりしも、今こそは我が生涯の運命を定むる時なり悪びれて卑怯未練と思われては後々まで世の笑い種《ぐさ》となり、仮令《たとい》無罪の宣告を受くるとも人の賤しみを受くること必然なれば、心弱くては叶わぬ場合と充分に頭《こうべ》を上げ判事の正面に突っ立ちたり。これより検察官は身を正して小谷常吉の罪を数え上げ、第一に彼を会計長の職にして弗箱《ドルばこ》の鍵を預かり且つは自由自在に金庫室へ入り込み得《う》ること、第二には頭取の姪松子とて何の身代《しんだい》もなき女を妻にせんと思うにより大金なくては叶わざる場合に迫れること、第三には日頃正直の男なればいったん慾心《よくしん》に迫られて大金を盗みしも他人が疑われんとするを見て後悔の念を起こし自ら己《おのれ》が罪を訴え出でしこと、斯くまで証拠の揃う上は他に怪しむべきところ更になし、とこともなげに言い放ちて席に就きたり。この明瞭なる論告を聞きて満庭の人々誰かまた小谷を罪人ならずと思うべき。中には小谷が日頃の正直なる行いを知る者この事件には必ず裁判官にも分からぬところに深く秘密があるだろう、アノ男もまだ若いのに気の毒な者だ、とて顔をそむける人もありき。裁判官は小谷に向かいて、

「その方は弁護人を依頼したか」

小「イエ弁護人に及びません。自分で弁護を致します」

この奇妙なる返答に人々は一入《ひとしお》耳を澄ますに似たり。

判「フム自分で弁護するか、シテその方はただ今検察官の言い立てた罪に覚えがあるか」

小「少しも覚えがありません」

判「今更覚えがないとは——その方は自首して出たことを忘れたか」

小谷はただ裁判を手間取らせるだけの所存なれば、

「ただ今検察官のおっしゃったことには別に証拠があるとも思われません。私に相違ないと言う確かな証拠があるか、それとも確かに私の盗むところを認めたと言う証人でもあれば充分に言い開きも致しますが、さもなくば言い開きの致しようがありません」

判事はしばし無言のままにて考えしが呼出し役に向かいて、

「証人をこれへ呼べ」と命じたり。証人のあるはずはなきに、何者が出《い》で来るやと怪しみながら待つうちに、呼出し人に連れられて入り来るは頭取の娘桃子なり。先の日牢屋に

て常吉と分かるる際、今日は無言《だまっ》て帰るけれど、この次に顔を合わせる時は泣いて私に詫びをするようにして上げますと恨みの言葉を残せしこと、常吉はなお歴々《ありあり》と覚え居るにより、さてはと思いて悸《ぎょ》ッとせしが、そのうちに桃子は早裁判官の前に立ち、

「私はどこまでも無言《だまっ》ているつもりでしたが裁判を欺いては済まぬと思いますから、知っているだけのことは皆申します。全くアノ金は常吉が盗んだに相違ありません。私は確かに盗んでいるところを見留めました」少女《おとめ》の口より斯くも確かなる証拠出でては常吉は助かるはずなし。真の罪人の現れぬうち早有罪の宣告を受けんとす。小谷常吉の身の上憐れむべし。

第二十一回

話、松子がことに帰る。松子は死んで病院を脱《ぬ》け出だすと聞き顔色を土より青くし、

「エ、死んで――この病院を出るのですか」

梅子は充分に決心せし顔色にて、

「ハイ死ぬるよりほかに出る道はありません」

松「でも貴女《あなた》死んでしまえば出たところが無益です。私が死ぬるために小谷が助かるとでも言えばまた格別のことですけど――」

梅「イエまアお聞きなさい。あまり恐ろしい計略ですから私も身震いがしました。けれ

ど今となってはそれよりほかに好い工夫はありません。私も水嶋さんと充分に相談し何事も打ち合わせて来ましたから、貴女がそれで好いとおっしゃればすぐにその工夫に掛かります。貴女はもう全く敵《てき》の手のうちに落ちていますから、ここを抜け出しこの敵《かたき》を打とうと言うには非常のことをせねばなりませぬ。貴女が承知さえすればほかの用意は残りなく調っていますからすぐにできます」

松「でも――でも――どうするか、もっと詳しくお聞かせなさって――私には何のことだか少しも分かりません」

梅「ハイ聞かせますが喫驚《びっくり》なさってはいけませんよ。私も初めて水嶋さんから聞いた時にはまア恐ろしい厭なことだと思いました」

松「どれほど恐ろしいことでも聞いています」

梅「実はね、こうなんです」と言いながら梅子はその唇頭《くちびる》を松子の耳に寄せ何事をか細語《ささや》くに、その計略は如何《いか》にも恐ろしきことなりと見え、松子は聞くうちにますます顔の色を変え、ほとんど聞き終わらぬうち気絶するかと思われたり。ようやくにして梅子が語り終われば松子はホッと呼吸《いき》を吐《つ》き、

「ホンニ恐ろしい工夫ですね。その恐ろしさを堪えて私に旨くできましょうか。自分はするつもりでも――」

梅「できぬことがありますものか。これよりほかに工夫がないのですもの。なお、こうすればこの病院の院長を嫌疑の筋で捕縛させることもできるけれど、院長が捕縛されては

悪人どもが用心をするからかえッてよくないと水嶋は言いました。何でも貴女を救い出しさえすれば後はまたどうでもできますから。サア――これで如何です。貴女は承知ですか、不承知ですか」

松子はしばしがほど黙然《もくねん》として考え居たるが、如何ほど恐ろしき工夫なりとも今は用いねばならぬ場合なるゆえようやく思い切りしと見え、

「よろしゅうございます。承知しました」

と言い切りたり。梅子もホッと呼吸して四辺《あたり》を見回し、

「それではすぐに取り掛かります。実はね、敵の方では全く院長に毒を盛らせて貴女を殺す相談になっています。これから私が院長の所へ行き旨く貴女の容体《ようだい》を言い立てれば、院長は必ず今こそと思って毒を盛るに相違ありません。それがこちらで思う壺です。ようございますか。貴女はもう全く発狂するのですよ。病院に入れられ色々心配したために真実気が違ッたと見せ掛けるのですよ」

と幾度か念を推せし末、梅子は復《もと》のごとく看病婦の姿に打扮《いでたち》て此所を立ち去りしが、この夜の十時頃になり色を青くして再び入り来たれり。松子は心配に堪えざれば進み寄りて、

「どうなりました。水嶋の言った通り行きそうですか」

梅子は一際《ひときわ》声を潜めて、

「ハイ行きました。まアどうも恐ろしいではありませんか。私が旨く貴女の容体を作り、発狂がますます募ッた様子だと言いましたところ、院長はもっともらしくそれではただも

置かれぬからとにかくも一時取り鎮めるだけの薬を呑ませねばならぬとて、一人薬局へ閉じ籠もりましたから、私は探偵用の隙見の鏡を取り出し鍵の穴から内の様子を写して見ますと、院長は毒薬ばかり蓄えてある棚の戸を開け色々と調合したうちに硫酸と書いた瓶がありました。何でも五品《いつしな》ほど合わしましたが、これは必ず死んだ後でも毒薬と分からぬように取り合わせたに違いありません。やがて調合を済ませ出て来てサアこれを呑ませとてくれたのがコレこの瓶です」

と言いつつ小瓶を取り出だせり。松子はゾッとして身を震わすれば、梅子も恐ろしさに声を震わせ、

「どうです、恐ろしい医者ではありませんか。これで貴女を殺すつもりです。この薬は後々の大切な証拠になりますから、私が大事にしてしまッて置き水嶋に渡します。その代わり貴女が呑むのは水嶋から用意して寄越したこの薬です。この薬で貴女は死ぬるのです。これで死ぬればまた生き返ることができますから」

とて梅子は更にまた一瓶を取り出だせり。

第二十二回

梅子が更にまた取り出したる一瓶はこれ水嶋より与えられて持ち来《きた》りし魔薬なり。これを彼《か》の院長が盛りたる毒薬と摺《す》り替えて松子に呑ませ、松子を死人としてこの病院より送

り出さんとす、これ梅子の計略なり。

梅「松子さん、この薬を呑むときは死人と同じようになってしまいます。そうすればすぐに葬儀社へ人を遣り葬儀社から一人の手代《てだい》が棺桶を持って来ます。その手代と言うのが実は探偵水嶋浮《うかぶ》で貴女を棺に入れて病院から持ち出すのです。この病院は門番が厳重で一度這入《はい》ッた者は出ることができぬようになっていますけれど、死人となッて出ることには誰も咎めは致しません」

松「でももし死人でないと分かったらどうします」

梅「ナニ分かる気遣いがありますものか。院長は自分が毒を盛ったのだから、もう死ぬると思ッています。それにまたこの薬を呑んで眠れば一時《とき》の間呼吸《いき》も止まり脈も絶え、少しも死人と違わぬようになるそうです。サアどうします、承知ですか」

松「私も今までどうしようかと思いましたが、院長がいよいよ毒を盛ったとあっては一同で私を殺す計《たく》みが見えましたから、どのようなことでも構いません。彼らに殺されることと思えば死んだ振りをして一時間や二時間棺の中に居るは何でもありません。何時《いつ》なりと好い時分にその薬を呑みましょう」

と充分の決心を現したれば、梅子はなお斯《か》に角《かく》と打ち合わせて一先ずこの室《へや》を立ち去りたり。やがて翌日の午後二時頃となり松子は薬の力にて全くの死人となりたり。梅子はそばにありて非常の時の呼鈴をいと強く推し鳴らすに、ややありて院長は周章《あわただ》しく入り来れり。

「何事だ、何事だ」

梅「何事よりも大変です。松子が死んでしまいました」

院長は斯くあるべしと思い居たるその風を推し隠し、痛く打ち驚きたる体《てい》に見せ、

「ナニ松子が死んだとな」

梅「ハイ昨夜アノ薬を呑ませようと思いましたが、落ち着いて寐ていましたからそのままにして置きましたところ、今がたになりまたも狂いはじめましたから、お差し図の通り呑ませました。お薬の効き目は恐ろしいものですぐに鎮まり寐てしまいましたが、今また見ればこの通り死んだようです」

院長はもっともらしく眉を顰《ひそ》め、

「どうせ死ぬるだろうとは診察したが、それにしても可哀相な者だ。死んだとあっては一刻もここへは置かれぬから、早速葬儀者を呼びに遣らねば——いつも斯様なことがあれば葬儀人の儀兵衛と言う者が来るけれど儀兵衛は病気だと言うことじゃが、永い得意だから代人でも寄越すだろう。そちはここで死骸の番をしてもらおう」

とて院長は立ち去りしが、葬儀者の病気と言うは兼ねて水嶋がその者に金を遣りて仕組み置きたることなれば、梅子は別に怪しまずこれより一時間ほど待つうちにまたも返り来る院長の後ろに従い一礼して入り来るは年も五十に近かるべく顔付きのいやが上にも真面目なるは多年そのことに身を委ねし葬式取扱い人と知るは梅子が少し失望して、さては水嶋差し支えありて自ら来ることできざりしか、真実の葬儀人来りては如何《いか》にして好からん

かと躊躇《たゆと》う様子を見て取りしか、葬儀人は梅子のそばに寄り、

「もうすぐに棺へ詰めて好いようになっていますか」

と問う。その声は確かに水嶋なり。梅子は再び驚きしもその色を顔には見せず「ハイ」と言いつつ寐台《ねだい》に掛けし垂れ幕を引き退くれば、水嶋は実《まこと》に葬儀人も及ばぬほどの手際を現し、少しの間に松子の死骸を棺のうちに詰め終われり。院長は進みより、

「サアサア私が一方を舁《か》き上げてこの二階から降ろしてやろう」

と棺の端に手を掛けしが、この時あたかも隣室より手に取るごとく聞こゆるは彼の怪しむべき発狂人の叫び声なり。

「アア松子、心配することはない。この己《おれ》がどうかして病院を出て悪人を罰してやる。何時までこの通り閉じ込められているものか――アア松子、松子は今どうしている」

と頻りに松子の名を呼ぶは何者にや。実に怪しむべき限りなれば水嶋は梅子と顔を見合わせしが、院長は何気なく、

「アア隣室の病人が寐言《ねごと》でも言って居ると見える、可哀想に」

と言い紛らす。水嶋も「可哀想に」と呟きながら早くも棺を舁き上げて梅子を後に残ししまま院長とともに二階を降《くだ》れり。

第二十三回

水嶋は院長とともに松子の死骸を舁《かつ》ぎ卸し、兼ねて待たせある馬車の上に載せたるが、この時背後《うしろ》の方に当たりいと騒々しき物音の聞こゆるにぞ、何事かと振り向きみるに個は如何《いか》に、松子が居たる隣室より火事の起こりたるものと見え、火先焔々《えんえん》として窓を出《い》づ。院長もこの有り様に驚き、

「ヤア彼《あ》の曲者《くせもの》が逃げ出すつもりで火を付けたのだ」と叫びたり。

彼の曲者とは何者なるや、頻りに松子の名を呼びて何時《いつ》までも閉じ込められているものかと口走りたる怪しき狂人《きちがい》に相違なし。水嶋は後に梅子の残れるを知るが故に捨て置きては一大事と物をも言わず引っ返して二階に上り、続いて来る院長の手を押さえ、

「サア鍵はどこにあります。鍵は鍵は」

院長は不意の出火に気を失いしごとく「ここに、ここに」と言いながら衣嚢《かくし》を探りて一個の鍵を渡したれば、水嶋は突き破るほどに戸を蹴開き室《へや》の中へ跳《おど》り入るに火は早間《あい》の隔てを焼き抜きしが、ここにも黒烟漲《くろけむりみなぎ》れり。梅子は煙の中にありて苦しさに堪えずやありけん。看病婦の扮粧《いでたち》を剝《む》り捨てて美しき素顔のままとなり居るにぞ、水嶋は飛び付きて、

「もう大丈夫だ己《おれ》が来たから」とそのまま手を取りて救い去らんとす。

院長は梅子の姿全く変わりしを見てようやく疑いの心を起こせしと見え、たちまち怒れる目を開き、

「ヤヤ手前らは探偵だな」と言うより早く短銃《ピストル》を取り出だし梅子を狙いし打たんとす。それ打たしてなるものかと水嶋がその前に立ち塞がらんとする時、早くも一発打ち出だす声とともに水嶋は左の手を射貫かれたり。射貫かれながらも更に怯まず飛び掛かッて院長を確《しか》と捕らえ、

「察しの通り探偵だ、人を殺さんとせし咎により早速その方を拘引する。ソレ梅子、衣嚢《かくし》に在る手縄を出せ」声に応じて梅子が差し出すを取りすぐに院長を縛り上げ「ナニ左の手は射られても右の手が達者なうちは少しも恐れることはない」

と引き立て去らんとするに、この時火に塗《まみ》れて隣室より飛び出ずる狂人あり。これぞ松子の名を呼びし奴なれば如何なる男かと見るうちに、狂人《きちがい》は周章《あわただ》しく身体の火を揉み消しながら院長に飛び付きて、

「この院長め己を気違いにして今までも閉じ籠めて、サア来い手前の罪を訴えてやる。もう勘弁ができぬから自分の室へ火を掛けて飛び出したのだ」

とそばに水嶋のあるをもかまわず拳固を振りて院長を打ち据えたり。水嶋はあまりの驚きに今までは呆気《あっけ》に取られて眺め居たるが、ようやく声を発し、

「コレ喧嘩する場合じゃない、火がこの家を取り囲んだと言うに」

彼《か》の者も初めて気の付きしごとく、

「拙者は決して気違いでない。船長黒田真一と言う者じゃ」

水嶋はますます驚きその顔を篤《とく》と見るに如何にも黒田真一なり。彼の金太郎とともに松

子を窘《いじ》め居たる黒田真一が如何にしてここに入れられ、何故に松子を助けんと叫び居たるや更に合点行かず、殊にまた水嶋は今朝も昨日も外にて黒田真一の姿を見たり。その黒田真一がここに閉じ籠められているはずはなし。さては同じ真一が両人《ふたり》あるや。その上に真一は大金の預け主にてありながら、今まで銀行頭取の家に出入りし金太郎の相棒になり居たるも怪し。水嶋は言葉世話しく、

「その方は何時《いつ》ここへ入れられた」

黒「銀行へ大金を預けてその晩すぐに悪人の手に掛かりて、無理にこの病院へ閉じ込められ――」と言うさえも口悔しげなり。これにて見れば、どうしても黒田真一は二人あるなり。大金を預けてここに閉じ込められ居たるこの黒田真一と、ほかに在りて金太郎に力を合わせ居たる彼の黒田真一と容貌は同じけれど身体は二つに相違なし。あまりの不審に身の危うきをも忘るるほどなりしが、そばにある梅子はかかる仔細と知らねば、

「もう貴方《あなた》逃げ出す所がありません」と水嶋に迫り立つ。

水「ナニ実はこの病院へ這入《はい》る時もし探偵と見現《みあらわ》された時の用意にと廊下の端にある窓へ縄梯子を投げ掛けてある」

と言いつつ先に立ちてこの室《ま》を出で廊下の端に走《は》せ行けば、如何にもその言葉に違《たが》わず窓に掛けたる縄梯子あり。火はなおここまで焼け来《きた》らず。第一に船長黒田真一を降ろし、次に水嶋は縛られたる院長を抱きて自ら降り、院長を黒田に預け置きて今度は梅子を降ろさんと、またもや二階へ上り行けり。この時下より黒田真一の声にて、

「早くせねば縄梯子が焼け落ちる」

と叫びたれば、水嶋は物をも言わず梅子を抱きて再び窓に現るるに、ただ少しの違いにて命とたのむ縄梯子は早落ちたり。アア如何にして逃《のが》るべき。梅子は全く顔色を失いて、

「私のために貴方まで逃げ道を失いました」

梅「もう逃げる所はありません。私を捨ててでも逃げ出さねば」

水「ナニ手一本残ッている間はどうしてでも逃げ出さねば」

梅「もう逃げる所はありません。私を捨ててお逃げなさい。私は死んでも厭《いと》いません」

水「死ねば一緒だ、恐れることはない」

と言いつつ梅子を抱き上ぐれば、梅子も確と抱きしめたり。その抱きしままにて水嶋は彼方此方《かなたこなた》と走せ回るうち裏手の窓に出しが、ここまではまだ火の手も回らぬ故、

「死ぬるも生きるも運一ツだ。サア確と抱き付いていろ、これから飛ぶのだ」

梅「このまま死んでも構いません」

この一言《ごん》に力を得て二丈《じょう》ばかりの高き所より身を躍らせて飛び出したり。二人は微塵と思いしに水嶋は高飛びの名人にして、殊には梅子の身もさほど重からざりしため、芝生の上に転がりしも別にこれぞと言う怪我はなし。梅子は直ちに起き上がりて我が持てる半拭《ハンケチ》にて水嶋の左の手を巻きこれより表の方に回るに、松子が棺を載せたる馬車と悪《にく》むべき院長とは不思議にも船長黒田真一と名乗る彼の怪しき男が預かり番をしながら待ち居たり。そのうちに火事場へは早蒸汽ポンプの馳け付けし様子なれば、水嶋は棺を載せたる馬車に従い、船長院長梅子とともに無事に此所を立ち去れり。

第二十四回

処は警察署の長官の詰め所なり。ここに集える四人の紳士、一人は探偵水嶋、一人はその長官、残る二人は証人として水嶋が迎え来《きた》るこの土地の紳商なり。水嶋は長官に打ち向かいて、

「今夜と言う今夜は誠の曲者《くせもの》をお目に掛けます。どうぞお三方で中井銀行まで御出張を願います」

長官は八字の髭を撫でながら、

「誠の曲者を見せるとて、既に会計長小谷常吉が有罪に定まッたが」

水「それだから今夜お見せ申すのです。明日になれば小谷が既決檻《きけつかん》に移されるから面倒です」

長官は二人の紳商に向かい、

「如何《いかが》です。貴方《あなた》がたは今夜行きますか――私は職務だから無論出張するが」

甲「参りましょう。吾々も誠の曲者が誰だか、それを早く知りたいと思いますから」

乙「ですが水嶋さんと一緒に行くのですか」

水「イヤ私と一緒に行けば邪魔になッて仕方がありません。私は今夜宵のうちに忍び込みますから、貴方ら二人は夜の十一時半を期し、長官とともに中井の家の裏口へお回りを

願いましょう。内から私が案内をしますから」

甲「それでは身姿《みなり》も人目に立たぬように――」

水「もちろんです。人の家へ忍び込むのですから靴もゴム製の音のせぬのを」

甲乙「心得ました」

これにて相談一決し、水嶋はなお癒えやらぬ傷の痛みに左の手を釣りしままにて立ち去りしが、話飛び進んでこの夜の十一時過ぎる頃、長官は約束の時刻を守り二人の証人を引き連れて中井家の裏口に忍び寄れり。この時内より戸を開くは水嶋なれば三人その案内に従い抜き足しつつ奥の方へ進み行くに、水嶋は声を潜め、

「しばらくここにお待ちなさい。今に曲者が出て来ます」とて階段《はしごだん》の影に足を留めたり。

ややありて二階の上にてミシリミシリと足音す。

水「ソレ来ました。この足音が曲者です」

二人の証人はゾッとして震いあがれり。そのうちに足音は階段《はしごだん》を下り、左手の戸を開き銀行の方へ行かんとす。その姿を如何《いか》にと見れば手には手燭《てしょく》を持ち、身は寛《ゆるや》かな寝巻のまなる頭取中井金蔵なり。三人はあまりの怪しさに顔と顔見合わせしが、金蔵は我が後に従う人のあるを知らぬ様子にて、徐々《そろそろ》と進み行く。三人は水嶋を先に立ててその後に従うに、金蔵は前に水嶋の見届けたる時と同じくまたも廊下なる秘密の戸を開き、床の下に降《くだ》りて件《くだん》の穴蔵へと入り去りぬ。四人もまた続いて入るに、金蔵は先の夜と少しも異《かわ》ることなく、しばし一方の壁を探り何事をかなしたる末、またも元のごとく出《い》で去りたり。後に水嶋は

黒灯《こくとう》を取り出だしこれを照らして一同に向かい「サア皆さん、ここへお出でなさい」とて今しも金蔵が探りたる所に行き壁を探れば、ここに秘密の穴ありてそのうちより銀行手形にて五万円の束出でたり。手形の表にはいずれも預け主なる船長黒田真一の名前を記《しる》せり。

「サアどうです。これが確かに盗まれた金子《きんす》です。盗んだのはほかでない、頭取金蔵自身です」

金蔵が自ら我が銀行の預かり金を盗むとはあるまじきことなれば三人は更に合点行かず、水嶋はなお三人に打ち向かいて、

「よくお聞きなさい。金蔵は離魂病《りこんびょう》と言う不思議な病に掛かっています」

長「離魂病とは」

水「今までの裁判例にもたくさんあります。眠った後で魂が身体を離れ身体ばかりが寐《ね》床《どこ》を出て色々の業をする病気です。世に言う寐惚《ねぼ》けの甚《ひど》いものです。もとより魂が身体を離れて居る故、目が覚めた後では自分のしたことを少しも知りません」

長「それではその離魂病で我知らずその金を盗んだと言うのじゃな」

水「全く左様です。この金を預かったのは銀行時間の後であったから、寐る時までも気に掛かって居りました。サア気に掛かって寐たものだから、その心配が持病の離魂病に障《さわ》り夜中にブラブラと起き出でて用心のため此所へ隠したので、それから後は毎夜同じ時刻になれば起きて来てこの金が無事にあるか無いかと見るのです。それでも夜が明ければそのことを少しも知らぬから、他人を疑っているのです」

長官はこの説明に感心し、

「実によく見極めた。なるほどそれでこの通り証人を連れて来たのだな」

と言えば二人の証人も進み出で、

「如何にも離魂病に相違ありません。我々二人は日頃金蔵の親友であッて、今この通り現場《げんじょう》を見たからもう疑いありません。全く金蔵が寐惚けのうちにした業で金蔵が真実の罪人です」

これにて一同は引き上げしが、この翌日四人揃いて金蔵に向かいそのことを談《はな》せしに金蔵の驚きは大方《おおかた》ならず。されど若き頃より時々離魂病の発することありとて自らその言葉に服したれば、これより四人は金蔵を連れ裁判所に出ですぐに小谷常吉の放免を請いたり。常吉に罪なしと分かる上は裁判所にてこれを罪とするはずなく、すぐにそれぞれの手続きを運び小谷常吉はここに放免を許されたり。

第二十五回

以上の物語にて真《まこと》の罪人は頭取自身なること、大金紛失を幸いとして兄金太郎は松子を我が妻にし、妹桃子は小谷常吉を我が所天《おっと》にせんとて互いに力を合わせ両人《ふたり》を苦しめることは分かりしならん。されどただ分からぬは預け主黒田真一と言う者が二人ある次第なり。名前も同じく容貌も同じきに一人は初めより病院の中に在りて幾度となく松子の名を呼び、一人はほかに在りて金太郎に力を合わせ様々の悪事を計《たく》みたり。この疑団を解かんため、その筋にては相当の医師を命じて彼《か》の病院より救い出せし黒田の容体《ようだい》を検査せしに身体も心も健康の人にして、病院に入らるべき謂われなし。健康の人を強いて一室に入れ気違い扱いをなし居たる院長の罪軽からねど、これをも厳しく詮議するに全くは先頃黒田真一と名乗る者、同じ顔同じ姿の男を連れ来《きた》り入院を請いたるより、早速容体を診察せしに前後も知らず熟睡して病人なるや否、分からぬによりその覚むるまで預かり置かんと言いたるに、黒田は是非にとて許多《あまた》の謝金を約束したれば慾に目が眩《く》れついに留め置くこととなりたりとて有体《ありてい》に白状せり。

話し更《かわ》りて、今まで松子と常吉を窘《くる》しめたる金太郎の妹桃子が独り室《へや》に籠もりて何事をか思案せる所へ入り来るは侍婢《こしもと》なり。

「嬢様、大旦那様がお召しで御座います」と伝えければ桃子は何の気もなく父の室へと入り行くに、ここには父と探偵水嶋と密々《ひそひそ》と話し居れり。桃子は既に充分水嶋を恐るる者なれば「オヤ」と言いて一足退かんとする所へ、また入り来るは松子と梅子なり。松子はいと衰えて顔色さえただならず、殊には力なげに梅子の腕にすがりたれど顔には嬉しげなる笑みを浮かべり。桃子は我が敵とする人々の打ち揃いてここに在るを見、且つ恐れ、且つ怪しみ、

「全体何事だと言うのです」

「イヤその訳は己《おれ》が聞かせ遣る」と言う声とともにまたも入り来る二人の男は同じ顔、

同じ姿の黒田真一なり。ただ二人をば並べ見れば病院に居たる真一は顔色やや青く、外に在りたる真一はやや赤きだけの違いなり。青き真一、一同に打ち向かいて、

「私どもは双児《ふたご》です。私は黒田真一と言い、これなるは真二と言います。然るに真二は姿の私と同じきを幸いにしばしば私の名を語り、種々悪事を計《たく》む中にこの度のことなどもその一つです。さてこの銀行へ預けた金は私どもの継母《ままはは》の連れ子何某《なにがし》と言う者の所有金で、死に際に私へ与《あず》け、これを米国《アメリカ》に居る我が娘へ渡してくれと言い置きました。私はその金を預けられたものの、その娘が米国のどこに居るか分からぬ故、尋ね出すまでその金を遊ばせるも無益と思い自分の金と合わせて汽船会社の株金として置くうちに段々に利に利が殖え、七年目に五万円の大金となッた上にその娘と言うのがこれなる中井銀行に養われている松子だと分かりし故、早速渡して喜ばせるつもりでその会社の船に乗りすぐにこの地へ渡りましたが、その日のうちに本国から直ちに呼び返しの電報があり、緩々《ゆるゆる》と叔父姪の名乗りをする暇がなくなりました。よってとにかくもそれとは言わずに中井銀行へ預けて置き、この次にこの地へ来たとて更《あらた》めて名乗り合い、その上で渡すことにせんとこう思案して預けましたが、その翌日いよいよ船に乗ろうとする時、これなる真二が金太郎とともに尋ねて来て是非とも用事があるからとて私を料理屋へ誘《おび》き込み、酒に混ぜて眠り薬を呑ませ夢中で居る私を病院へ入れました。後で聞けば頭取の金蔵殿も実は松子の叔父に当たる人で、ただ私は継《まま》しい叔父、金蔵殿は真実の叔父と言うだけの違いです。それにまた金太郎は真二と類は友を呼ぶ悪人同士で兼ねて薄々知り合って居るところ、私が大金を預け

た夜、後へ回ってその金を盗もうと二人が弗箱を開けにかかって居るところへ金蔵殿離魂病でフラフラと遣って来たゆえ二人は隠れて様子を見ていると、金蔵殿は弗箱からその金を持ち出して行ったと言います。もちろん金太郎は兼ねて父の離魂病を知っているからその旨を真二に告げ、大胆にも二人でまたその後を尾《つ》け穴倉の壁へ隠すところまで見届けたと言うことです。見届けてさえ置けば何時《いつ》でも金は取れるからとて、これより二人は相談をはじめ、真二は私をなき者にしてその金ばかりか私の身代《しんだい》を取るつもり、金太郎は金の紛失を幸いに松子の許嫁《いいなずけ》小谷に疑いを掛けその間に松子を手に入れるつもり、桃子はそれを助けて小谷を所天にするつもりで、三人がそれぞれの考えを起こしついにこれまでの次第になったのも、幸い水嶋浮《うかぶ》氏の探偵でこの通り治まることになりました。斯様な訳ゆえ初め私が銀行へ預けた五万円は私の金ではなく、全く松子の金であります」

これにて本《もと》も末もことごとく分かれり。これより小谷は松子と、水嶋は梅子といずれも婚礼の式を上げ、金太郎と桃子と真二は我が罪の恐ろしさに一たびそのまま逃げ出だせしも、桃子はすぐに捕らえられ、金太郎は二年の後に詫び入れて帰り来り、真二はついに行《ゆく》衛《え》が知れぬなど多少の物語なきにあらねど、大金紛失の筋道分かりたれば、これだけにて目出度く大尾とす。

広告

余《よ》が曾《かつ》て某《ある》新聞の記者を勤めし頃、盛んに芝居改良と言えること流行し、寄ると接《さわ》るとその議論をはじむるほどなりしかば、余も妻もその流行熱に浮かされ自ら俳優《やくしゃ》となり改良歌舞伎の舞台に上る覚悟を定め、余は妻とともに俳優の稽古をはじめたり。妻は女形に、余は男役と役割を定め、老婦にもなり、美人にもなり、色男にも作り、田舎者にも打扮《いでたち》負けず劣らずの熱心にして永く勉強せし甲斐ありて、いつの間にか打扮の妙を得、自分の心では仏国《フランス》の俳優にも劣らずと思うまでに上達せり。自分では斯《か》く思えど他人は如何に見るやらん。何とかしてそれと言わずに他人に見せ、我が腕前を試し見んと余は独り色々工夫せし末、ついに好《よ》きことを思い付きたり。今から考えてみれば実に恥ずかしいほど大胆な思い付きなれど、その時はただ熱心ただ夢中にて更に大胆とも思わず、ついにその思い付き通り遣って退《の》けたり。その思い付きとはほかならず独り書斎に籠もり智慧を絞りて左のごとき広告文を作り、翌日これを新聞社に持ち行きてその広告欄内に掲げたり。その文、

妻を娶《めと》りたき広告

某金満家の主人《あるじ》、この頃妻を迎えたく望み居り候。その望みに適《かな》う女は緻標《きりょう》十人並、読み書き一通り、当人のほかに厄介なくば幾ら貧乏でも好し、相談整う上は仕度を初

め一切の費用は当方にて受け持つべし。もし妻にならんと望む者は、何々新聞社広告掛かりまで自筆の手紙にて申し込むべし。見合いそのほかのことは別に通知致し候

との広告を出だせしに、翌日直ちに横浜の或る女学校教師より申し込みあり。その名前は仮に浜川嬢と名づくべし（差合《さしあい》あらば御免）。年は二十五歳、今はその女学校潰れ、某家に下宿してただ一人貧しく暮らせど、雇われし頃は三十円の月給を取りたり。ほかに厄介《やっかい》なし。身に付ける借金少々なり。そのほかなお売薬の功能めきたることを様々記《しる》してあれど、余はもとより真実妻にするつもりは無く、ただ我が打扮《いでたち》の腕前を試さんとするのみなれば、まず幸先《さいさき》よし。すぐさま見合いをせんものとその返事を認《したた》め、

早速のお申し込み有り難く拝見致し候。就いてはすぐに見合いを致したく、明日午後六時四十五分の汽車にて新橋停車場《ステーション》まで御出で下されたく、当人後藤正（もちろん偽名なり）と申す者ただ一人同所にて待ち受け申すべく候。またその合図は御身新橋へ着き次第、すぐに上等男子待合所へ入り来たり、懐中より紙一枚取り出だし引き裂きてお捨てなさるべく、さすれば当人後藤正、御身を見て気に入らば、すぐに御身のそばに進み寄り、更に然るべき場所へ誘《いざな》いて万事御相談致すべし。もしまた御身を気に入らずば、当人は知らぬ顔にて御身に挨拶もせず帰るべく候。そのためここに金九十銭《せん》、中等汽車往復の旅費として、失礼ながら封じ入れ置き候。以上　月　日　浜川嬢へ　後藤正

と書き郵便に投じたり。斯く約束を定めたる訳は、もしその場に臨み余が心に後《おく》れを取

ることもあらば、知らぬ顔にて帰り来《こ》んとの用心なり。この翌日、余は新聞社の退《ひ》けるを待ち、すぐに新橋の際に在るお茶屋に行き（兼ねて懇意ゆえ）主人に仔細を明かして我が打扮《いでたち》を作りたり。しかしあまり美男子に成り過ぎて真実惚れられては大変ゆえ、先から愛想を尽かすように、そうだ極《ご》老人に作るのが好かろうとて、髪の毛と髭とを白くし、前歯を所々塗り隠し、年頃七十ばかりな金満家の隠居に打扮、着物からして古風に拵《こしら》え、それより二人乗りの人力を雇わせつ、騒ぐ胸を推し鎮めながら独り乗りて一走りに停車場へ着き、人力を待たせ置きて上等待合室へ入り行きたり。この時早《はや》七時を過ぎたれば、六時四十五分横浜発の汽車の着くは間もあるまじと、人の気の付かぬよう隅の方に小さくなりて控え居たり。待合のうちには余の知る人も二三人あれど誰も余とは気が付かぬ様子ゆえ、これならばまず好しと次第に安心して勇気を現すうち、着きたり着きたり、横浜よりの汽車は着きたり。ガヤガヤと降りる人の降り尽くしたる頃、阿《おめ》ず憶《おく》せず待合室に入り来《きた》る婦人あり（ソレ来たぞ）。如何にも横浜の女教師と見ゆる高等なる女洋服を着し、歩み方もなかなか活潑なり。今は彼《か》の浜川嬢に相違なし。余は眼《まなこ》の角《すみ》より嬢のすることを見てあるに、嬢は簡短《かんたん》に四辺《あたり》を見回し、衣嚢《かくし》より西洋紙の手紙とも覚《おぼ》しきものを取り出し、ちょいと読みてすぐに破り、そのままストーヴの中へ投げ込みたり。アアただ紙を破り、ただこれを捨てては気違いじみるとの心配より手紙を破りたるは頓智《とんち》頓智、これをストーヴに燻《くべ》るも機転、これなら腕前の試験石にできるワエと心には嬉しけれど、何分にも嬢の頓智と嬢の機転には少し気を呑まれ近寄り兼ねてありたるに、嬢はこの合図に応ずる者なきを見て、さては嫌われしと悟りしか、腹立たしげ否《いな》、恥ずかしげ否、馬鹿馬鹿しげに立ち去らんとする故、余は今心弱くては叶わじと一生懸命の勇気を絞り、ナニ恥を掻いてもこの顔を洗い落とせば他人の身、構うことがあるものかと周章《あわ》て走り寄り後より洋服の裳《すそ》を捕らえて引き留むるに、浜川嬢は腹立たしげに振り払いたり。

「イヤ御腹立ちには及びません、まずここでは話もできぬ。サア一緒に」

と言いながら引き摺《ず》るごとくにしてすぐに車へ乗せたるが、嬢は思いしよりも余が老人なるに驚き、急に否気《いやけ》が生ぜしと見え、

「いけませんよ、貴方《あなた》は何をなさるのです」

と叫びたれど、ここが腕前と余は頓着せず、

「サア車夫、先ほどのお茶屋へ遣れ」

と命じ、また一走りにて件《かの》お茶屋へ抱き上げたり。アア我ながら旨く行きそうだぞ――余《よ》がただ金満家の主人《あるじ》とばかり広告して置きながら、今七十近き老人となりて現れたる故、浜川嬢の驚くも無理ならず、愛想を尽かすも道理なり。されど驚かせるが余の腕前、愛想を尽かすのはすなわち余を真実の老人と思い詰めた証拠、余はこの上にも手際を見せんと無理に嬢を待合茶屋の奥の一室《ひとま》へ引き入れたところ、嬢は無気《むき》になって怒り出し、純然たる女教師の口調で以て、

「何方《どなた》かは知りませんが、あまり失敬ではありませんか。何故に――」

余「イヤ悪かッた。ただ金満家とばかり広告して年齢《とし》を隠したが此方《こっち》の誤り、ナニ何方

でも無い此方《こなた》です。私です、広告の本人後藤正です」

嬢「オヤ広告とか年齢とか私には少しも分かりません。貴方《あなた》気でも違いはしませんか」

余「貴嬢《あなた》こそ気でも――イヤまさかお気も違うまいが、年齢《とし》を隠したのは拙者が悪い」

嬢「何の年齢を隠したのです」

余「嬢よ、急に愛想が尽きたからとて、そう仮忘《とぼ》けては――イヤサこの老人をなぶッては困るよ。アノ通り紙まで破ッて合図をして置きながら」

嬢「オヤ何の合図をしたのです。私にはますます了解できませんが」

余「何の合図とはコリャ可笑《おか》しい。現に今方停車場《ステーション》の待合室で手紙を破ッてストーヴへ燻《くべ》たではないか」

浜川嬢は佶《きっ》と居直り、ますます言葉を鋭くして、

「貴方、女と侮り馬鹿になさッては違いますよ。ハイ私は汽車の中で同室をした洋人が、降りる時に私の衣嚢《かくし》へ何か入れたと思いましたから匆々《そうそう》アノ待合室へ――男子の待合室とも知らず――駈け込んで開いて見れば艶《なま》めかした艶書《えんしょ》でしたから、汚《けが》らわしいと思ッて破り捨て、なおもし人に拾われては悪いと思いストーヴへ燻《くべ》ましたが、ハイこれが何の合図になります」

余「では貴女まだ私の手紙を詳しく見ないのですナ。合図のことまで書いて置いたのに――」

嬢「貴方に手紙など頂くはずがありません。私は歴《れっき》とした所天《おっと》のある身ですから、知ら

ぬお方から手紙は受けません」

余「オヤそれでは人違いか知らん、貴嬢は――貴嬢は――」

嬢「私は――私は――」

余「貴嬢は横浜の浜川嬢ではありませんか」

嬢「何をおっしゃる。私は東京青山女学校の幹事○○と申す者です。今日懇意な洋人が米国《アメリカ》へ帰るので、横浜まで送って行き独りで帰ッて来たところです」

余「ヤ、ヤ、ヤ、ヤ――では全く人、人、人違い。イヤ、お人違い、御免下さい」

女教師はますます怒り、

「貴方、亭主のある身を無理無体《むりむたい》にこんな待合茶屋へ引ッ込みながら人違いで済みますか。男の方と差し向かいで待合の奥座敷に居たと亭主に分かれば私は方向を誤ります。アア悔しい。貴方、貴方、もしこのことが学校へ分かれば生徒に合わす顔もありません。悔しい。私は大勢の淑女を預かる身です――これで名誉も地に落ちます」

と今は泣きながらほとんど余を取り殺すかと思うほどの剣幕なれば、余はしみじみ後悔し、

「イヤこの詫びはあまり面目なくてとても私にはできませんから、名誉ある紳士を仲へ入れて充分お顔の汚れぬように誤ります」

と言い捨てて余はその室を飛び出し、すぐに我が顔の化粧を洗い捨て、スッカリ化けの皮を剝《む》き真成正銘《しんせいいしょうめい》の新聞記者何野何太郎に立ち返り、衣物《きもの》まで着替え、これなら今の老人

とは全く別の紳士に見えるであろう、妙々《よしよし》と肯首《うなず》いてはみたが、まだ何と無く気が退《ひ》けて、もし露見すればますます大変と思う故、そうだ浮世は金だ、幾ら女学校の幹事でも夷様《えびすさま》の顔を見せて誤れば勘弁するだろうと、こう賤しい所へ気の付いたのがまたも失策。懐中に持ち合わす金子《きんす》十五円を手早く熨斗《のし》に包み、表へは麗々《れいれい》と「金《きん》十五円也」と目に立つように書き、これへ「何々新聞記者何野何太郎」と言う本名の名刺《なふだ》を添え、女教師の前へ恭々《うやうや》しく差し出して、

「実に早ただ今承りますれば申し訳もありません。朋友の後藤正と申す者が、人間《ひと》違いとは申しながら貴女様に対し飛んだ失礼を働きまして――イヤもう後藤と申す男は老人の癖にこの上も無い悪戯《いたずら》者でして、実は詰まらぬ思い付きからイヤナニお話にもなりませんが、全くの間違いですからどうか御勘弁を――お聞き及びもありますまいが、私はこの手札に在る通り一個の新聞記者です。新聞記者が本名を名乗り頭を下げてこの通り誤ります からには、イヤもう決して新聞などには出しませぬ。御もっとも様、貴女も良家の淑女をお預かりなさる御身分であッてみれば如何にもそれはハイハイ、ナニもうこの場限りで誰も知る者はありませんから。イエサ、全体後藤が悪いのです。もし前以てちょいとでも私の耳に入れば決して斯様《かよう》なことは致させませんに――この包みはもう誠に――失礼――ではありますが、ホンノ――当人のお詫びの――徴《しるし》までですから――ナニ、御車代と思《おぼ》し召して――お受け納めを願います」

と恐る恐る差し出すに、せっかく機嫌の直りそうになッていた女教師は、これを見てグ

ッと癪《しゃく》に障りしごとく、

「オヤこれで私の名誉が買えると思いますか、芸妓や娼妓ではありません。貴方こそ今の後藤さんとやらよりなおいっそう礼儀を知らぬ方であります」

とまだこの上にも怒る様子ゆえ、余は失敗《しくじっ》たりと言葉を返し、

「イヤナニ全く私の申し様が悪いので――近々《きんきん》貴女の監督なさる女学校も組織を拡張して女子の大学校になさる御計画と承りますゆえ、これは私と後藤の両人からその資本金のうちへ寄付します。義捐《ぎえん》致します。斯様に直々《じきじき》貴女様へ差し上げては手続きが違いましょうが――どうぞ其所だけお見許しあッて好しなに御取り計らいを願われるものならば、誠に仕合わせに存じます」

と一生懸命の弁を揮《ふる》うに、金ほど力の強きものは無し。荒れに荒れる女教師もたちまち詞の調子が替わり、

「有り難いことね、頂いて置きましょう」

と手に取り上げて帯の間（ホイ違ッた）衣嚢に入れニコニコと笑いながら、

「全くこのお金は私に下さッたんですね」

と念を推せしが、このニコニコと笑う拍子にあたかも孫呉空《そんごくう》の古事のごとくその顔を笑い頽《くず》し、地金の顔を現したり。女教師と思いしはその実余が妻のお何《なに》なり。お何は横浜に居る従姉《いとこ》と語らい、彼《か》の浜川嬢云々《しかじか》の申し込みをも作り、斯く女教師に姿を変えて余が謀事《はかりごと》の裏を掻きしなり。余はあまりのことに言葉も出でず呆気《あっけ》に取られているうちに妻は

嬉しげに、

「この十五円があれば先日から強求《ねだっ》ていた新富座《しんとみざ》が見られます。ドレお先へ行ッて貴方、三州屋《さんしゅうや》で待っていますよ」

と言いて早立たんとする故、こんどは余の方で承知せず、

「手前はそのようなことをして亭主の金を騙取《かたる》気か」

妻「オヤ貴方こそ、私の目を忍び浜川嬢とやらと見合いをなさるおつもりですか」

余はグーの音《ね》も出ず、

「もうこのことはお互いに言うまい、言うまい」

解題

小森健太朗

黒岩涙香は、明治期の先進的な文化人として、日本のジャーナリズムの歴史と、探偵小説の歴史においてその名を刻む巨人であると言える。これまでまとまって刊行されたことのなかった、黒岩涙香の短篇作品集が、こうして刊行されることは、まことに慶ばしい。永らく新刊書では購えなかった、創作と翻案から成る黒岩涙香の短篇の粋があらためて刊行されることの意義は大きく、広大な沃野をもつと言える涙香作品世界への恰好の入門書ともなり、研究者にとっても、さらなる研究の基盤となるだろう。

黒岩涙香（本名・周六）は、文久二年（一八六二年）高知県安芸郡に生まれた。大阪の英語学校で英語を習得し、明治一九年（一八八六年）、ノルマントン号の審問で、その英語通訳のずさんさを指摘した文章を新聞にのせ、その名を知られるようになる。明治二一年、ヒュー・コンウェー Hugh Conway（英、一八四〇〜八五）の *Dark Days*（一八八四）を翻案した『法庭の美人』を「今日新聞」に連載し、江湖の喝采を博した。この好評をうけて、以降続々と英仏の探偵小説を翻案し、明治の探偵小説ブームと呼ばれる現象の礎を築くことになる。涙香は「都新聞」の主筆となり、そこで数多くの翻案小説を発表し、その後退社して自ら「萬朝報《よろずちょうほう》」という新聞を創刊する。そこで多くの記事を書き続けると同時に、数多くの翻案小説を連載し、人気を博した。明治三十年代には「萬朝報」発行部数は十万部を越え、当時の朝日新聞や読売新聞を上回って、全国最大の発行部数を誇る新聞にまでのしあがる。特に人口に膾炙《かいしや》した涙香作品は、デュマ Alexandre Dumas（仏、一八〇二〜七〇）の『モンテ・クリスト伯』*Le comte de Monte-Cristo*（一八四四〜四六）を翻案した『巌窟王《がんくつおう》』と、ヴィクトル・ユゴー Victor Hugo（仏、一八〇二〜八五）の『レ・ミゼラブル』*Les Miserables*（一八六二）を翻案した『噫無情《ああむじょう》』である。この二作が特に有名だが、それ以外にも涙香の翻案で名品とされるものは数多い。江戸川乱歩が自ら焼き直しの筆をとった『幽霊塔』や『白髪鬼』。フランスの探偵小説の祖、エミール・ガボリオ Émile Gaboriau（一八三二〜七三）の探偵小説を翻案した『大盗賊』『人耶鬼耶《ひとかおにか》』『他人の銭』『有罪無罪』等。ガボリオに次いで一九世紀のフランスで人気を博したデュ＝ボアゴベ Fortuné Du Boisgoby（一八二四〈一八二一〉〜九一）の作品を涙香はもっとも愛好し、その翻案数は約二十作を数える。その中には『悪党紳士』『海底の重罪』『指環』『片手美人』『劇場の犯罪』『決闘の果』『執念』『活地獄』『何者』『玉手箱』『巨魁来《きょかいきたる》』『如夜叉《にょやしゃ》』『死美人』『鉄仮面』『武士道』など、江戸川乱歩や吉川英治（一八九二〜一九六二）ら後続作家に影響を及ぼした作品が少なからずある。また、『妾《わらわ》の罪』『嬢《むすめ》一代』『捨小舟《すておふね》』『人の妻』など、イギリスの悪女小説の名手であるブラッドン M. E. Braddon（一八三五〜一九一五）やバーサ・M・クレー Bartha M. Clay（一八三六〜八四）の小説も数多く翻案している。他にもウェルズ H. G. Wells（英、一八六六〜一九四六）の『タイムマシン』*The Time Machine, an Invention*（一八九五）を翻案した『八十万年後の社会』や、月世界旅行を描いた『破天荒』や未来世界での破滅を描いた『暗黒星』など、ＳＦのルーツとなる作品がある。特に大衆小説の分野では、黒岩涙香の翻案作品が後の作家に与えた影響は甚大である。

　大正九年（一九二〇年）、黒岩涙香は五十八歳で死去している。

　五目並べのルールを整理して〈連珠〉と名称をあらためたり、『小野小町論』『予が婦人観』などの女性論、『蓄妾の実例』などの実名をあげた記事や、新聞に掲載された数多くの政治論など、黒岩涙香の文化的業績は多方面にわたる。その全貌はいまだ充分な研究がされているとは言えず、その膨大な著書・原稿も、他の明治期の文豪と違って、全集のような形でまとめられてはいない。

昭和五十年代に宝出版から刊行された『涙香全集』は、全六十巻にのぼると予告されたが、七冊を刊行したところで中絶してしまった。涙香は、影響力の大きかった巨人であるにもかかわらず、文学史においては、外国小説の翻案であり大衆読み物として見下される傾向があったためか、死後の研究においては、著しく冷遇されていると言えるだろう。本書の刊行を契機として、正しい黒岩涙香の理解が広まり、その研究にも突破口がひらかれることを願ってやまない。

日本の探偵小説史においては、黒岩涙香は、「探偵小説の元祖」と呼ばれるにふさわしい存在である。精力的に海外の名作探偵小説を翻案という形で翻訳紹介し、自らも、ほぼ日本で最初となる創作探偵小説を書いた。それが本書におさめられている「無惨」という作品である。日本の探偵小説の父と呼ばれるにふさわしい江戸川乱歩が、若い頃に母が愛読していた黒岩涙香の作品を通して、探偵小説の面白さに開眼したことはよく知られている。横溝正史もまた、幼少時からの黒岩涙香の愛読者で、江戸川乱歩との間では、涙香作品に関する談義に花が咲いたという。吉川英治もまた黒岩涙香の愛読者で、その作品『牢獄の花嫁』（一九三一）や『恋ぐるま』（同）などに、涙香作品の筋の借用が認められる。他にも大仏次郎（一八九七〜一九七三）など、涙香に影響をうけた大衆文学作家は枚挙にいとまがないほどである。

にもかかわらず、文学史的な研究では冷遇され、黒岩涙香の作品は復刊される機会が少なかった。翻案作品への軽視もあったろうが、それとともに、明治期の文語体が口語体に慣れた読者には読みにくいとされたのも一因だろう。だが、本書をお読みになればわかるとおり、涙香の文体は、文語とはいえ、決して読みにくくはなく、朗読してみればリズミカルな響きのする、朗々たる名文である。この作品で初めて涙香にふれる読者の方も、これを機会に、他の涙香作品にも手をのばしてみることをお勧めしたい。涙香の文章は決して読みにくくなく、敷居の高いものでもないことがおわかりになるはずである。

「無惨」

明治二十二年九月、小説館の定期刊行物、小説叢第一冊に右田寅彦の「平家姫小松」と合冊で刊行され、翌明治二十三年二月、上田屋から単行本化されている。梅迺家《うめのや》かほるが序文で「日本探偵小説の嚆矢とは此無惨を云ふなり」と書いている。

黒岩涙香の創作探偵小説として有名な作品で、涙香作品の中ではもっとも多くの刊本に収録された。東都書房の『日本推理小説大系1・明治大正集』（一九六〇）、河出書房の『文豪ミステリー傑作選』（八五）、創元推理文庫の『日本探偵小説全集1』（八四）でも、涙香の代表作品としてこの「無惨」が収録されている。昭和四十年代に、書店で黒岩涙香の小説を探しても、アンソロジーに収録されたこの「無惨」以外手に入らなかったことを覚えている。

この作品については、〝涙香の唯一の創作小説〟であり、日本の探偵小説の嚆矢となる最初の作品であるとの評価がよく聞かれる。どちらも厳密に言えば正確ではない。後者に関しては、この「無惨」に先駆けて、須藤南翠《なんすい》（一八五八〜一九二〇）による「殺人犯」が明治二十一年に刊行されているからである。ただし、「殺人犯」は、既に刊行されていた黒岩涙香の翻案探偵小説の『人耶鬼耶』や『大盗賊』などの強い影響を受けたものであり、探偵小説としての出来はさほどのものではない。中島河太郎は「殺人犯」について、「涙香の『無惨』より一年余も早いとはいえ、涙香作品に刺激されての亜流」であると評しているとおり、この「無惨」とは完成度・達成度において格段の差がある（『日本探偵小説全集1・黒岩涙香・小酒井不木・甲賀三郎集』創元推理文庫）。その出来具合からして、日本探偵小説のルーツ作品として「殺人犯」を採らず、この「無惨」をもって嚆矢とするという見方は充分成り立つ。

また、これが涙香の唯一の創作であるとする見方は正しくない。涙香による小説には、原作が不明とされているものが多々あり、それらの中には原作が存在しない、涙香によるオリジナル作品であるものが含まれている可能性がある。本集の「広告」や第二集に収録の「女探偵」はその例であり、涙香による創作の可能性が高い作品である。本書および第二集に収録の短篇群は、大半が原作の存在がつきとめられておらず、創作ものが他にもある可能性がある。

この作品の初刊本（明治二十二年）には、涙香作品の出版を手掛けた梅廼家かほるの序文がついている。その序文によれば、「去年築地河岸海軍原に於て人殺のありしことを作り設け之れに探偵の事項を附会して著作せし小説なり」とある。どうやら東京・築地で前年に実際にあった殺人事件をベースにして涙香が創作したものらしい。

この作品は三部構成に分かれ、上篇・〈疑団〉が事件の顚末を記し、中篇・〈忖団〉が事件の経過と推理を、下篇・〈氷解〉が解決を記している。事件の捜査をし、探偵役をつとめるのは、大鞆《おおとも》探偵であり、それと競い合うもう一人の探偵が谷間田であり、両者とも東京の警察署に勤める刑事である。この「無惨」が書かれた時点ではまだコナン・ドイル Arthur Conan Doyle（英、一八五九〜一九三〇）のシャーロック・ホームズはデビューしておらず、探偵小説界で当時もっとも有名だったのは、エミール・ガボリオによるルコック探偵であった。涙香自身、翻案で『人耶鬼耶』を初め何作かルコックものの翻案を手掛けており、代表作の一つである『死美人』は、デュ＝ボアゴベによるルコックもののパスティーシュである『晩年のルコック』*La vieillesse de Monsieur Lecoq*（一八七八）が原作であった。ガボリオは涙香がデュ＝ボアゴベに次いでもっとも多く翻案した作家である。ガボリオのシリーズ探偵小説で主人公をつとめるルコックは、ポオ

Edgar Allan Poe（米、一八〇九〜四九）のデュパンやホームズのような素人探偵と異なり、パリ警視庁に勤める刑事である。涙香は創作にあたって、素人探偵を主人公にせず、刑事が探偵をつとめるガボリオの形式を踏襲したと言える。「無惨」の末尾で大鞆探偵のことが「東洋のレコックなるべし」と称えられ、ルコックのことが引き合いに出されている。（レコックは、ルコックの英語読みである）。

この小説が画期的なのは、三部構成をとり、データの提示、中盤の捜査、終盤の解決という探偵小説の基本的な構成にのっとった骨格が示され、犯人追求に合理的で科学的な方法が用いられ、論理的な筋道が示されているところだろう。中でも感銘を与えるのは、被害者がつかんでいた髪の毛が地毛でなく付け毛であると大鞆探偵が看破するくだりである。髪の毛は細かな鱗状になっていて、生えている向きが特定される特徴があるのに、被害者がつかんでいた三本の髪の毛は、方向が逆のものが混じっていた。こんなことが生じるのは、犯人が人工的な付け毛をしていたからに他ならない。そこから探偵は付け毛をしている犯人像を描き、真犯人へと肉薄する。この解明方法は、後の探偵作家たちも感銘を受けたと見えて、後に横溝正史はある作品で、これと同様の髪の毛に着目した推理法を用いている。

中島河太郎はこの「無惨」について、「彼（涙香）が訳出したのはガボリオ、ボアゴベ、コリンズらの作品であったのに、どうして論理性を重視した探偵小説に到達したか、ふしぎなほどである」と述べている（前述書）。たしかにガボリオらの探偵小説は、比重としては情緒に訴えるセンショーナルノベルの率が高いが、論理性の高い小説がないわけではない。たとえば、「血の文字」（二巻収録）の原作とされる「バチニョルの小男」Le petit vieux des Batignolles など、論理的な推理をする作品をガボリオはいくつも書いている。ガボリオらの作品が、まるで論理性を重視していなかったようにとれる中島河太郎の評価は必ずしも正しくない。涙香が、ガボリオやボアゴベの小説から、人情小説のみならず、論理にもとづく探偵小説の妙味をも学び、自らも創作として実現できた。その何よりの証が、この「無惨」という作品と言えるだろう。

伊藤秀雄は「無惨」に関して、「しかしながら『無惨』の読み工合は、論理性が目立って、さっぱり面白くない。各種文庫本にも覆刻され、涙香の代表作のように見られて損をしているが、彼の本領は創作にはなく、やはり西洋小説を自己薬籠中のものとして、諄諄と述べてゆく、その翻案にあると考えられる」と述べている（伊藤秀雄・榊原貴教編『黒岩涙香の研究と書誌』ナダ出版センター、二〇〇一より重引）。たしかに涙香の本領が翻案にあるのはそのとおりだし、論理性が強く打ち出された「無惨」は、涙香の作品系列では、翻案・創作問わず異色である。だが、論理味のまさる「無惨」は独自の面白さが認められ、これを面白くないとする伊藤の評価には同意しかねる。創作家としても涙香の才が際立ったものがあるのを証明する一作と言ってよいだろう。

だが、伊藤のように論理性の高い涙香の小説をあまり評価しないのは、明治期の読者にもあったことらしい。明治期に刊行された涙香の著作の中では「無惨」は不人気な部類だったらしい。この作品に付された涙香の「凡例」には、「余は或る小説家に添刪を依頼したれど、その人苦笑いして個は小説家の添刪すべきものに非ず。宜しく論理学者にでも校正を頼むべしとて突き返されたり。さすれば小説家の目には小説とは見えぬものと見えたり。さればとてこれを論理家に見するも論理書とは見てくれまじ。論理書と言わば言え、小説と思わば思え、ただ見る人の評に任するのみ」とある。論理性の高いものが小説とは相反するものと目されていた当時の風潮が窺える。また、この作品の不評をもって、以降涙香が探偵小説の創作の筆をほぼ執らなくなり、翻案においても、論理性の強いものよりも情に訴えるものに重点を置くようになったのは、日本の探偵小説の発展にとっては、残念な損失と言える事態であった。

『涙香集』

ここに収められた中短篇は、「広告」を除き、「都新聞」に明治二十二〜二十三年頃に逐次掲載されたものである。「探偵」の第十八回の末に、「あまり長物がたりでは読む人も飽きが来て書く筆も草臥れるだろうとの御忠告より一月あまり短き端物のみ掲げしが」と、その事情を説明している。この短篇集は、明治二十三年七月、扶桑堂より刊行された。

「金剛石の指環」

ダイヤモンド〈金剛石〉の指環の呪いをめぐる掌篇。原作は不明だが、英米作家による怪談の一篇だろうか。生きながら埋葬され、墓所で息を吹き返すという趣向は、『白髪鬼』をはじめ、涙香作品に何度か現れる趣向である。海外作品では、『白髪鬼』の原作、メアリ・コレリ Marie Corelli（英、一八五五〜一九二四）の『ヴェンデッタ』*Vendetta!; or, The Story of One Forgotten*（一八八六）をはじめ、ポオの「早すぎた埋葬」The Premature Burial'、デュ＝ボアゴベの未訳作品 *Les gredins*〔大復讐〕（一八七四）などでそういうシーンが描かれている。

「恐ろしき五分間」

午後十時ロンドン発の長距離列車に乗った主人公は、コンパートメントで若い美人の女性と同室になる。その列車に、逃亡した凶悪犯が逃れひそんでいたことから、主人公とその女性には「恐ろしき五分間」が訪れることになる。原作はイギリス作家の短篇だろうか。

「婚姻」

結婚した男が、実は乞食のふりをして生業をたてていた。シャーロック・ホームズ物語の「唇の捩れた男」The Man with the Twisted Lipと共通性のある物語である。伊藤秀雄によれば、サッカレWilliam Makepeace Thackeray（英、一八一一〜六三）の『馬丁粋語録《べっとうすごろく》』*The Memoirs of Mr. Charles J. Yellowplush*（一八三八〜三九）の「ミス・シャムの夫」Miss Shum's Husbandを種本にしたとも考えられるとしている（前述書）。

「紳士三人」

ロンドンのリリピピ嬢という美人で財産家の娘に、三人の男がプロポーズしてくる話。リリピピという奇矯な名前が出てくるのは、元がユーモア小説だからだろうか。

「電気」

ところどころ英語が挿入されているが、この作品は、他の翻案とちがって、人物名のみならず、舞台も日本である。駆け落ちしようとする娘が、落雷に打たれて感電死してしまう話。この作品は翻案でなく、涙香の創作かもしれない。

「生命保険」

先年刊行された伊藤秀雄・編の『明治探偵冒険小説集1・黒岩涙香集』（ちくま文庫）にも収

録された。「涙香集」に収録された作品の中では、もっとも探偵小説味が濃厚で、涙香が翻案した短篇の中でも名品の一つに数えられる。

ヒロインの枯田夏子は、継母から、父が急死したという報をうける。急いで駆けつけると、既に遺体を棺におさめ、対面もさせてもらえない。父には受取金が一万ポンドにもなる生命保険がかけられていた。夏子はそのうちの千ポンドだけを受け取り、残りを継母がせしめる。やがて夏子は、父の幽霊かと思える姿を目撃する。その後夏子は父の知人を伯父にもつ画家と知り合う。その画家によれば、彼の伯父が失踪する直前に、夏子の父に会っていたという。その日はちょうど夏子の父が死んだとされる日だ。次第に、父の死に関する疑惑が高まっていく。そのサスペンス感は、涙香作品の中でも上質の出来ばえだ。原作は、中編のミステリ小説だろうか。

「探偵」

この作品の原著は不明とされている。いくつか原作の候補となりそうな作家をしぼって探したが、原作に該当する作品は見つからなかった。この『探偵』は、涙香の翻案した作品の中では、珍しく中編と言うべき長さである。単独で一冊とするには短いので、『涙香集』に長めの短篇として加えられた観がある。

この物語の舞台は米国で、そのオリアン州で大金が盗まれるという事件から始まる。舞台からすれば、原作はアメリカ作家によって書かれた可能性が高いと思われるが、イギリス作家がアメリカを舞台にした小説を書いた可能性も排除できない。原著ではイギリスが舞台の小説を翻案ではフランスのパリに変えている『妾の罪』のような例もあるので、翻案で舞台が変えられた可能性もないではないが、序盤でのピストル狙撃の場面などからして、この作品はアメリカものである可能性が高いだろう。また、この原作は、おそらく長編の一冊本であろう。原作が長編だとすると、圧縮されることの多い涙香の翻案の中でも、特に圧縮された割合が大きいということになる。お読みになればわかるとおり、物語の後半は、大幅に短縮され、駆け足にまとめられた観が強い。

この連載第十八回の末尾に「涙香申す」として以下のように述べられている。

「最早や筆の疲れも休まり殊にはこの度の仏国郵船にて兼ねて巴里の書肆へ注文し置きたる有名の小説数冊を送り来れば、直ちに翻訳に着手したり。この『探偵』は今月中に終わるに付き、すぐその後へ差し替えて御覧に入るる都合なり」

ここでいう涙香が入手したと述べている本の一つは、この連載の後に涙香が「都新聞」に連載を開始した『執念』の原作と思われる。それはデュ＝ボアゴベの実質的なデビュー作である『囚人大佐』*Le cheme-capitaine*（一八七一）である。実質的な、と書いたのは、この作品以前にもデュ＝ボアゴベの著書の存在が、フランス国会図書館の所蔵で確認されているためであるが、それらは地方小出版社による薄い本であり、自費出版本の類ではないかと推測される。『囚人大佐』は堂々たる復讐譚として、一躍デュ＝ボアゴベの文名を高からしめた出世作であった。江戸川乱歩は、涙香作品のベストスリーとして『巌窟王』『噫無情』『幽霊塔』をあげているが、それに次ぐものとして『執念』をあげており、乱歩のお気に入り作品の一つであった。涙香自身にとっても、もっとも多くの作品を翻案したデュ＝ボアゴベの代表作として、特に思い入れの強かった作品だったようだ。その本を入手して、それを早く紹介し翻訳したい気持ちが強まって、連載途中だった『探偵』はワリを喰ったようだ。涙香は次作に気をとられて、『探偵』への熱意を失ったのか、後半の展開をかなりハショってしまったようだ。伊藤秀雄は「涙香は面白い作品を見つけるとその方に興味を移して訳載中の作品に情熱を失うという悪い癖があった」と述べている（前述書）。たしかにこの『探偵』は、その「悪い癖」が出た一例と言えるかもしれないが、その反面、思い入れのある作品を紹介するときの涙香の筆に迸る情熱は、多くの読者をひきつけてやまない力があった。

なお、右の引用文中には、「仏国郵便」とあり、涙香はパリに注文したフランスの本を入手したと書かれているが、これはたぶん真実ではない。フランス語ができない涙香が翻案に用いていたのは、もっぱら英語の本であり、ガボリオやデュ＝ボアゴベやデュマといったフランスの作家の著作も、英訳本から訳していた。この引用からもわかるように、涙香の主張にはところどころ信用できない誇張や偽証が混ざっている。海外の原書を読破したること三千部以上におよぶという涙香の豪語（『人耶鬼耶』緒言）も、その冊数には誇張が含まれているかもしれない。

この「探偵」を読んでいて驚かされるのは、第二回の末尾で桃子が取り出したピストルで探偵・水嶋をドンと撃つ場面であろう。「無惨や水嶋はアッと叫んで倒れたり。息もなし、脈もなし」とあり、「死骸」とも書かれているのに、次の回では水嶋はぬけぬけと生き返ってしまう。涙香の代表作の一つ、『死美人』においても、水攻めにあった探偵が、囚われの女性の喉に手をかけ「ただ一思いに縊め殺したり」という場面がある（第百六回）。だが、その後の回で、その女性は気を失っていただけで、死んではいなかったことが判明する。その昔、初めて読んだ涙香作品である『死美人』のこの記述に関しては、「だったら殺したとか死んだとか書くべきではないだろう」と思ったことがある。現代のフェアプレーの観点からすると、死んでいない人物を地の文で「死んだ」と書くのはアンフェアということになるが、涙香作品にはその手のアンフェアな記述が散見される。それはともかく、冒頭の事件に引き続いてショッキングなシーンをはさみ、紆余曲折のあるプロットで読者をひきつける涙香の手腕の巧みさが発揮されている。

銀行の盗難に引き続いて、双生児の登場や、離魂病の人物が登場したりして、盛り沢山な趣向があり、にぎやかで楽しい探偵小説になりそうな素材だったのに、特に後半が駆け足なこともあって、探偵小説としての興趣はいまひとつ盛り上がらないまま終わった作品である。

「広告」

妻をもつ男が、変装して見合いをしようともくろみ、「妻を娶りたき広告」というのを新聞に出す。その男は芝居の稽古を積み、変装はお手のものだった。現れた女性というのが実は……というオチがつく話。「絵入自由新聞」明治二十二年四月二十日〜二十一日に掲載。当時その新聞に連載されていた柳塢情史《りゅううじょうし》「花盗人」の休載時の穴埋めとして書かれたもの。黒岩涙香の創作らしい。

結末はおよそ見当がつく類のものだが、新聞広告を通して別人になりすまし、別の恋人を得ようとする趣向が面白い。イギリスの探偵小説でも、ホームズはしばしば新聞広告を利用しているし、変装という趣向もよく出てくる。この短篇は、さらに後のアガサ・クリスティ Agatha Christie（英、一八九〇〜一九七六）の冒険物語の発端に用いられてもおかしくないような物語である。イギリスで勃興しつつあった名探偵小説の趣向と呼応性のある物語になっている。

［解題］**小森健太朗**（こもり けんたろう）
1965年、大阪府生まれ。本名健太郎。小説家。黒岩涙香研究家。東京大学文学部哲学科卒。同大学院教育学研究科博士課程単位取得満期退学。82年処女作の『ローウェル城の密室』が史上最年少で第28回江戸川乱歩賞最終候補作となる。以後、『コミケ殺人事件』（1994年）、『ネヌウェンラーの密室』『ネメシスの哄笑』（ともに96年）、『バビロン空中庭園の殺人』『神の子の密室』『眠れぬイヴの夢』（ともに97年）、『魔夢十夜』（2006年）などの作品を発表。探偵小説研究会会員。

黒岩涙香探偵小説選Ⅰ　〔論創ミステリ叢書18〕

2006年7月30日　初版第1刷印刷
2006年8月10日　初版第1刷発行

著　者　黒岩涙香

装　訂　栗原裕孝

発行人　森下紀夫

発行所　論 創 社
〒101-0051 東京都千代田区神田神保町223 北井ビル
電話 03-3264-5254　振替口座 00160-1-155266

印刷・製本　中央精版印刷

Printed in Japan　ISBN4-8460-0706-5